经年后,往事都是笑谈

柳萌 著

中国华侨出版社

写在书前的话

唐朝人杜甫认为，人能够活到七十岁，就已经很稀少了，所以，他有"人生七十古来稀"的诗句。而到了明朝人唐寅，则惊呼"人生七十古稀，我年七十为奇"，所以，他写了《七十词》。这说明什么呢？说明古人没有今人长寿。远的不说仅以我为例，碰碰撞撞，坎坎坷坷，不知不觉痴长到耄耋之年。既欣慰又惭愧。活了这么多天数，对于许多世理人情，晚年才明白稍许，真的是"早岁那知世事艰"。

老了，有人感伤，有人惧怕，其实大可不必，海有潮起潮落，人有生老病死，这是生命的规律，谁也逃脱不掉。生命犹如晨光晚霞秋花冬雪，每个时段各有风采，少有少的妙处，老有老的好处，人活一辈子就要尽享四季。老的好处在哪里呢？经事多，历人多，吃亏多，教训多，在做人处事方面，自然就有了经验，成为自己的财富。我到暮年时分，宁静多于喧嚣，回忆多于思索，尽量活在自己的世界。当然，有时会感到寂寞孤独，这时，总想说说心里话，总想讲讲往年事，忽然发觉无人倾听，只好自言自语写下来，积少成多就有了这本书。

这本单薄小书，既有我的人生经历，又有我的人生感悟，尽管不系统不完整，片言碎语零星记述，但是有我鲜活的体温，细心人还会触摸到，我衰老而激昂的心跳。读者若能从中感受到，历经艰辛而未气馁，几遭磨难而不沮丧，在八十年风雨长路上，作者的心迹与思绪，那我会感到莫大欣喜。我的这些普通文字，不敢希冀对读者有多大裨益，但至少不会对读者有什么伤害，所以我能够坦然面对读者。

　　读书不多，不敢妄言。就个人喜欢而论，我读书的目的，首先是学习知识，其次是感悟人生，最后才是消遣。我写的这些文字，从生活中体味人生，从世事中学习做人，如果以"人情练达皆学问"来看，斗胆夸次海口，就算是"生活学问"如何呢？当然，我的人生远未练达，这些文章更难成学问，那就等而下之，把它们说成饱经沧桑老人，对于人生往事的絮语，总还勉强说得过去吧。

　　感谢中国华侨出版社副总编辑郭岭松先生，他给这本书起了个好名字《经年后，往事都是笑谈》，我之所以说它好，一是点出了我人生的轨迹，二是道出我心中有笔下无的话。人生在世真的不容易，尤其是跟人打交道更难，比如说交友，你把人家当朋友，诚心实意待他几十年，够意思吧，可是一旦遇到什么事情，他连句"我了解他"的话都不肯说，你说你伤心不，更不要说还有"落井下石"者。类似这样的人这样的事，我遇到的、听到的多了，起初，有点想不通，耿耿于怀，经过若干年再一想，何必呢？各有各的为人处世之道。何况更多的人还是蛮正直蛮实诚呢。这之后跟人谈起此事，大家哈哈快乐一笑，酸甜苦辣的往事，也就烟消云散了之。所以我欣赏这个书名。

　　写这篇短文章时，今年初雪如约而至，只是没有气象台预报那么大，零零星星散落点雪花，未能形成壮观雪景，让我的诗人朋友们很失望。他们在微信上，写下嘲笑文字。再过许多年面对瑞雪纷飞时，想起今年惨淡的初雪，谁能说他们不笑谈气象预报失误呢？这就是生活，这就是人生。

2016 年 11 月 20 日

于北京亚运村寓所

前　言

　　那是个绿盖田野微风拂面的春天，怀着极大热情和希望，在几位乡亲陪同下，走向故乡寻找生我的老宅院。这时距我别乡已经五十多年过去，没有"少小离家"的冲动，却有"老大回"的惆怅，故乡这时于我，既是那般熟悉又是如此陌生。简直不敢相信，在外流浪多年，年逾古稀，还能回到生身故土。我的感情会有多么复杂，可想而知。

　　故乡原是一座老县城。四面环水架桥通陆，在没有公路年间，宽广畅流的蓟运河，是唯一连接外界的通道。河流两岸芦苇茂密，春夏碧绿染目，秋冬金黄铺地；河里舟船来往穿梭，笛声橹声相和，灯火渔火相映，好一派北方水乡风光。这长长流水犹如温馨眠床，孕育了我的生命，更给了我童年无比快乐。

　　我家老宅是三进四合院，在这座老县城不算显眼，却有着温饱人家的安宁。做为长孙自幼受到宠爱，自然养成无拘无束的性格，这种性格对于幼稚的孩子，家中长辈也许觉得并不坏，岂知，在一个有约束的社会，很难接受这种性格的人，因此，在进入社会以后我连连碰壁，吃尽了苦头，受够了磨难，那时，尽管不可能让我回到故乡，故乡却成了我孤苦中最大安慰。想想故乡的河流，我会觉得自然的美好；想想家宅四合院，我会感到生活的惬意。故乡和我家老宅，是在苦难年月里，支撑我生活的力量。若干年后有机会回故乡，明知亲人早已经移居城市，老家无一熟悉面孔，还是急切地想回来看看，我想，流动的是人，固定的是房，只要生我的老宅在，投入她的怀抱痛哭一场，消解消解多年在外的委屈、郁闷，我这流浪的孩子就会神清气爽。

抱着希望，怀着热情，我真的回来了，回到故乡土地。可是一切全都变了。经过天灾人祸洗劫，县城成了败落村庄，老宅早已无影无踪，我真后悔回来，不然，起码记忆是美好的，存留在童年的往事中，即使到老年总还会有感情寄托。故乡的沧海桑田变化，给了我极大的震动，可以说，是对我人生观的重新塑造。我说什么呢？我又能说什么呢？沉默许多天，思索许多日，跟亲友闲聊这次返乡感想，亲友们听后轻松一笑，连点同情安慰话都没有，唉，开始懊丧，而后警醒，原来我特别看重的事，在别人眼里通通都是茶余饭后的谈资。这并非是别人自私，而是自己过于在意，仔细想想，其实人生就是如此，"人事有代谢，往来成古今"。无论童年多么欢乐，无论青年多么艰难，无论中年多么奔波，无论老年多么安逸，都只是生命的过程。

这次返乡之行，是对于自己思想的梳理，让我懂得一个基本道理：应该比人存活更久的山河、建筑，都会因某种缘故容颜改变乃至消失，碰碰撞撞坎坎坷坷的人生，苦苦乐乐恩恩怨怨的往事，在浩瀚的宇宙间又算得了什么呢？不过是风中微尘海中水滴，做为个体连点踪影都不显见，何必再去纠结纠缠个没完没了。干脆，洒洒脱脱，愉愉快快，生活在当下，把每天都当作节日过，岂不是更现实更精彩。当然，做为跟时代相连的重大事件，从国家民族利益考虑，还是应该认真总结汲取教训，这绝不能轻易忽视和轻率忽略。我这里说的仅仅是个人往事。

　　转瞬间，已经到了耄耋之年，心胸比之过去豁达，思绪比之过去沉稳，这是不是成熟不敢说。起码时光教会我，莫记来路如何，莫祈未来怎样，更要珍重的是当下，因为，当下比过去与未来更值得珍惜。最宝贵的是时间，最公正的是时间，过去的事情，好也好，坏也罢，苦也好，甜也罢，经过时间淘洗筛漏，余下的是快乐是淡定，这才是真正的人生。

　　经年后，让所有往事都成笑谈，还自己一个孩童时代的纯真。多么好噢。

2016 年 11 月 22 日

目录
contents

第一辑　迟暮物语

秋月春风莫闲度 | 003

人生难得是自在 | 006

月圆之处是故乡 | 009

数字的心灵慰藉 | 012

忘却也是一种幸福 | 016

人生无驿站 | 018

体味爱情的真诚 | 020

学会寻找快乐 | 023

运用减法求快乐 | 026

北戴河的独特之美 | 028

读书使人高尚 | 033

舒适自在过大年 | 036

休闲方式别总是老一套 | 038

给子孙后代留点什么 | 041

心无旁骛不显老 | 044

人生有悟不白活 | 047

快活每一天 | 050

放飞心灵的风筝 | 053

日子总算变得平顺 | 055

第二辑　驿路履痕

我与王府井的情缘	059
北京老火车站	063
爱好的延伸	066
寻找那种感觉	070
难中拔牙记	075
饺子随想曲	080
北大荒的白桦林	085
在草原抢书读	088
半生笔墨半生情	091
奔年总算奔到头	094
饥时读菜谱	098
穿衣的尴尬	102
谁知前路是何方	105
路至远方有佳境	110
情感天空的朦胧月色	115
中秋盼来月圆时	124

第三辑　岁月风铃

地图是城市的声音	129
给街道立块故事牌	132
说说宁波人	135
远去的乡音	139
自在，从退休开始	142

喝茶想起茶事 | 145

刷卡的快乐 | 148

京城港式早茶 | 151

食中佳品平常粥 | 154

酒前高人 | 157

旧景不再 | 160

母亲的钱盒 | 162

老式收音机 | 164

消逝的市声 | 167

阳债难还阴界人 | 170

第四辑　生活况味

家是温馨的港湾 | 175

福在那里 | 177

青春是首恒久的歌 | 179

曲笔难画圆 | 181

难得随意 | 183

吃在舒服 | 186

雁荡夜茶 | 188

对襟小棉袄 | 190

粗食待客 | 192

菜名有学问 | 195

冒充足球迷 | 198

北京的季节 | 202

温馨的灯光 | 204

记忆的茶馆 | 206

希望的茶馆 | 208

北京的秋夜 | 211

得大自在 | 214

难咂回味酒 | 217

城市的情绪 | 220

证券所里的眼睛 | 222

享受读书的快乐 | 224

酒象种种 | 227

健康始于不停步 | 229

简单穿戴享舒适 | 231

顺其自然气通达 | 233

聊天儿有益身心 | 235

休闲要注重"休" | 237

给生活留点空白 | 239

生活从容才有味儿 | 241

活着就要善待生活 | 243

老来更觉夕阳美 | 245

满街飘香小吃摊儿 | 247

聚会的乐趣 | 249

附录

梦醒黄昏绚烂多——作家柳萌速写 | 252

第一辑　迟暮物语

秋月春风莫闲度

还未完全从暑热中走出，刹那间，秋天就赶紧贴近人世间，难怪身心一时难以适应。在春夏秋冬四个季节里，最容易让人动心动情的，大概莫过于这秋天了。万物开始萧瑟，凉风日渐劲吹。就连人的情绪，都会像那树叶，被轻轻地掀动。想到已经远去的春天，想到就要来临的冬天，哪个能无动于衷呢？所以前人诗句中，有"秋月春风等闲度"的感叹，有"自古逢秋悲寂寥"的幽忧，借以表达对人生的感悟。

可是，我们毕竟是现代人，生活节奏如此之快，谋生道路多有艰辛，自然无闲暇顾及前路来程，显得比前人好像超脱。其实藏匿心中的焦虑，如同一粒埋在土中的种子，总有一天会生芽破土，到了中、老年静下心来，回首往日那些时光，像前人一样，就会有"秋月春风等闲度"的感叹，就会有"自古逢秋悲寂寥"的幽忧，这时，所有一切都已为时晚矣。闲度的时光不会再来，逝去的青春无法再复。如果说人生有什么悔恨，我觉得最大悔恨，就是迟悟人生道理。而这些道理往往都是，无数前人的经验和教训。所以，我把"秋月春风等闲度"这句诗，其中的"等"字改成"莫"字，于是成了"秋月春风莫闲度"，以便比我年轻许多的朋友们，将来到了我这样垂暮之年，少些因荒度时光产生失落感。

说到时光，无论拥有的是长是短，在利用上对谁都一样，几乎没有贫富贵贱之分，关键是看每个人怎样对待。有的人惜时如命，把点点滴滴时间，都用在有益之处——充实的生活，成功的事业，都是跟时光讨要而来，他们比时光更悭吝。可是也有这样的人，总觉得自己年轻，未来日子还长，于是，对于时光毫不珍惜，每一天都是随便打发，还以为是青春潇洒。岂不知比你更潇洒的时光，这时了无痕迹地已经溜走。日复日年复年，时光未老，我们老了，生活依旧，我们变了，此时再回首来路，感觉究竟如何，恐怕只有自知。时光的有情与无情，只能在年长后认知。

在更多人谈论发财致富的今天，我不知趣地大谈老掉牙的时光，连自己都觉得有点不合时宜。那么为什么还要谈呢？一是感到自己早年荒废太多，二是越来越感到时光公正。因有新的感悟就想诉说。

我年轻那会儿，主客观条件，可说都不算好。生命中最美好的时光，被毫无意义的事情，长年累月地纠缠瓜分了，无论心中有多么美好的想法，都只能默默随饭吃掉。因此，现在一听说或看到，某个年轻人成就大事，总会由衷地为他们高兴，说不定还会自言自语："赶上好时候啦。"当然，由于实在太羡慕了，那一丝丝酸味儿，说不定还会在心中，像胃液一样浮泛起来。其实，生存环境再好，好时光再漫长，没有自觉把握，都会像流云轻轻飘走，留下的只能是一声叹息。

可能是性格使然，或者是阅历不足，年轻时的致命弱点，一个是过于轻信，一个是太爱较真，结果让自己吃了苦头。随着时光流逝，以及观念转变，轻信过的东西，被事实证明是谬误，较过真的道理，被社会判断出对错，我才开始真正领悟，唯有时光最为公正。尽管这样的领悟太迟了，对于我已经毫无用处，但是从做人体会考虑，如同读一本好小说，合上书本回想一下情节，说不定会有无穷韵味，这也算是"夕阳无限好"吧。常说的经历就是财富，我以为，更为准确的说法，应该说时光就是财富，因为时光会改变人生。

既然时光如此伟大、神奇和神圣，我想我们没有任何理由怠慢它，充分利用时光给予的智慧和知识，就很有可能改变自己的命运。这不能说是什么真理，起码已经被古今证明，虚度时光是对生命浪费，所以唐代大诗人白居易，在他那首著名长诗《琵琶行》中，写出这样的诗句："今年欢笑复明年，秋月春风等闲度。"沐浴着秋天温暖阳光，临窗阅读这样诗句，思绪好像浸染了秋意，不禁想起春和秋的时光，尽管没有"今年复明年"的"欢笑"，却有着"等闲度"的"秋月春风"，自然便会勾起我这番感悟。

人生难得是自在

农历庚寅年秋天，跟几位文友去随州，参加琵琶湖笔会。当地朋友很喜欢书法，就让笔会参加者写字，北京同去众文友中，有人毛笔字写得好，拿出随身携带印章，马上润笔展纸书写。我的字不敢上台面，就推脱没有带印章，当地书法家协会主席说："没关系，我马上给您刻。"于是，他找来一块小木头，倚在墙根儿就刻起来，这下把我将住了，再写不好也得应酬。沉吟片刻写下："人生难得是自在。"这位书协主席看罢，赶快说："这句话不错，这幅字我要了。"

我知道，自己字写得并不好，他一个书法家协会主席，书坛真正行家里手，看上的绝非我的字，而是冲着这句话才要，这算是给我大面子了。不过这句话倒是我真心话。既是几十年人生感悟，更是对自己余生的提醒。回首人生来路，大风大浪经历过，大灾大难尝受过，将近人生尽头，如果说还算清醒，这就算是了。至于对错，未多想过，反正自己这样认为。

自在，说起来轻松容易，真正做到却很难。以我的体会和认识，若想在这方面有所长进，就得从做人和处事上，经常地思虑和处理好，不然就会身累心更累，何谈得到人生自在？闹不好恐怕一生都会碌碌无宁。

那么，在做人上应该如何呢？起码得做到两点：求己端正；待人宽厚。

先说求己端正。我理解的端正，就是本分或本色，离谱事不干，违法事不做，站立时挺挺拔拔，坐下时硬硬朗朗，努力让自己活得踏实。比如，同样生活在这个花花世界，有人经不起金钱诱惑，结果酿成大祸，再哭天抹泪也来不及了。

再说待人宽厚。树无相同叶，人无一样脸。在为人处世上，人跟人会不同，用自己的好恶，苛求别人如何，就会得罪于人，自己必然会不那么开心。这是做人大忌讳。所以善良人都是宽厚之人。

那么，在处事上应该怎样呢？有两点值得思考：少管闲事；坚守信用。

先说少管闲事。何谓闲事？就是那些无关大局的鸡毛蒜皮小事，尽量不要去听更不要去管，人生在世时间如此短促，连正经事情还做不完呢，让这些琐碎事情浪费光阴，一旦纠缠进去哪里会有快乐可言。这就是坊间说的"管闲事落不是"。

再说坚守信用。在处事上这点很重要。处事讲不讲信用，跟做人的好坏，有着密切联系。人无信不立。这是说做大事业的人。就是平常无大事业担当如我者，在日常跟人办事时，如果没有起码的信用，许诺人家的事不去办，或者成与不成无个回话，想起来就会自己觉得不够意思。这不是自我惩罚吗？

年轻时候，在做人处事上，我都吃过大亏。特别是在有些事情上，不分场合地跟人较真儿，现在思谋起来，觉得很没意思，又不是什么了不起的事，何必那么硬碰硬地死磕呢？得罪了人，又吃了亏。真的犯不着。

做人和处事两方面做好，自然就会活得悠闲自在。

我的这些教训，尽管是在吃过亏倒过霉，临近人生终点才领悟到，从个人得失来说太迟了，不过，我觉得还是值得，起码说明自己未白活。我一直固执地认为，人这一辈子几十年，能够衣食无虑，这自然是福气，可是人间事理世情，懂得不多或者不懂，这就有点白来一趟了。

月圆之处是故乡

吟诵中秋古诗词，流传下来相当多，真正被人长久记住的，莫过于杜甫的《月夜忆舍弟》。仅一句"月是故乡明"，就成了千古绝唱，诗中那凄惘情绪，每年中秋夜晚，对于远离家乡游子，都似勾魂摄魄精灵。特别是当独自一人，远离故土在异乡，孤苦地仰望月空，那思念无寄情感，没有经历过的人，恐怕很难体会。

我曾经游荡在外多年，而且日子过得很不顺利，到了中秋节这天夜晚，常常是郁郁寡欢，早早地就熄灯睡觉，想借美梦排遣孤寂。有年中秋也想这样度过，可是怎么也睡不着，在床上辗转反侧多时，忽然一缕明亮月光，透过婆娑树影照射进来，恰好铺在我惆怅的脸上，温馨而寂寞情绪，顿时从心底浮升出来，再不想这样亏待自己了，就赶紧披衣走到院子，追望那轮高悬明月。这时微风轻轻吹过，树木发出沙沙响声，犹如家人柔声呼唤，立刻让我想起小时候，在家乡过中秋节的情景。

我家乡在北方，坦坦荡荡平原，平平静静河流，倒是给我的童年，留下了安详记忆，却少去了起伏跌宕情趣。唯有那冬天雪秋天月，算是两抹美丽浓重色彩，涂在我幼小心灵的画纸上，回想起来总会少点遗憾。那时候过中秋节，最惬意事情，并不是吃什么月饼，而是跟家人一起望月，听那些关于月亮的美丽传说。所以后来流放在外，无论月饼是好是坏，只要夜晚月亮圆润，观望时回想一下过去，孤独心灵得到些许慰藉，对于亲人殷殷思念，暂时就会得到更多缓解。这个中秋节就算是过好了。

此刻，又是一个风清月朗之夜，宁静深邃万里晴空上，一轮皎洁的圆圆月亮，正在微笑着俯瞰人间，仿佛在祝福万物吉祥。哦，这晴空，这月亮，这微风，这情境，跟我在家乡中秋时节，经历的岂不是一模一样。让我不禁想起诗人曹松，他那首写《中秋对月》的诗："无云世界秋三五，共看蟾盘上海涯；直到天头无尽处，不曾私照一人家。"这感受跟今人多么相似。"不曾私照一人家"的月亮，亲切地安抚我的时候，不也照耀着我家人吗？跟家人共赏一轮明月，如同在家乡欢度中秋节，"离人无语月无声，明月有光人有情"，哪里还有关山阻隔的烦忧啊。真不知如何感谢这皓月，它是这样善解人意，让远方游子的中秋，因共赏明月得到欣慰而有情趣。

自打跟家人团聚，每年再过中秋节，那种茫然情绪，自然就渐次消失了。可是每每在电视中，看到奔波在外的人，谈论中秋节感想时，映在脸上的无奈表情，我会敏感地捕捉到，而且完全能够理解。是啊，或是为了生计，或是为了求学，或是为了爱情，或是为了职业，远离家乡的人，甚至于置身异邦的人，正在越来越多起来，总会思念家乡和亲人。尤其是在中秋佳节，这思念就更加难捱，感情上总会受些折磨。好在电讯科技发达了，打个电话问候一声，还是比较方便快捷的，如若有条件，还可以用网络或可视电话，在异地传递彼此声影，思念和牵挂就会少点。比之家书难寄对月空叹的过去，这中秋节岂不是多了份温暖。

不过，我依然想说，远在他乡的人，中秋回不了家，在夜晚时分，还是要望一望月亮。月明之处是故乡。就在你望月时刻，说不定你的家人，正在家乡楼台或院子，此时也在望着月亮哩。倘若心灵有感应的话，通过明月清风传情，这中秋节过得何等踏实、浪漫。

数字的心灵慰藉

数字本来就是数字，无非起个区分作用，或者承载度量内容，可是从谐音上一演绎，以及赋予宗教或迷信色彩，这数字就越发神奇了。比如数字中的六、八、九，显然就比别的数字吃香。为什么呢？因为它们是发（八）财、长久（九）谐音，以及六六顺的征兆，在有的人眼里就无比吉利。诸如选择车牌号电话号，这些数字就身价倍高。好像获得了这样的数字，就会逢凶化吉升官发财，这一生命运都会畅达。有人甚至于连平日说话，都忌讳四（死）、五（误）这样的数字，怕诅咒死或耽误美好前程。

数字谐音的得失，果真那么灵验吗？反正我还无此体会。不过在潜意识里，倒愿意接受这些，比如，前几年我出版作品集，本来打算编选四卷，编辑朋友劝我说："干吗，四（死）四（死）的，要不你就出五卷，要不就出三卷，何必非要这个数呢？"听从编辑朋友好言相劝，最后出版三卷本《柳萌自选集》，尽管某一天我还是必死无疑，起码眼下心灵会得到宽慰。

可是，由于有的人——特别是想升官发财的人——过于相信吉利数字，在这方面却稍显了"灵验"。20世纪80年代，我采访过一位国民党起义将领，问起他当时发迹过程，他说，其实我所以得到上级赏识，主要得益于自己细心。于是，他举了两个例子：其一是，他的一位顶头上司，是个非常精明之人，放在办公室大小物件，稍微挪动一下便可察觉，他一旦怀疑上挪动的人，就以为此人不可靠，从此，就甭想再在他那里混事。这位精明的起义将领，感觉出顶头上司细致，处处小心不碰他东西，因此，深得这位上司器重，官阶就节节高升。其二是，有次他负责接待蒋介石，蒋介石下榻一栋高级别墅，老蒋下了汽车望望门牌号，眉头皱了皱脸立即下沉，其表情被这位起义将领察觉，他赶快吩咐手下人换地方，后来深得蒋赞赏。原来这栋别墅门牌是 13 号，蒋介石信奉基督教，忌讳 13 这个数字。这位起义将领，当时不满 30 岁，就被晋升到少将军衔。当然，除了他的细心机灵，还有别的方面业绩。由此可见，数字在人们心里，产生多大精神效应。

那么，人们祈盼六六顺，果真就能得到吗？依我看，很难说。何况人们说的这六个顺，到底是哪六个，恐怕无人讲得清说得准。我试着把这六个顺如此定位，别人是否认同姑且不管。看看人的一生能否真正全顺。哪六个顺呢？我定为：顺心、顺气、顺眼、顺耳、顺嘴、顺手，不知可否涵盖人们祈盼的顺？我之所以把顺定在此六个方面，主要是从健康上考虑。比如"顺眼"和"顺耳"视听两方面，倘若真能做到，看不惯的适应，听得烦的忍耐，心如秋水般宁静，哪里还有不"顺心"的道理。心无芥蒂，如鱼得水，如鸟在天，睡觉踏实，吃饭香甜，每天日子都似过大年，哪里还有不顺的气。这样的"气顺"够意思吧？何愁一生的健康幸福。再比如"顺嘴"和"顺手"，这一吃一用物质享受，只要吃得有营养喜欢吃，在正常花销上不伸手，这样的"顺嘴"、"顺手"够滋味儿吧？哪能还有不"心顺"的道理？岂不一生都快乐。

这就是我给六六顺的定位。人活一辈子能达如此顺者，无疑是个真正幸运儿。只是这样的人恐怕很少。因为世上万物和人群，是个客观存在世界，你不找人人找你，你不伤人人伤你，你想眼净偏有龌龊入目，你盼耳安偏有骂声袭来，你希望饭菜养生偏是菜蔬污染，你打算花钱痛快偏是银行排队。看来普通人日子过得难啊，自然就无更多的顺。

数字谐音只能当作游戏玩玩略表宽慰。既解不了你的穷，又救不了你的命。就是皇上、总统、亿万富翁，恐怕都很难这六个全顺。起码他们心不会很顺，因为，皇上、总统得考虑权位稳固，时时提防别人暗算或夺权；亿万富翁得琢磨跟对手竞争，生怕出点差错被对方吃掉。看来只要是人就难拥有完全平顺，吉利数字再怎么吉利还是数字，终归保佑不了你真的顺畅。

无独有偶。就在我写这篇短文时，从《中国艺术报》上读到全国人大代表陶思炎的文章，他建议政府相关部门，保护数字中的"四"字，因为在我国传统文化中，"四"字相当不错，如空间"四方"，如时间"四时"，如汉语成语中四字语，以及概括的"四大名著"、"四大传说"、"四大悲剧"、"四大美女"、"文房四宝"，等等。陶思炎进而说，"四"在民俗文化中，有"事（四）事（四）如意"谐音。实际上早已经成为国人最吉祥、最习用的一个文化符号。然而，近二十余年来，随着东洋日本文化的传入……视"四"为死的观念，让国人在不明不白中接受了……

原来有此潜意识的，不光是我和我朋友，陶先生做为全国人大代表，居然以此为提案建议保护"四"字，可见这种错误的数字文化在我国流传之广。不过也有不信这一套的人，据《芳草地》上吴钧陶先生文章说，华东师大王智量教授就是这样的人，他的手机号码 11 位数字中，他就特意选了三个"四"字，别人不愿意要的他偏选。结果照样健康快乐地活着。

　　既然数字的灵验与否，是因人而异并非定律，我们还要不要对位呢？这就要看个人兴趣了。如果，当作一种解闷儿游戏，或者空虚心灵安慰，用数字好坏取乐，我看不妨玩玩，只是千万不可当真。说到底命运的好与坏，还是得靠自身条件，其次是客观机遇，这两者缺哪个都不成。与其仰望星空幻想，莫如脚踏实地耕耘——这是无数人生成功者，提供给我们的宝贵经验。

忘却也是一种幸福

忘却有时也是一种幸福。

当那些不愉快的往事，在某个不期而遇的时辰，突然袭上寂寞心头，像条蛇缠绕着你的记忆，想摆脱就是摆脱不掉，这时，你不觉得忘却是幸福吗？

可能是过去肩负太多艰辛，今天能够轻松度日时，真想忘却那些痛苦的往事，让快活充斥每天每一秒钟。然而，那些不愉快的往事，却偏偏在静息时，大摇大摆地走过来，心安理得地跟我对坐，用奇异目光望着我，仿佛在说：朋友，你真记不得我了吗，咱们可是打过交道啊。这时我躯体和魂魄，就像一座不坚实的小屋，因被抽去一块小小基石，开始晃晃荡荡起来。为求得一时安宁，就会羡慕那些记忆不健的人。

也许有人会说，有记忆多好啊，那不是健康标志吗？是的。有记忆固然不错，要看记忆着什么，是不是给你快乐，是不是值得记忆，倘若这记忆往事，让你有剔骨敲髓般的疼痛，难道你还想重新领略吗？人都是愿意为快乐而生存，绝不想在痛苦中讨日子。我这凡夫俗子，当然更是如此。前半生过得实在不平顺，总想在可以安享晚年时，让快乐织张柔软网床，舒舒服服躺着舒展筋骨。谁知那些不愉快往事，却像只只长足大肚蜘蛛，在这张网床上不住爬行，弄得你不疼痛却心发痒。

　　每当那些不愉快往事，悄悄爬上心头的时候，唯一希望就是能够忘却。虽然承受痛苦的肩膀，并不十分脆弱和柔嫩，但是我宁愿被人嘲弄，却不想忍受记忆折磨。记忆也许是一种快乐，然而，忘却也许是一种幸福。让有快乐往事的人，永远记忆着快乐；让有痛苦往事的人，永远忘却那些痛苦，这样命运对谁都显得公平合理，生活会更五彩斑斓极富诱惑。

人生无驿站

　　人生在世几十年，道路长长，风雨多多，总有走累的时候。何况路上还有坎坷，更有人际关系烦恼，活得顺畅的人实在少。每逢感到心烦体乏，真想找个清静少人地方，待一会儿歇歇腿喘口气，然后，哪怕再去迎接更大的风雨，总会有短时间的缓解。这就是早年我唯一的愿望。

　　带着渴望与期待，走过青年，经过中年，到了老年，回首往日远去时光，这时发现，原来这人生沧桑变幻，如同头顶上老天，哪能由得了自己性子。说是自己命运由自己掌握，其实，那只是主宰者的理论，现实社会中更多时候，命运还是要受别人拨弄！谁个不认识这些，谁就不能清醒生活，一生都有不解烦恼。

　　我年轻那会儿，没有赶上好年月。政治运动像家常便饭，随时就会端出，不想吃也得吃，几乎没有消停日子。好端端一颗心，被折腾得碎了，肉体还要受苦，智能跟着被禁锢，哪里会有好心情呢？

　　转眼到了中年，幸逢轻松时日。这时生命时序，只留个尾巴给我，恨不得一天当作两天用，为国家也为个人，正正经经地干点事，当然就很少偷闲。虽说身体依然很累很乏，这颗心却感到松弛许多，由于思想上少了政治羁绊，板结的大脑开始活跃。只是常常觉得时光短促。

　　这时有个比喻，总在头脑闪动：这人啊，就如同一辆车，只要上了路，不管路面多么坎坷，途中遇到多大风雨，依然得跌跌撞撞往前走，永远不停地往前走，走……

我们这代人的几十年，就是这样走过来的。最后不管愿不愿意，告别青春岁月，进入暮年时光，总该可以好好休息了吧，岂料疾病悄然而至，不是跑医院，就是练筋骨，生活依然是忙忙碌碌。跟过去有所不同的是，这时做得非常自觉，而且还很心安理得，觉得人到老年本应如此。就是没有疾病缠身，为了圆某个早年的梦，还是要或读书或学艺，奔奔波波地打发余生，同样都是心甘情愿，日子过得还算自在。

有时难免会想起往昔，坦然的是，这辈子未做坏事而无内疚；不安的是，这辈子为碌碌无为而惋惜。有时也会思忖自己当下，衣食无虞，闲事不管，对生活颇为知足和满足。可是一想到社会上的那些现象，这气就不打一处来。静下心来再一想：何必呢？都到这把岁数了，何不少管闲事养养神！唉，不禁可怜起自己，原来，心灵并未完全放松。

哦，这长长的人生路呵，就是要无休止地前行，根本没有想象的驿站。想休息不行，想喘息无望，只要在世一天，就得忙碌一天。

当然，忙碌各有不同，年轻时是在无意义争斗中，时光消耗得毫无价值；现在是在追求生活充实中，时光消耗得都很值得。再进一步想想，即使有个舒适驿站，谁又肯长久休息呢？人不就是得奔波得劳动吗，否则，生活还有什么意思，人生还有什么价值？走吧，活一天就要往前奔，"莫道桑榆晚，为霞尚满天"（刘禹锡诗句）。生活着，就没有驿站。

体味爱情的真诚

　　这是五十多年前，我在北大荒劳改时，发生的真实事情。一位难友就要告别人世，他双目未合之际，在场的多位难友，轮换着喊他名字，说："你还需要什么就说，我们一定满足你。"这位难友有气无力地，轻轻摇了摇头，意思是别无他求。过了一会儿，他用眼睛示意，要那只柳条箱子。有人把箱子搬过来，打开箱子给他看，里边装有几件旧衣服，还有个大纸袋子。他又示意打开纸袋，袋里边装着一札信，看到这一封封信，他眼睛略显沉郁，脸上却不时轻轻掠过，甜美而幸福的笑意……

　　这个近乎凄切的镜头，犹如一张珍贵照片，一直保存在我心册上。他是劳改"右派"中一位，在艰难流放生活中病故了，信件是他恋人给他的情书。这位难友毕业上海交通大学，他女友原是他大学同窗，俩人恋爱几年就要结婚，他划成"右派"被迫分手。可是他没有丝毫怨艾，相反还常常怀念她，每逢农场公休日，别人闲聊天玩扑克，他总是拿出这些信来读，这是许多人都知道的。我甚至于相信，这些有着女性挚爱情怀的文字，很可能成为他直面苦难的力量。在我们安葬他时，难友们不由分说地把这些情书，端庄地摆放在他身边，让它们永远伴随着他，起码到了天堂看看这些情书，他会觉得人间还是可以留恋。

　　我讲的这个近乎古典式往事，对于今天年轻人来说，实在显得有些遥远了，闹不好还会遭到讥笑。有人也许会说，这会儿连可视电话都有了，谁还用这种古老信件传情，再说爱情又不是跑马拉松，干干脆脆直奔主题，那该多么具有现代味道。其实，我要说的正是这件事，只是有些想法不尽相同，希望年轻朋友不妨听听。

爱情是件非常神圣的事物，两个人只要建立起恋爱关系，就应该认真细致地善待。如果把爱情说得浪漫点儿，即使不是一首情感交响乐，起码应该是支优美小夜曲，你若是像唱通俗歌曲那样快速处理，你就永远不会品咂出乐曲内涵。对于今天情书的失落，不，被热恋中年轻人废弃，我实在为他们感到惋惜。

要知道，情感表达，心迹表白，只有在从容不迫时，你才会传递出真情，同时会激发出智慧。这些用文字记述情感的信件，确实没有电话、手机来得利索快捷，但是话还得说回来，情感交流和情意表达，毕竟不是谈生意做买卖，只需来回几句话便可坦露。感情只有倾诉，而且是含蓄倾诉，那才会有隽永韵味儿。情书是传递情感的美好方式。谈情说爱没有情书相伴实在遗憾。

看到那些吃"爱情快餐"的人，有时我就想，幸亏那位难友早生几年，倘若他生活在今天，跟他女友表达感情时，只有这硬邦邦的电玩意儿，没有情感的回味，他身处逆境会是什么样呢？至少他的回忆要冷清许多。留在他记忆中的初恋，绝不会如此情意绵绵，永远给他以新鲜感受。他在临终前想起这儿封情书，说不定正是爱情抚慰过他，使他觉得人间如此美好，当然，就会宽恕所有不愉快事情。

生活方式可以现代化，感情处理还是细腻些好。现在正热恋着的情人，要是你文字能力还可以，建议你多写写情书，肯定会给你的爱情增加些情致。要是你肯于在忍耐中等待情书，那份焦灼，那份期盼，甚至于无端的猜疑和担心，都会成为一首美好的朦胧诗，写在你心灵稿纸上。这首诗题目：体味爱情的真诚。

学会寻找快乐

假如对某位朋友突然发问：您会寻找快乐吗？相信很多人会一时茫然，不知如何回答是好。仔细想一想，自己寻找快乐，好像容易，其实并不尽然。寻找快乐，是生命本能，更是生活技巧，人人有意识，却不见得真正做得到。尤其是对于那些有生活惯性的人。

可以这样说，大凡上点年纪的人，甭问，年轻时候生活质量，十有八九不如今天年轻人好。有的因战乱四处奔波，有的因政治精神压抑，有的因家累操劳伤神，总之，很少有更多开心日子。即使生活比较平顺富裕的人，在愉悦自己的快乐方式上，恐怕也没有像现在这样多。所以身体健康的年长人，特别知道珍惜当下条件，总是想着法子补偿缺失的快乐。跳舞、扭秧歌、打门球、爬山，穿大红大绿花衣裳、美容美发，吃西餐、品尝各式各样小吃，手头钱稍微宽余点，有的还出国旅游，饱览四海风情观赏五洋景色，只要年轻人享受的美好事物，他们总是想法儿亲自去经历。这就是衣食无虑年长人，在今天的整体生存状态。

本来嘛，年轻时受苦受累受委屈，如今好容易赶上少拘束年月，干吗不快快乐乐生活呢？为啥不高高兴兴度日呢？创造是人生义务，享受是人生权利。拥有这两者才是完整美好人生。光知道创造或光知道享受，这样的人生都不算很精彩。诚然，我说的这些年长人的快乐，在有权有钱人或者年轻人看来，或许算不得什么真正大快乐，充其量只能算是小乐和。可是就是这样的小乐和，对于大多数年长人来说，他们就很知足很满意了。

其实，再把话说回来，无论是痛苦还是快乐，都纯粹是个人体会，完全跟着真实感觉走。假如把痛苦和快乐比喻为硬币，快乐是正面，痛苦是反面，谁想花这个钱谁就得双面触摸，只触摸一面可能性好像不大。倘若把触摸当作人生体验，这痛苦和快乐滋味儿，对任何人都是一样，区别只是程度不同。就拿快乐来说吧，有钱人一掷千金的游戏，做官人被众人拥戴的得意，跟卖白薯小贩数钱的开心，街头下象棋老人的高兴，从本质上说并没有多少差异，如果让他们用笔书写，写出来的"快乐"二字，都是一模一样的文字形象。因为在造字者眼中，人的生理机能相同，对事物感受接近，所以文字不分贵贱高低。只要个人感觉快乐就是快乐。快乐永远是个人的感觉，别人无法代替更无法夺走。

然而，快乐并非与生俱来，更不是永远附着躯体上，快乐像一切宝贵东西一样，得由你自己想办法去寻觅。富人花千元打高尔夫球，是去球场找快乐；穷人花几十元钱听相声看戏，是去剧场找快乐；读书人终日读书，是在书本里找快乐；无所事事的人闲逛，是在街头找快乐，等等。还有的人哪儿都不愿意去，就在自己家侍花逗鸟，或者找几个人打打麻将玩玩小牌，从中寻得一时半会儿乐趣。反正不管怎么说，快乐不会从天而降，总得你自己去主动寻找。谁会寻找快乐，谁就生活得愉快；谁不会寻找快乐，谁就生活得郁闷。

可是，有人却不懂得这个道理，他们对待快乐的态度，有点像每月等候发工资，总是处于被动地位，希冀某个时辰由某个组织，把快乐活动带到自己身边。这样做倒是满省心，只是没有寻找过程，自然就少去许多乐趣。不能说别人给予快乐不是快乐，只能说这样的快乐不会持久，一旦别人不给了自己就会陷入尴尬。前人积累的人生常识告诉我，再辉煌的生，再伟大的死，都只是人生终极的两端，而且是刹那间的闪烁与暗淡，永远代替不了对过程的体验。唯有人生过程的快乐才是快乐。因此，在人生过程中寻找快乐显得非常重要。人们经常说的某某人，生活得有滋有味儿，而不是说某某人，生或死得有滋有味儿，我想正是这个意思。

　　说到这里有人会反问，那么，自己如何寻找快乐呢？对不起，我也说不准。我在前边已经说了，快乐是一种人生体验，自己觉得快乐就是快乐，因此寻找快乐没有统一方法。只要你愿意做某件事情参与某种活动，并且自己从中感觉快乐，那就要坚持去做去参与，这快乐就会无可争辩地属于你。寻找快乐是需要勇气和智慧的，主动地积极地去寻找快乐吧，以便让自己生活得更有声有色。

运用减法求快乐

那年《浙江日报》编辑来北京组稿，席间女作家韩小蕙给文友敬酒，她颇有创意地来个分年龄段举杯，而且每个年龄段都要减去10岁。

在座最年长者有两位，均年逾八旬，按她说减去10岁，这两位老先生自然高兴，面容立显灿烂朝阳，启口哈哈开怀大笑。下来就是年龄70岁的几位，同样以减去10岁计算，忽然变成60岁壮年人，当然要嘻嘻哈哈兴奋一阵。再下来就是年龄六十几岁者，还有几位是50岁40岁的人，如法炮制，顿时成了风华正茂青年小伙子。韩小蕙创意的减法敬酒礼仪，大家都美滋滋欣然接受。在座还有几位女作家，年龄不便说明，我想，减去N岁成妙龄少女，她们嘴上不说心里会乐开花。

这虚拟生活快乐，无疑来自减法游戏。回家路上我就想，用虚幻减法计算年龄，可以获得一时欣慰，这只是朋友间玩笑，除博得短暂心理舒服，绝对带不来真实拥有。可是，在其他具体事物上，如果用减法处理，说不定会有实在快乐。比如饭少吃一口，就不至于得胃病；比如，钱少挣一些，就不会有花用烦恼；房屋少住一两间，就没有打扫的劳累；虚名闲位少一点，就会活得清静自在，等等。依此类推的减法处理，或者用减法思维来想，真的算一种明智活法。

遗憾的是，真正能够修炼到这个份儿上，如今能有几人呢？实在不是很多。在许多实际利益上，一般人都是加法计算，如，自己成绩比谁多，自己资历比谁老，自己能力比谁强，总之，拿己之长比他人之短，想以此满足个人欲望。如果达不到个人目的，总是耿耿于怀、斤斤计较，自然就不会有快乐日子。直到把自己折磨得脱层皮，最后总算想通了、觉悟了，还是得归到用减法处理，只是这回减少的是寿命。这样算来更不值得不划算。

倘若开始就用减法计算，想想自己的不足和欠缺，觉得什么地方不如人，或者干脆听其自然，对于自己身心都有益。许多民间寿星老人，之所以会寿高八九十岁，除了祖上遗传基因，以及自身体质不错，更因为有个平和心态，对名不攀比，对钱不算计，对仇不记恨，对恩长铭记，活得洒脱、自然、正直。对于自己喜欢的事情，却一门心思认真地做。这样的人老天自然会格外眷顾。正如老祖宗的善意告诫："退一步海阔天空"、"多一事不如少一事"、"少吃一口安稳一宿"、"财富生不带来死不带走"，仔细品咂一下这些话，其实，都是教人要用减法处世、做人。

的确，平常遇到什么不顺心事，倘若用减法计算和思索，同样会排除许多烦恼。我这个人可能过于没出息，每每碰到不顺心事情，总是喜欢往回想和算总账，结果再大烦心事也会削减。所谓往回想就是想自己倒霉时候，所谓算总账就是想人生时日，这么来来回回地一算计，减去这个少去那个，留下来的恰好是开心快乐。人生在世还有什么比快乐更重要呢？妙哉，减法求快乐。

北戴河的独特之美

从 20 世纪 80 年代初期，中国作家协会组织作家度假，初识北戴河这块风水宝地，嗣后几十年间的夏秋两季，或开会或休假或访友，几乎年年都来这座海滨之城。呼吸被海风滋润的气息，欣赏被岁月淘洗的风光，漫踏被浅浪爱抚的沙滩，因长期艰途劳顿我略显疲惫的身躯，在这里得到短暂放松，感到无比畅快与舒适。就这样，我爱上了北戴河。

每当夏天酷暑难熬，几乎不假任何思索，首选避暑之地，就是北戴河。这样倾心于北戴河，一是我出生在冀东这块土地，二是家乡多河养成爱水习性，在这里有种回家感觉，这就注定我与北戴河的缘分。只是这时北戴河于我，完全是感情上的亲近，说起北戴河来，无非是凉爽气候，辽阔大海，除此而外再难说出什么。理智上更未认真地想过，北戴河有什么独特之处；北戴河奇妙的"细枝末节"，许多竟然被我忽略了。想起来难免有些愧疚。

2011 年北戴河笔会，尽管是"走马观花"，来去匆匆两三天，远没有过去来此休闲，那种漫不经心的自在；但是，却让我认真地思索着，比之国内其他避暑胜地，只属于北戴河的独特魅力，到底有哪些在哪里呢？这时我对北戴河的认识，似乎更贴近理智与冷静。

有天早晨眺望平静大海，忽然想起宋人陈师道两句诗："书当快意读易尽，客有可人期不来。"多少尚可贴近我此时心境。过去的北戴河恰似一本好书，我好像是很快就读完啦，其实也不过是饱了眼福；现在的北戴河犹如一位稀客，尽管时间太迟总算被我盼来，其实我对他的认识依然是皮毛。北戴河，原谅我吧。怨我粗心只注意你的外貌，谅我终究理解了你的内心。潮起潮落，冬去春来，你不只是依偎海滨的一座小城；你本身就是历史版图上一片海，那么浩荡，那么宽广，那么让人久久流连忘返。

此时，悉心揣摩北戴河景物，我发现，她既有对衬之美，她更有反衬之丽，北戴河，在我心中变得越发厚重、沉实。所谓对衬之美，如蓝天碧水、沙滩海浪、花草树木、青山绿野、沙原湿地……别的避暑胜地即使有，都不会像北戴河这样多、这样全、这样集中、这样恒久。而北戴河的反衬之丽，却是许多地方所没有，这就是北戴河独特之处。

那么，北戴河的反衬之丽、独特之处，表现在哪里呢？经过思索和梳理，起码这些应该算是：

北戴河很小，又很大。地域只有七十多平方公里，人口只有两万多，够小的吧？可是她的名声却很大。不知道河北省的人有，不知道秦皇岛的人有，我敢说，很少有人不知道北戴河，她的名字跨越时空远播海内外。除了优越的政治地理位置，更因为从古至今许多事件，都在北戴河演变成故事，给北戴河增添了神秘色彩。说事件讲故事都离不开北戴河。各地来北戴河旅游的人，离开带走的是什么呢？清凉气候，美丽风景，洋式建筑，可口海鲜。除此而外还有古今故事，回家给亲戚朋友讲述旅游见闻，总绕不开"北戴河"这个名字吧。随着旅游者奔走的脚步，北戴河的名声面积，开拓得越来越大越远。

北戴河很古，又很洋。公元前215年，秦始皇第四次出巡，从上郡（今陕西榆林）过九原，经云中、雁门、上谷、渔阳、右北平到达碣石，留下著名的《碣石门辞》，至今已经有两千多年。《史记·秦始皇本纪》说："三十二年，始皇之碣石，使燕人卢生求羡门、高誓。刻碣石门。坏城郭，决通堤防。"这就使北戴河的文化厚重了许多。我们开会下榻友谊宾馆，据北戴河文化学者冯老师讲，就是当年秦始皇居住地，可惜遗迹已经荡然无存，往日辉煌只能凭借后人想象。说到北戴河的洋，不能不提及铁路。清光绪十九年（1893）唐（山）——胥（各庄）铁路经古冶、滦县延修至北戴河区。随着铁路修筑再延伸，北戴河海滨美名，在京津一带广泛传播，英美传教士和国内外达官显贵，慕名在此购地筑屋，北戴河这个荒僻小渔村，像雨后春笋般冒出一幢幢洋别墅。从此，北戴河成为著名避暑胜地，她的历史又有了西洋色彩。

北戴河很动，又很静。北戴河四季气候分明，因气候变换悬殊，幽静与喧闹反差大，比之其他避暑之地，就有了明显不同。夏天来北戴河的旅游者，白天去海里游泳戏水，骑着自行车沿海边闲逛，夜晚在酒吧乃至大街，喝酒、唱歌、跳舞、聊天儿，由着性子享受清凉夏夜，让北戴河充满活力和动感。北戴河的夏天，如同活泼孩子，撒着欢儿玩耍。秋天渐凉不好下海，海边游人少了许多，北戴河显得异常幽静。到了冬天和春季，草木枯黄，万物萧瑟，常住人口又不很多，北戴河越发地冷清、空旷。犹如饱经沧桑的老人，在寂寞晚年时光，默想着昔日辉煌。不过，旅游淡季的北戴河，依然有着别样情趣，赏秋景，爬荒山，踏积雪，观冬海，静静地思索着人生，在获得的启示中丰富生命。

北戴河很中，又很俄。每年夏天来北戴河的旅客，除全国各地游客，最多当属俄罗斯人。有年夏天在北戴河作家创作之家，傍晚坐在核桃树下跟文友聊天儿，忽然随风飘来阵阵优美歌声，唱的是当年流行我国的俄罗斯歌曲，如《红莓花儿开》《卡秋莎》《小路》，等等。声音之纯正误以为是音响播放，稍停又是一片爽朗说笑声，问过当地朋友方知，隔壁宾馆住的旅游者，都来自俄罗斯远东地区。外国人来我国旅游，早已经是司空见惯。可是，来的人数之多，住的时间之长，旅客同属一个国家，恐怕只北戴河绝无仅有。俄罗斯人来得多住得久，生活方式和风物情调，就会感染些许俄罗斯色彩，商店、宾馆、旅游点有了俄文标示，城市建筑有了蒜头样屋顶，俄罗斯人更是随处可见。

北戴河很隐，又很露。掩映在幽林深处的别墅，栋栋都有故事和传说，有的已经为人所知，有的至今还是个秘密隐藏着。那些别墅一般人很难进去，远远望着绿墙红瓦房舍，凭借想象猜测别墅生活，给北戴河涂上了神秘色彩。这些别墅如同性格内向的人，你永远无法猜测他的心思，于是，北戴河就有了研究别墅的学者，我们只能从他们讲述中，窥视往日别墅主人的生活。然而，如此隐蔽的北戴河，却又有她显露的一面，在其他旅游城市很少见。由于北戴河地界比较小，即使中心区也距离海近，很容易看见男女旅游者，穿着各种各样时髦泳装，出入商场、酒吧或逛街，如此近乎放浪形骸的暴露，竟成了北戴河一道风景。

当然，我毕竟不是史地学者，以关注研究北戴河为职业，归纳的几点独特之处，完全是凭个人感悟寻觅。就是这找出的仅仅几点，就足以让我对北戴河，有了比过去更深的了解。观景越远越美，看人越近越真。当我像看人一样，看北戴河的特点，远比过去真切了许多，这时对北戴河的感情，就更为深沉更为淳厚，而且有了理性认识，感情上也就有了依托。北戴河，你在我心中的距离更近了哟。

读书使人高尚

小时候读书走神儿，长辈规劝常说的格言，就是"两耳不闻窗外事，一心只读圣贤书"，可是毕竟年幼贪玩，经不住热闹的诱惑，有条件时并未好好读书。长大以后懂得读书道理，却没有了读书条件，依然白白荒废了好时光。我曾经写过一篇文章，题目是《终生遗憾未读书》，表达自己对幼时的失悔。

正是因为没有读多少书，对那些读书多的人，就有种羡慕和景仰之情。羡慕他们的学问，景仰他们的品德。真正的读书人，在优秀图书中，除了吸纳知识，还要滋养性情。有学问的人必有教养，有教养的人多数德高，这几乎成了读书人的规律。古今中外名人中，凡是德才兼备者，大都是饱学之士。

现在年轻人的岁数，恰似我懒读书的当年。有的以上网浏览代替认真读书；有的以玩手机换取读书快乐，我不敢说不对，起码觉得欠妥。网络上的东西，如来自书本，还算有根据；有的则不然，完全胡编乱造，欺骗误导网民。即使得来点零碎信息，对于养心育德，又能有多少帮助呢？想成就一番事业的人，想成为一个德高的人，还是要踏踏实实读点书。

书育才，书养德。

老来丢三别落四。

"夕阳无限好，只是近黄昏"。

这是人生规律。把晚年时光，即使赞美得无以复加，又如何呢？

都无法避免时光流逝。因此，老年人考虑问题、处理事情，应该从实际出发，似乎更好。这样反而会使生活多些情趣。比方说记忆力减退，就是难以逆转的事实，经常"丢三落四"犯糊涂，有的老年朋友很苦恼。其实完全无此必要。依我看，人到老年就应该，有所"丢"有所"不丢"，有所"落"有所"不落"，这比什么事情都"清醒"要好。

就说这"丢三落四"吧，倘若能做到"丢三""不落四"，或者叫"三忘""四记"，说不定晚年时光，就会真的"无限好"。

何谓"丢三"呢？

一、丢掉或曰忘掉：年龄。不要数着年龄过日子，按天计划如何快乐，就会常有青春时的享受。生日还是可以过，最好不要年年过，过个整数寿就得，何必让人提醒正在变老呢？老年过生日，快乐别人，扫兴自己，并不太可取。

二、丢掉或曰忘掉：工资。金钱是浇花的水，多了容易烂，少了容易旱，不多不少最惬意。不计较工资多少，不比工资高低，再说计较攀比也无用，何必为钱伤害身心呢？苦日子过了那么多，现在只要不愁吃穿，知足就快乐。

三、丢掉或曰忘掉：怨恨。人生在世几十年，好人善"小人"恶，哪能不遇一点伤害，更何况经历那么多政治运动。过去了就让它过去，老想着下绊的人，老记着窝心的事，无异于吸毒酗酒，便宜了恶人害了自己。反不如快快活活，每天都像过大年。

何谓"别落四"呢？

一、别落或曰记住：双情。老来什么都可以少，唯独亲情和友情，万万不可以缺少。年纪大了最怕寂寞，在家常有亲人来往，在外时有朋友聊天，心灵被情感露水滋润，生命之树就永远鲜活。

二、别落或曰记住：求知。活到老学到老，未免有些沉重，不要刻意加压。稍微懂点新知识，比如手机、电脑、信用卡，起码会使生活方便，这有什么不好呢？至于还学点什么，那就要看自己喜欢啦。

三、别落或曰记住：找乐。快乐处处有，全凭自己找。玩牌、下棋、打麻将、跳舞是找乐和，什么也不会玩，站在旁边看看，只要自己觉得高兴，同样也是快乐。再有钱没有快乐，生活依然乏味。

四、别落或曰记住：健身。疼爱自己的最好办法，就是呵护好身体。儿女再孝顺不能替生病，经济再宽裕买不来健康。一定要坚持经常活动，玩球、游泳、骑车体力不支，就走走路伸伸腰，同样是锻炼身体。

总之，"丢三落四"不可怕，关键是"丢"什么、"不落"什么，这点非常重要。丢了晨曦，不落晚霞；丢了烦恼，不落快乐；丢了过去，不落现在；丢了起始，不落过程，人生岂不是同样美好。

舒适自在过大年

春节，民间俗称大年。如今，普通百姓过年心劲儿，好像没有过去高，特别是在城市里，春节这几天异常清冷。这年到底过什么？怎么过才好？成了许多人盘算的问题。

早些年生活物质匮乏，毫无疑问就是过吃喝，想方设法弄点鱼肉，全家美餐一顿就算过年了。后来吃穿东西开始多了，觉得光吃喝没年味儿，就噼噼啪啪放鞭炮，倒是蛮有喜庆景象。有的地方鞭炮禁放了，觉得过年越发没意思，就开始到处旅游玩耍，这年过得总还算快乐。没想到人的想法相同，你也旅游我也旅游，旅游景点看人比观景多，看人若看美女帅男也好，偏偏是看小孩屁股大人后脑勺，连个正面形象都不给，自然就渐渐有些厌烦扫兴了……总之，这过年方式全尝试了，再很少有大的感官刺激，对于过年的兴致开始减退了。那么，除了重复传统过法，是不是可以考虑考虑，换种别的方法过年呢？

我一直有这样看法，就一般人的大多数来说，过年过节都比较盲目，就是说为过节而过节，很少有人认真地想想，这大年到底怎样过更好？有人说，过年就是图个热闹，放鞭炮演大戏多开心；还有人说，过年就是求个好吃喝，敞开肚子"造"多痛快；更有人说，吃喝玩乐睡觉过大年，等等，似乎都有浓郁的节日味道。不过要是让我现在来说，我认为这过年，主要还是过自己的心境。我们不妨想想看，缺吃少穿你有好心情吗？你争我斗你有好心劲儿吗？疾病缠身你有好心气儿吗？这时就是天天过年，恐怕都不会咋高兴。现在提倡和谐社会，除了人与人的和谐，人与自然的和谐，在我看来，个人身心和谐也蛮重要。而人的自身是不是和谐，就看有没有一个畅快心境，以及一个真正健康身体。

这会儿的人，生活节奏快，个人想望多，哪有不忙的道理？年轻人想奔个好前程，中年人想挣点养老钱，老年人想多活上几年，就连孩子都想考个好分数，一年三百六十五天日子紧紧绷绷，活得实在太累太苦太艰难。好容易盼来个春节，何不趁此长假机会，调试一下自己身心，让紧张神经得到些松弛？比如约一两位好友，找家茶馆坐坐，聊聊轻松话题；再比如到读过书的学校，重温一下往日快乐时光；还可以在家翻翻相册听听音乐，让自己沉浸在悠闲氛围里，这都是很好的过年方式。干吗非得过得那么"轰轰烈烈"、"地覆天翻"？

过年习俗不能变，过年方式可以改，事实上也正在改，例如登门拜年、除夕守岁，这些年好像就不多见了，这说明在对待如何过年上，人们的考虑越来越比较实际了。这实际正是含有不拘礼数但求舒适的意思。舒适自在过大年，就是放松的结果。反正不要给自己身心加码，而要考虑给自己身心减压，这才是现代人过年最佳方式。

休闲方式别总是老一套

腾出一定时间休闲，正在被更多人所接受。寻找适合自己的休闲方式，对于每个年龄段的人，我以为都很有必要很有益处。可是认真地问一句：您会休闲吗？不知道被问人会怎样回答。做为一种现代生活方式，休闲有着一定文化含量，更考验着人们养生智慧，会休闲的人身和心都会放松，不会休闲的人身累心也累，所以千万不可把休闲变成"闲休"。

那么，怎样才算最佳休闲方式呢？其实这并没有统一标准，只要自己感觉舒适、畅快，精神上得到一定慰藉，而且无疲倦和劳累感觉，这应该算是比较好的休闲了。然而做到这点却非易事。这得靠自己、家人、朋友，共同变着法儿找乐和，一起自由自在寻开心，尽可能达到身心两益境界，这样的休闲才会有比较好的效果。

说到休闲方式或找乐方法，最常见的当属两个"老三样"：一个是"下棋、搓麻、甩扑克"，另一个是"养花、遛鸟、玩宠物"，在重复的快乐中度过时光。想改变一下快乐方式，最多就是赌个小钱儿，或者来个猫争狗斗，要不就是唱唱歌跳跳舞，思维依然未脱离原始状态。现代生活内容如此丰富，倘若不把自己融入现代社会，享受新的休闲方式和快乐方法，我总觉得有点对不住自己，更不要说错过赶上的好时候。当然，对于需要金钱支撑的休闲方式，就一般经济收入人家来说，绝对不能盲目追求或成癖上瘾，这点必须得认真掂量和考虑。

现代休闲方式很多，例如打保龄球、钓鱼、唱歌、写地书、玩门球、听曲艺、看戏等等，都是很不错的大众化活动。如果自己已经习惯哪一种，觉得这样周而复始地做，不厌烦、无重复感也不妨坚持，反正就是找乐和愉悦身心呗。从获取不同欢乐角度来看，老是一种休闲方式未免单调，单调地重复习惯就会厌烦；从满足更多生活情趣考虑，休闲方式经常不断地调换，说不定就会有新的快乐感觉。

比如我吧，就是喜欢跟朋友一起喝茶聊天，好像这就是最好的休闲方式啦，自己毫未觉察出单调乏味。只要有朋友邀请喝茶聊天，无论跑多么远路都乐意，"痴情"如此也算可以了吧。忽然有天一位朋友对我说："走，跟我一起玩沙狐球去。"何谓沙狐球那时我还不懂，就傻乎乎地跟着他去了，到了那里他教我如何玩，我跟着他一点点地学投掷，很快就学会了并有了兴趣，这时才感悟出个道理，原来休闲方式大有学问。有的人是在休闲中丰富情趣，有的人是在休闲中松弛筋骨。这位朋友的休闲方式，比之我那种休闲方式，要更高明更有积极意义，因为既可松弛筋骨又有情趣。在休闲中尝试更多方式，会获得一定的新鲜感觉，对于任何人都是一种美好享受。

喜新厌旧和墨守成规，都是人的固有天性。年纪稍微大点的人，凡事都总是求稳妥，愿意坚守熟悉的东西，哪怕有一点点变化，都会觉得不大习惯，开始总会难以适应，因此，在新鲜事物面前，调动自己的好奇心，对于老年朋友很重要。我非常羡慕那些"老顽童"，他们在休闲方式上，总瞅着周围年轻人，有什么好玩的东西，有什么好去的地方，有什么好吃的餐食，就会赶紧凑过去看看，然后就立马试着体验。总之，变着法子使自己快乐，在快乐中享受现代生活，人再老身心都不显得老。

　　时代在前进，科技在发展，新鲜事物层出不穷，做为现代人，就应该投入其中，尽量享受现代文明。破破老套休闲方式，尝尝新的休闲方式。我们每个人都应该有这样的勇气。学会休闲不只是为"闲"而"休"，而是为解除生活中劳累，在闲暇时寻找人生最大乐趣。在新的快乐享受中，就会保持住进取心。这样的休闲方式或方法，就不是可有可无的了，它既是生活的需要，更是人生的一部分。从这个意义上考虑休闲，变点新花样岂不更好吗?

给子孙后代留点什么

很多年以前，听一位老华侨讲，美国孩子年满 18 岁，家长就很少关照啦，"逼"着他自己去谋生。当时听了颇为惊异，觉得缺少人情味儿。按照咱们中国人习惯，父辈人拼命干活挣钱，重要原因就是要为后代，留下一些房产和钱财，不这样做总觉得于心不安。所以病老临终写遗嘱，很重要的内容就是，关于财产房舍分割，以免身后子孙为此不睦。为争夺遗产打官司，闹得兄弟反目成仇，在民间流传相当多。

这样的事情说明什么呢？我想从两方面说，做为长辈观念过于陈旧，做为晚辈缺少创业志气，一老一小都应该改变思维，否则遗产便会成为祸根。为了争夺遗产闹得鸡犬不宁，去世的前辈灵魂会不安，活着的后辈良心会受责，好事岂不是变成了坏事。更何况再大的财产，总有用完花净时候，富了儿子辈穷了孙子辈，这种事情实在太多太多。史书上说的，富不过三代，就是这个道理。

那么，到底应该给儿孙留下什么遗产呢？最主要的也是最重要的，我以为应该有两方面：一是为人处世道理，二是自食其力本领。

再娇生惯养的孩子，总有走向社会的一天，倘若连为人处世都不会，整个一个青涩生瓜蛋，别说是做事情创大业，恐怕连要饭都找不到门，脖子上套个大饼也会饿死。俗话说，练达人情皆学问，从小时候就教育孩子，如何跟人诚实相处，尽可能地多帮助别人，一旦自己有什么困难，必然会有人伸手相助。望子成龙是长辈的美好愿望，有的孩子却不是成龙那块料，你非逼着他考高分争名次，弄得孩子整天晕头转向，成不了龙不说连身心都受折磨，这跟把孩子往绝路上挤有何异。俗话说，家有万贯不如一技在身，从小就教育孩子如何生存，不管将来是卖烤白薯、干理发，只要有一技之长就有饭吃，说不定反而使孩子前程不错。给儿孙留下这样的遗产，这就是儿孙未来洪福。

正是基于这样看法，我想我们这些年长人，健在时最应该做的事，就是经常跟后辈讲讲自己。在现代的中国人中，大凡已成了祖辈者，年龄最小也得60岁左右。回头看看走过的六七十年，哪个没有生命的荒疏，哪个没有人事的磕碰，那些特殊年月特殊经历，从个人愿望来说，没有谁主观想经历，可是我们毕竟亲身经历了，这样就构成了特殊财富。随着社会越来越安定、祥和，相信子孙后辈再不会经历这些事，即使未来道路有些不顺，总不至于像我们这样艰难。如果跟他们说说这些事情，就会对他们思想产生影响，一旦生活中遇到什么困难，跟前辈人对比意志就会坚定，用勇气和智慧去战胜困难，岂不是比留下万贯家财要好。

有位老人把自己的经历，写成几十万字回忆录，请人用电脑制作成书，分赠给自己儿孙辈，让他们知道前辈艰辛，我觉得这就是个好主意。过去单纯讲忆苦思甜，现在再来讲这老一套，年轻人肯定会反感，因为生活一年比一年好，这才是人们追求的目标，拿过去苦比今日甜，其可比性很难说服年轻人。可是从为人处世道理上讲，年轻人就比较容易接受。因为他们遇到的种种困惑，尽管与长辈困惑性质不同，但是承受的压力和折磨，在精神上并无多少根本差异。年长者经常跟他们说说，就会起到答疑解惑作用。从遗产上来说这是非常深厚的一笔，拿多少金钱恐怕都无法买得来。

我们非常高兴地看到，有的年轻人很有志气，看到长辈们省吃俭用，总会说："省钱干什么，受了一辈子苦，该花就花呗，我又不用你们的钱。"年轻人能有这样想法，从社会观念角度看，这无疑是个很大转变。过去那种吃老子现象，正在被年轻一代所摈弃，依靠自己本事挣钱吃饭，已经成为社会的主流。这就给年长者留无形资产，提供了前所未有的条件，我们应该尊重后辈意愿，不留钱财而留下人生事理，子孙后代更可以享受不尽。老辈人安了心，小辈人遂了愿，想起来永远温馨。

心无旁骛不显老

　　读了几篇谈老的文章，颇有些感触和感想，特别是邓友梅兄对镜"顾影自怜"，而后写的那篇《老而来乐呵呵》，读后更是让我不禁久久唏嘘。

　　人生七十古来稀，这是说过去年月，如今生活条件好了，长寿的人随处可见，这话已无普遍意义。那么，除了年龄为标志，人的老与不老，又应该如何区别呢？依我看主要是心态——心里毫无芥蒂的人，心情永远畅快的人，心思思谋正事的人，心地比较开阔的人，心意常存感恩的人，行为正派无邪的人，总之一句话，没有花花肠子弯弯绕的人，给人感觉总是并不太显老。如果再说白点，就是心地坦诚的人，处事简单的人，老态就会迟来些时日。

　　这样说，绝对不是情感驱使，而是现实中几位高龄师友，让我坚定了这样认识。从年龄看他们比有的人，要年长十几二十岁，应该说属于两代人，但是在平日言行举止上，不熟悉的人就觉得相反，把幼者说成长者完全可能。这种事我见过许多次。陌生人询问："谁谁比谁谁年长吧？"等得到否定回答，问者会惊异地说："不会吧？怎么见谁谁比谁谁，显得老态龙钟呢？"

　　在我接触的诸多文友中，仅以北京圈儿而论，除前边说的邓友梅，还有我等属于这个年龄段，活得都蛮自在、悠闲，在家独自写点小文章，出外与友喝茶聊聊天，还有的喝点酒玩玩牌，在神情上都不显得老。至于比我们老一辈师友，同样有六七位吧，都是八十奔九的人啦，在他们面前，连叹老的友梅兄，恐怕都不敢捋胡须，只是个小弟弟而已。可是，这几位奔九的老人，你见到他们就会觉得，行动和思维毫无老态，至今笔耕不辍佳作常见，给人印象与年龄并不相称。参加各种活动跟年轻文友一样快活。

有的人则不然。从年龄上来说，应该属于七老这一拨儿，看上去则比八十还八十，走路不稳，反应迟滞，坐定打盹，即使不像友梅那样"顾影"，我想，总免不了偶尔会"自怜"。跟友梅不同的是不敢正视，硬是愣充"年富力强"好汉，唯恐一称老被请出圈外，失去自己习惯的东西，例如某些虚名、开会座次、众人恭维，等等。虚名真利失去就会像瘾君子，有的连撞墙心思都会有，因为，无此支撑日子会很难过。只是毕竟落花有意流水无情，往日的权力名誉日渐式微，再想如何挽留都已力不从心，只能在最后的情感折磨中变老。

我进入老年行列以后，最高兴最欣慰的事情，就是结交多位年轻文友，他们心态跟七老八十这拨儿，居然完全一样平静、安详。老与不老这个话题，对于他们来说，现在谈论为时尚早，但是他们的平和心态，却比年长者更显得明显，这究竟是生活磨砺呢，抑或是借鉴前辈"经验"，未跟他们探讨或询问过，大概两者兼而有之吧。我非常赞赏有的年轻人，看似没有大志向，只是专心致志地做事，而且讲情意懂事理，真正做到了心无旁骛，点滴地积累生活经验，使自己人生底蕴渐渐厚重。

其实，人生就是这样，有些事情想得通了，自然就会看得透，心胸随之就会开阔。从这个意义上来讲，老年人的人生阅历，如同一部丰厚大书，聪明的年轻人，用心地读一读，说不定会有裨益。

总之，年龄无论是长是幼，职位无论是高是低，金钱无论是多是少，日子过得简单，思想保持单纯，专心做自己喜欢的事，拥有个平和好心态，让生活充满灿烂阳光，衰老说不定就会迟到几日。

人生有悟不白活

军旅作家贺捷生大姐,将朋友发给她的短信,她转发到我手机上,我一看是首短诗,题目是《铁锅情》。诗中写道:"世人都说是铁锅好/铁锅的老底谁知道/火里托生/心血铸造/天天烟熏火燎/年年蒸煮煎熬/张着闭不拢的口/弯着直不了的腰/盛着天下的苦和乐/装着人间的饥和饱/沉甸甸痴情一片/响当当铁汉一条"。

2010年夏天,贺捷生和作曲家王立平、文学评论家陈先义、褚水敖、奚学瑶、祁茗田、诗人刘福君等文友,聚首雾灵山创作之家,晚上在一起喝茶谈文论乐,从王立平作曲的《太阳岛上》《少林寺》、《大海呵,故乡》《驼铃》《浪花里飞出欢乐的歌》等优美歌曲,谈到他配乐的电视剧《红楼梦》,听后那么令人牵肠挂肚萦绕心中,大家足足过了一次音乐评论瘾。

谈兴正浓时贺捷生提起这首《铁锅情》,她觉得这首饱含人生哲理的诗,很可以谱写成一首歌曲。王立平听后笑笑说:"大姐,这首歌词,你知道是谁写的吗?"贺捷生说:"不知道,是一位军科院院士传给我的。""这是我写的呀,大姐!不知是谁给传到网上去了。"

王立平跟贺捷生是多年好朋友,用王立平自己的话说:"我每次请贺捷生吃饭,总是找最便宜的小馆,目的不在吃饭,而在随意地聊天儿。"他们的友情非同一般。听说此诗是王立平所作,贺捷生大姐自然高兴。于是,王立平乘兴背诵多首他的歌词,有的已经由他谱曲，有的他正酝酿谱曲，在场文友都非常喜欢。

我读过王立平给刘福君诗集《母亲》写的序言，以为这位著名作曲家只是个诗歌欣赏者，听了他背诵自己的诗句才知道，原来他也是一位多产诗人，在繁忙公务和作曲之余，近年坚持写作感悟人生诗词。他许多歌曲的词都是自己创作的，当时我们只顾欣赏曲调竟然忘记词作者。正是因为歌曲的词由自己创作，每一首曲调才谱写得优美动听。特别是电视剧《红楼梦》音乐，至今让许多人记忆犹新，凄美旋律依然揪着人心。诚如王立平所言："一朝入梦，终生不醒。"

返京，接王立平传来他另首词《十字路口》："常站在喧闹的十字路口／顾盼着人生的前后左右／有的人以这里做为起点／也有人把这里当成尽头／有的人从这里分道扬镳／也有人到这里重新聚首／啊／十字路口／能容四季风雨／还有那八方来客／啊／十字路口／能走千乘车马／还有那万众人流／东南西北／红灯绿灯／毕竟有先也有后／人各有志／志在四方／总有到达的时候。"同样充满深刻人生哲理，看来他真是彻悟了人生。

茶酣话浓。河南籍评论家陈先义，说起他家乡少林寺，原本只是个破旧小庙，因《少林寺》歌曲而扬名天下，他为此写过一篇文章《文化是一种软实力》，谈文化与地域发展的关系。王立平说他跟河南的关系，岂止一个少林寺，他还跟一所农村小学，有着非常亲密的关系。有一天，王立平接到一封来信，写信人是河南新安县实验学校两千四百名师生，想请王立平为他们谱写一首校歌，王立平见信当即爽快答应了。校歌谱成他亲自送去，夫妻二人驱车 17 个小时，从北京赶到千里之外的学校，学校和县里早准备好饭菜，本想好好款待这二位贵宾，却被王立平断然谢绝，他说："我们是想给你们点帮助，如果再给你们增加负担，那我们就于心不忍了。"这次他们夫妻二人，除了王立平谱写的校歌，还给孩子们带去许多物品和钱。用一个小时的时间，简单地举行了个仪式，立即赶路返回北京。类似这样事情，王立平夫妇做了不少，从未在媒体上报道过。倘若不是聊天说到这里，这位著名作曲家的善举，包括好友贺捷生将军，恐怕都不见得知道。做善事不大肆宣扬，这才是真正的善心。在场朋友听后都颇为感动。

读了王立平人生哲理歌词，知道了他默默不言所做善事，我忽然想，人这一生怎么才算未白活？照一般人想法无非名利二字。比方说，有人认为拥有荣华富贵算未白活，有人认为名声盖世算未白活，如此等等。人各有志嘛。这算是吧。只是若以此来论成败的话，身为作曲家和社会活动家，这些王立平全都拥有，可以说是位当今成功人士。可是，想了想，我却不完全这样看。我更欣赏他人生态度：事业有成而不燥，名声显赫而不傲，身处高位而不居，自自在在平平常常地生活，毫无一点装腔作势名人架子。难怪他能写出那么有滋有味的人生哲理诗词。这就如同吃饭，再好一桌饭菜，吃过不知其味，岂不是白吃。生活亦是如此。活了大半辈子，还不明事理，岂不是白活？所以我说，王立平在做人上更成功。

我把《铁锅情》传给多位好友，历史学家、作家王春瑜先生，读后立刻给我回复说："深刻，隽永。"可见，对于人生有感悟的人息息相通。我曾建议王立平把这些歌词早日谱曲，只要传播开来，相信会让许多人获益。当今社会出现许多问题，原因之一，就是有人未活明白，在小名小利上毁掉了一生。太可惜了。

快活每一天

年轻时被一个虚无理想驱使，每天忙忙碌碌好像充实，其实，连自己都不知道真正忙啥。如同一个不善种地的农夫，每天日出而作日落而息，跟同辈人并无什么大区别，到头来收获却没有人家丰厚。人到中年始谙人生忧乐冷暖，这时好像懂得点事理了。再伟大的理想，再辉煌的抱负，若想实现都得努力奋斗，无奈客观条件不允许，就这样，在混沌中过了许多年。到真正开始悟出人生真谛，转眼间，临近生命黄昏，时光需用天来计算。那么，每一天应该怎样度过呢？我常常地这样追问自己。应该说，生活对于每个人，都是公平合理的，不同的是穷富有别，地位高低不一，然而，这却不能左右人的生死，从本质上说还是很平等。世界上有许多权贵富翁，都想凭借权钱延长寿命，甚至于让人高呼万岁祝福，却没有哪一个达到目的，该死时候照样命归九泉。人把生死事情想通了，就算是个真正明白人，对于身外之名之钱之位，十有八九就会看得轻淡。

人在生活里的不愉快，别别扭扭，皱皱巴巴，除了某些客观因素，更多时候得怨自己。现在人们张口闭口好讲心态，仔细想想却有一定道理。可是好心态从哪里来呢？官位可以由人封，金钱可以由人给，名气可以由人炒，只是从未听说过，谁给谁制造个好心态，看来归根到底得靠自己。照大多数普通人方式生活，让心态真正平和就会愉快，生命每一天都好似初升太阳，散放出新鲜蓬勃的光芒。

有次开会邂逅几位老朋友。当问及他们退休后生活，都无一例外地说"还凑合吧"，语调上显得非常无奈和凄切。我听后确实不以为然，就随口说出："干吗凑合，我觉得好日子刚开始，每一天都很可爱，我们要过好每一天。"说后立刻意识到不妥，多少有些失言，怕伤害这几位老哥们儿，赶快又马上找补说："当然，每个人情况不一样，不过，只要健康就快乐，就是最幸福生活。"这找补的话，乍听好像言不由衷，然而，却是我真实想法。这个想法是从切身体会和从旁观察得来。

我跟这几位朋友思想的差异，事后想了想，原因是彼此情况不同。从过去说，他们没有我经历坎坷，在平静环境里生活做官，乍一退休有些失落感觉；从现在说，他们比我退休早好几年，退休金比正常工资少许多，经济情况比较窘迫，他们用"凑合"概括自己现状，还是比较符合实际。何况这会儿许多事情，对待不是公平合理，有看人下菜碟现象；社会冷暖急剧变化，人情轻薄如纸似云，难免会让正派人有想法。朋友们的心态我非常理解。

可是，话又说回来了，生老病死毕竟是人生规律，谁又能够违反得了呢？生活如此丰富多彩，除非真正为吃喝终日犯愁，更多的人还是有条件，考虑如何过好每一天。这就是所谓生活质量。

我们说过好每一天，当然包括物质享受，把物质享受视为资产阶级方式，随着时代变迁再无人责难。人类既然创造了物质财富，为什么不能理直气壮享受呢？不过，对于衣食无着的人来说，这过好每一天含义，主要还是在精神调试上。倘若在精神上有障碍，无论是有衣食温饱之忧，还是有万贯家财之悦，都不会有真正人生快乐。快乐而健康地生活，不仅是人的本能，更是人生的追求。每一个人都不会拒绝。人的生命总是有限的，再长很少超过百年，在有限生命舒展期，很少有人可以预想未来。但是每天睁开眼睛之后，想想这一天怎样度过，尽量让自己活得愉快，起码不要自找烦恼，这就是最大的享受。高兴地过好每一天，让每天都有个好心情，这比拥有高官厚禄，或者占有万贯家财，更有实际意义和生活质量。

放飞心灵的风筝

朋友主编关于如何减压的书，让我谈谈个人体会。其实，在当今社会生活，要说压力，恐怕每个人都有，从小学生到退休老人，谁能说完全轻松快活呢？事业如日东升中的青年，承受多种和多方压力，就更是不言而喻。只是程度和形式，各有各的不同吧。过去经常有人说，把压力变成动力。这只是说说罢了。真正做到无几人。这压力如同水，只能让它流淌，绝不能千方百计地堵塞；这压力如同风，只能让它吹刮，绝不能想方设法地阻挡。因此，说到如何减压，我倾向于心灵疏导，让心灵像只风筝，在生活天空自由飘荡。

压力好像大都来自外界，其实不然，更多时候还是来自内心，承受力比较强又会疏导的人，再大压力在他面前都会缓解。这就如同自然界气候，冬天寒冷夏天炎热，春天有雨秋天有风，不可能让气候适应我们，只能是我们应对气候变化。所以才有各种应变设备和衣帽。

以我自己为例，一生都有压力。倒霉时没有出头指望。劳累时没有别人代替。唯一解救方法，就是自己疼爱自己，自己安慰自己，尽量让日子过得快活。这时我常常想起乡间马车夫，赶着辆破车雨天走夜路，边唱着边吆喝着骡马前行，反正既不能懊丧又不能停下，路再艰难总有到达终点时候。

我有过欢乐童年，我有过父母疼爱，我有过幸福初恋（尽管结局凄凉），我有过友人温馨相聚，我有过安静读书时光……总之，凡是可以安慰自己的事情，都是我当时常常回忆内容。有这些美好东西占据头脑，外在压力和精神就放松了，身体劳累会随之有所缓解。我经常提醒自己：再苦再累再病总有喘气时候，沉溺痛苦心灵就会更累，而心累十有八九是自找来。我绝不能让自己身累心也累。

对于家庭压力的缓解，主要是找朋友聊天儿。跟朋友一起喝茶聊天儿，如同泡在温泉里喊叫，身心都觉得非常舒适，起码可以暂时忘记家累，回到家中即使再陷入劳累，那只是新的负累开始，总比日积月累地干下去，在承受上要减少许多。在家独处时就喝茶听音乐，同样会起到放松心灵作用。说到独自喝茶，不妨搞点小烦琐，如喝工夫茶，如欣赏相册，来回倒弄茶具，依次掀翻画页，就会转移压力，在把玩之中放松心灵。劳累心烦时逛大街逛公园，我觉得也是个不错选择，看到快乐游逛玩耍的人，就会想，谁能说他们没有压力呢？人家可以欢天喜地，我干吗要愁眉苦脸呢？这么对比起来，心胸豁然开朗。

我们要明白一个道理，生活着就会有压力，小有小的压力，老有老的压力，富有富的压力，穷有穷的压力，官有官的压力，民有民的压力，谁都摆脱不了甩不掉。自己减压是一生事情。如今社会宽容了，政治环境稳定了，科学技术发达了，减压方式方法很多，例如器械健身、游泳、玩各种球类、旅游、参观展览、喝茶聊天儿，等等，都会有很好的减压效果。但是我仍然觉得，最好方式方法，还是寻求心灵沉静。在心灵调试上多下功夫，比之借助外界帮助，更有牢固的抗压力。

放飞心灵的风筝吧，以恬静的蓝天白云为伴，压力不过是线绳一根，即使不可能彻底剪断，总会在悠悠荡荡中松弛。

日子总算变得平顺

每天从沉睡中醒来打开电视机，就有悦耳乐曲悠悠飘来，像清冽山泉滋润着心田。听完新闻联播各种消息，就是各地的天气预报，主持人告诉你当日天气怎样，还用亲切语调提醒你，出门要不要带雨具增减衣服。开窗换换室内空气，仰望天空湛蓝如洗，平视草地碧绿如海，低首大街色彩如潮，都安静地镶在窗框里。出门见居民区警示牌，提醒锁好门关好窗，注意防火防盗防雨，如同小时候上学母亲叮嘱，听后有种暖暖柔柔感觉。不禁心想：这早晨多么温馨啊。

其实，温馨不光在早晨，更不只是在家里。出门上班或者闲逛，公交车地铁站都不再脏兮兮，街道有花有草有雕饰，目力所及都很赏心悦目。有时候找家幽静茶楼，约两三好友聊天饮茶，天南地北中外古今神侃，多少劳累多少烦恼全都消释。回家有灿烂灯火一路伴随，紧张中透着愉快、温馨，普通人生活能够如此平顺，谁还管他天上雷雨地上风云呢？人活着不就是求这份平顺温馨吗。

当然，温馨可心的事情，不只是我说的这些。说话不再是千人同调，衣着不再是单调划一，饭馆不再是排队等候，年节不再是犯愁吃喝，有条件人家还可考虑出外旅游。总之，普通百姓寻常日子，过得踏实、放松、自在，自然就有种温馨感觉。如同天上鸟儿水中鱼，只要有个自由自在环境，就算很知足很满足，至于能不能寻觅到钱财，那就要看自己运气和本事啦。倘若终日提心吊胆，每天都被政治运动折腾，这日子能算幸福吗？倘若诉求无处表达，意愿都长久积存心里，这生活能有快乐吗？人生来有张嘴就是吃和说，没有吃食不准说话，这生命能够长久吗？

唉，我说这些话似乎有点多余，其实，我们早就应该拥有这样的生活，它却迟来了至少三十几年。每每想到这件事情，我常常暗自琢磨，到底是怎样的精灵支使呢，这日子悄悄变得如此温馨啦。同样是这片土地，同样是这么多人，同样是这样时光，怎么一下子说变就变了呢？反正记忆中三十几年前，从来没有这么踏实过日子，那时起床琢磨应付不止是吃喝，还要考虑如何说话做事情，睡觉还有时被噩梦惊醒。唯恐"天天讲"、"年年讲"说来就来，把什么人突然推上阶级斗争场地，即使死不了也得让你脱层皮。那年月想想都很恐怖。

当然，现在社会生活，并非尽善尽美，更不是人人开心天天快乐，总还有贪污腐败，总还有奸商害民，总还有艰难失业者，总还有贫困农民，总还不能直接表达民意……这都是社会顽症。可是，社会终究会进步，生活总会有希望，只要奋斗目标不是镜花水月，我们就会盼来理想日子。

历史学家是专门研究历史的。那么，请问什么是历史呢？百姓原汁原味生活，折射出时代光影，记录着真实状态，这算不算历史呢？如果算，请历史学者书上这笔：中国普通人日子，开始变得温馨、踏实啦，"与人斗其乐无穷"的哲学，不再像魔影似的笼罩着天空。中国人正在向有尊严的未来走去。

第二辑 驿路履痕

我与王府井的情缘

全国大城市都有商业街。我逛过的上海南京路，我玩大的天津滨江道，在全国乃至世界都赫赫有名。至于北京王府井大街，就更甭说啦，它跟长城、天安门、故宫一样，成为国内外宾客必到之处。大商场未遍地开花那会儿，北京人逛街必到王府井，外地人购物直奔百货大楼，这几乎成了当时人的生活时尚。就是因为这个缘故吧，前些年，王府井封街改造，受到百姓普遍关注，盼望早日一睹它的新颜。

那些时，我同样关注王府井，只是想法比一般人复杂，改造后的王府井大街，那些老书店还会在吗？那个 190 号院会消失吗？这是我最关心和担心的。倘若这些地方改变了，或者完全消失了，王府井即使成为天堂，它对于我都不再有任何意义，仅仅是条繁华现代商业街。那些老书店，那个老院落，曾经见证我沉浮人生，见到它们，想起它们，脑海立刻会浮现相关往事。

最早跟王府井结缘是五十多年前。那时北京书店不多，像撒芝麻粒似的，全城东一家西一家，书的品种更是少得可怜，唯有王府井大街多家书店——新华书店、外文书店、内部书店、美术书店、音乐书店、古旧书店，像一棵棵蓬勃大树，每天引来读书人，如同找食的鸟儿，在这里寻觅精神食粮。想看新书买新书，就只能到王府井，久而久之，王府井几家书店，就成了我经常光顾的地方。如果说年轻时候，还认真读过几本书，积累了点知识，我得好好感谢王府井，感谢那些各类书店。

当时二十郎当岁，喜欢诗歌作品。1955年，见报纸新书介绍栏目，预告鲁藜诗集《星之歌》出版，我就想快点读到这本书。跑过附近书店，没有进货打算，只好到王府井新华书店，在新书推荐柜台上，果然摆着鲁藜新诗集，就特意买回来一册。放在床头还未来得及读，"反胡风运动"就开始了。同公寓有个人来过我屋，知道我有本鲁藜诗集，见报纸批判的人中有鲁藜，他为表示自己"政治进步"，悄悄地向组织告密揭发我，我也就自然在劫难逃。

我喜欢文学且听过鲁藜讲课，还有两位文友跟胡风间接沾边儿，此时，他们正在接受审查，他们单位找我来外调，这两件事联系到一起，我所在单位就拿我当猎物，又是批判，又是审查，又是交代，我被狠狠地折腾几个月，未找到罪证这才不了了之。被无端地折腾几个月，失去报考北大读书机会，正在热恋女友分道扬镳，弄得我灰溜溜抬不起头。这是我最早遭受的政治打击。起因就是鲁藜诗集《星之歌》，当然，跟王府井大街，跟新华书店，有着无法绕过的牵连。哪能够轻易忘记"故事"发生地呢?

1957 年，我被打成右派，离开了北京。这一走就是漫长的 22 年，其后，再很少有机会来北京，见王府井大街，逛王府井书店，就更没有可能。早年逛王府井大街的惬意，在王府井书店购书的乐趣，此刻全都化成缕缕记忆，纵然，再美好，再亲切，再珍贵，都似轻烟徐徐飘散远方……

有一年，休探亲假从内蒙古回天津，路过北京趁换车空档，我去逛王府井新华书店，消磨那段候车闲暇时光。正埋头读一本新出版文学书，忽听旁边有位女士悄声说话，语调非常熟悉，我下意识地抬头看了看，啊，这是一张多么熟悉的脸啊，我真想搭话或再仔细看看（这张脸给过我欢乐更给过我伤痛），可是理智提醒我不能这样做。尽管命运让我落魄到这种地步，但是尊严不允许我有半分低下，绝不能让这个人看到我此时狼狈相——不管她是给予同情还是歧视。趁她还未看到我，放下手中的书，就快步走出书店。在徒步去火车站路上，想起过去我们一起，在王府井大街闲逛，在书店看书买书，那情景是多么美好呵，一股酸楚滋味顿时在浑身翻腾。想到在王府井新华书店，购买苏联作家波列伏依两本书，赠送给在俄语学院读书女友，她在"反胡风运动"时，把扉页上她的签名狠狠划掉，毅然决然地退还给我表示绝交，我的心如同刀割一样疼痛，那个令我伤心的日子重现眼前。这次邂逅等于给我伤口撒了把盐。探亲休假的12天，我都没有快乐过。这时，不免埋怨王府井大街，怎么老是跟我过不去呢？更痛恨"反胡风运动"，它险些毁了我一生。

好像有位哲人说过，这人生就是个圆点，转来转去你都在圆点上绕。当22年之后流放归来，我居然成了王府井街民，朝夕与王府井形影不离。我供职的杂志社办公条件极差，几间简陋破旧小屋，除必要的桌椅橱柜，别的东西很难再放下，主编都没有单独办公室，编辑们更是多人挤在一起。中午无处休息，又不能老泡屋里，王府井大街的店铺，就成了我们最好去处。尤其是街上几家书店，几乎天天都要光顾，渐渐连营业员脸面都看熟了。

后来调到作家出版社，社址在沙滩北街2号，距王府井依然不远，去协和医院看病，去北京饭店开会，有点富裕时间总要逛逛。就是后来离开沙滩，到商店购物，到书店买书，别处再近也不想去，还是习惯到王府井，可见对于王府井，我是多么情有独钟。

由于城市规划需要，过去老设施被拆除，并未引起我多少注意；王府井多家书店、吉祥戏院被拆，犹如自己神经被割断，却让我怀有惋惜心情，为此写了篇文章表示无奈。这就是我与王府井的情缘。

现在的王府井大街，比之前几年，变化就更大了。大明眼镜店，建华皮货店，中国照相馆，等等，这些熟悉的老字号还在，却已经是名存面非，再不是我记忆中的模样。这也许是事物发展必然，然而，对于像我这样的"老王府井"人，再好的今天怎能代替温馨的昨天呢？昨天的王府井永远是我情感所在。记忆中的事情，喜也好悲也罢，都不会轻易抹掉，唯有那有过的怨艾，随着年龄变老渐渐消失了。

北京老火车站

这会儿乘火车进出北京的旅客，都在新建几个火车站，最多的是北京站、西客站，还有后来居上的南客站。几十年前用的前门火车站，现在年轻人根本不知道，年纪大的人也很少提起。就我平时阅读范围所及，好像只有邵燕祥、张洁两位作家，在他们散文里写过前门火车站，而且语气中满含无限深情。

我跟这两位作家很熟，过去见面机会不算少，一起聊天儿东拉西扯，只是未谈过这个话题。他们为何要写前门火车站，我就无从猜测和推想了。读了他们写前门火车站的散文，倒引起我的联想和不安。与这座车站相关往事，犹如聚集多时的渠水，一股脑儿地冲开记忆闸门，长久地在我心河里鼓荡。这时仔细地想想，可不是么，我跌跌撞撞前半生，所有重要人生当口，都跟这座老火车站有关联。前门火车站对于我，可以说是生活见证，只要我的记忆存在，它就永远不会消失。

第一次到北京，是1948年秋天，那时还叫北平。跟随父亲乘火车到北平，看望一位姥姥家的舅舅，他是国民党部队将军，他家住哈德门（崇文门）一带。下车就在前门火车站，出站就看到正阳门楼子，它威严、雄健、古朴样子，立刻吸引住我这个少年人，回到家里母亲问北京是啥样，我就跟她讲正阳门和火车站。

20世纪50年代，参加工作到北京，算是正儿八经北京人了，只要周末回天津看望父母，都从前门火车站上下车，简直比公共汽车站还熟悉。所以一说前门火车站，50多年前那段生活，就历历如在眼前，心中泛起的情绪，犹如炎夏喝北京酸梅汤，是早先那个著名牌子，却不是那个滋味儿了。是留恋是惆怅，我也说不清楚，反正对于前门火车站总是难以忘怀。

1957年政治上倒霉，发配北大荒劳改，在前门火车站上车，当时那种沉闷气氛，至今想起来都心头发紧。有次跟几个难友聚会，聊起当年去北大荒情景，说得最多也是最伤感的，就是开车前在火车站，淋着沥沥春雨，跟亲人告别情景。无限叮咛，无数泪水，无奈愁容，构成一幅沉重离别图。为此，我写了散文《雨天》。那情景就像一根绳子，至今，还死死地拴着我的心，稍一拉扯就如刀割般疼痛。往事不堪回首啊。将来若有人写那段历史，绝对绕不过前门火车站，这正是我比别人看重它的原因。

从北大荒劳改回来，再度发配内蒙古劳动，前门火车站已停用，北京有了新建火车站。从北京站去呼和浩特，利用换乘车时间，我特意去看前门火车站，当时出于什么想法，我自己也说不清楚，反正就是想去看看它。到了前门火车站跟前，这才知道它已经关闭了，没有了往昔旅客喧闹，没有了过去火车轰鸣，静静地屹立在闹市中。这座洋式百年老建筑，如同一位饱经沧桑老人，临近垂暮之年晒着太阳，不知是在回忆自己的来路，还是在思念经历的往事。我明显地看出它的落寞与沧桑。

是啊，北京这座城市，有着厚重历史，有着众多故事，都跟前门火车站有关联。可惜它不会说话，更不像别的建筑显赫，自然就被时代冷落。停用后的前门火车站，据说，曾经几次易主和改作他用，很有点像不被重用的人，只能听从命运摆布。倘若它能像故宫那样，成为一座历史博物馆，展览的不光是铁路发展史，还有它身边发生的故事，那该多么好啊。这座老建筑真正历史价值，我想就远比被闲置要好。它就不会被时髦建筑淹没，它就不会被陌生人们忽略。它的生命或许会重放异彩。

这是不是我故作多情呢？不知道。反正每次听坊间传说，重修某个早毁建筑，就会想到前门火车站。总不免感慨万端，暗自为它鸣不平。我真不明白更难理解，这座北京老火车站的命运，难道还不如早已毁掉，在原址重新塑身的建筑？真实存在的东西，反倒不被当回事；踪影皆无的物件，反而被看得珍贵。这是多么不合常理呀？

在忍耐中等待吧，前门火车站，总会有一天，属于你的日子会到来，那时，你将告诉世人什么呢：百年历史？百年故事？百年风雨？当然，还有你从繁华到寂寞的历程。那时，你生命的价值，你历史的厚重，相信会被人重新认知。

爱好的延伸

少年时代是人生梦季，即使家境再贫穷艰难，孩子都会有自己的梦。只是由于生活环境不同，每个人的梦才不尽一样，因此才有五彩缤纷梦境，这梦不管在将来能否成真，回忆起来都会有着温馨。所以少年人一定要珍惜，你有过的这样那样梦想；因为未来生活和事业，说不定就要从梦想开始呢。

我在美梦缠绕的年龄，同样有着自己的梦想，想当名德术俱佳的医生。可是还未容我向梦想靠近，爱好带来的一个偶然机会，使我的梦想突然有了改变，以至于影响我整个一生。这个促成事业机遇的爱好，就是在读初中时候，我喜欢上了文学写作，我的习作《可敬的人》，在《天津青年报》上发表，我心中隐约地有了文学梦。

当时，我正在天津第一中学读书。刚刚建立起来的新政权，像一轮红日照在海河之滨，尽管解放前我年龄小，家境还算殷实优裕，不曾体会旧社会艰难，但是新政权带给人的欢欣，却深深感染着我这辈人，我们用与前辈完全不同的方式，享受这美好中学时光。为了满足学生多方面爱好，学校成立各种文艺社团，我当时既没有好嗓子，更没有演戏天赋，属于那种基本无特长学生，在同学撺掇下参加了文学社。有次班里组织同学到钢厂参观，工人师傅们顶着高温烘烤，站在钢花飞溅炼钢炉前，为支援抗美援朝战争，日以继夜地辛勤劳动着。这种劳动情景和热情，实在让我们感动不已，回到学校班主任找我，说："你参加了文学社，练着写点文章吧。把今天参观钢厂的事，先写一写，写好了给我看看。"我利用课余时间，写了一篇千字文，然后郑重地交给班主任。文章连个题目都没有。

几天后一个下午，正在操场上跟同学玩球，负责文学社活动的老师，从老远的地方喊我名字。我急匆匆地跑到这位老师面前，他打开手里拿着的报纸，问我："这篇文章是你写的吧？"我凑到跟前一看，是张《天津青年报》，一篇题为《可敬的人》的文章，署着学校名称和我的名字。因为我没有向外投稿，还未看文章内容，一时不好回答是不是，拿过来仔细看了看，嗬，还真是我那篇钢厂参观记，只是不知谁加了题目。后来听班主任讲，他觉得这篇文章内容充实，文笔流畅，便推荐给了报社，结果还真发表了。语文老师读过这篇文章，告诉我说："你写的这篇文章，从文体上来说，应该是篇散文。写得不错，以后多练习写。"

这第一次印成的铅字，如果算散文作品，就算我的处女作啦。

文章发表后，得到的稿费，在吵吵闹闹中，请同学们吃了糖，自然我比别人更高兴。大概就是从这时开始，一个朦朦胧胧的文学梦，在我幼小心中形成，它像一团强力酵母菌，在我身上渐渐发酵起来，一种想接近文学的欲望，就这样挥之不去地伴着我。所以后来应报刊编辑之约，给中学生讲述有关理想爱好一类问题，我总是希望少年人，一定要珍惜最初的爱好。这爱好就是事业起点，有时还是人生机遇，沿着这条路顽强地走，说不定会成就一番事业。即使像我这样没有大作为，当作一种终身业余爱好，不是也可以给自己带来乐趣吗？

我真正喜欢上文学，跟许多文学青年一样，是从痴迷诗歌开始，先是朗读诗歌，后来偷着写诗，还真发表过一些诗作，直到意识到自己无诗才，这才下决心停笔。谁知这诗神并不完全美丽，当"反胡风运动"风暴掀起，我这喜欢诗歌的青年人，由于听过诗人阿垅、鲁藜的课，以及我的诗人朋友林希和山青，分别是阿垅、吕荧先生的学生，我也就不可避免地遭殃，成了运动批判审查对象。

这时我心中真不是滋味儿，不禁埋怨起那篇处女作，倘若没有那次偶然"成功"，读书时学好数理化各科，进入社会做些技术工作，很有可能避开这为文的劫难。但是想象终归是想象，事实是我已吃上文字这碗饭，除去划成"右派"被迫离开，这前前后后几十年里，都是在报刊出版社编辑岗位上。这就是由一篇《可敬的人》引发出的，我跟文学说不尽的恩恩怨怨。

许多年后，再次进入报刊出版界工作，本想不再提笔写作，只安心为他人做嫁衣。岂知这从小培植起来的爱好，就如同一个穿上冰鞋的孩子，只要走进冰场就会习惯地抬脚，不知不觉地又溜了起来。20世纪70年代末期，《中国青年报》副刊编辑，约我给他们的《青春寄语》，写几篇专栏文章，心又动了，手又痒了，我这一写就成了瘾。那些年生活比较安定，我又没有别的什么爱好，就把业余时间用来爬格子。这些文章1982年结集成书，由中国青年出版社出版，这就是我第一本书《生活，这样告诉我》。

我第一篇散文《可敬的人》，发表至今已60多年，我第一本书《生活，这样告诉我》，出版至今已30多年，如果把它们看成一条线的话，那篇《可敬的人》不过是个爱好起点，这本《生活，这样告诉我》则是爱好延伸，跟这些年出版的几十本书，构成了我风雨人生画图。许多读过我文章的朋友说，你文章都比较有真情实感，这话比给我个大奖还高兴，原因是我写作唯一目的，就是想倾诉心中的话。只要想到能够用笔说话，我就会感激那篇处女作，对于由它引出的种种不幸与苦难，我都会当作人生经历欣然接受。

现在，顺着这条写作线往回捋，让我唯一感到不悦和遗憾的是，这条线是那么弯曲、那么软弱——弯曲是苦难造成的，软弱是懒散造成的。当然，文学写作需要天赋，而这确是我不具备的，闯入这条路多少有些盲目和误会。要是时间和精力允许，我真想把这篇《爱好的延伸》当作处女作，争取今后写得好一些，以便不枉对文学爱好一场。只是希望不要再强加我人为苦难。

寻找那种感觉

年轻时戴上近视眼镜，这之后再未摘下来。20 世纪 60 年代的北京，最好最老的眼镜店，当属"大明"和"精益"。我第一副眼镜是在"大明"配的，此后除配眼镜困难时期，只要配眼镜就去"大明"。20 世纪 80 年代急着要换眼镜，"大明"眼镜店活儿多，实在无法关照我，经同事介绍，由他的一位学生帮忙，在"精益"眼镜店配过一副，而且仅仅是这么一次。

我被划成"右派"那年，到北大荒劳改，怕荒凉之地配不上眼镜，临走时特意多配几副，仍然在"大明"眼镜店。后来从北大荒回来，再被流放内蒙古，每次需要配眼镜，总是趁来北京找"大明"。可见我对这家老店多么信任。

"精益"和"大明"，都是老字号，那么，我为什么对"大明"眼镜店情有独钟呢？除了"大明"在王府井，配镜取镜比较方便，再有就是镜子质量好，服务态度更令我满意。有次回家探亲路过北京，顺便走进"大明"眼镜店，店里一位中年师傅，听说我要配两副相同眼镜，可能猜出我正身处艰境，就主动地说："要是您不介意，我猜您正在农村劳动，手头恐怕也不会宽裕。您要是信任我的话，我给您安排。咱们找价钱贱的，结实的，您看咋样？"听了他这一席话，我感动得差点流出眼泪，心里不住地念叨："真是一位好人。"从此，对于"大明"眼镜店，对于"大明"的师傅，就更增加了几分敬意。只要有朋友想配眼镜，我就介绍他们去"大明"。

时间过去许多年，我又要配眼镜，还是同时配两副，一副用于看书，一副用于走路，自然想到"大明"。店员都是年轻人，男的很帅，女的很靓，倒是很让人目爽。可是，毕竟不是选美啊，他们技术怎样，服务态度如何呢？我心里总有点打鼓儿。就向一位年轻人打听："原来那些老师傅哪？"年轻人回答说："都是什么年代啦，您说的这些人，有的当了领导，有的早退休啦。"我一听就再未说配眼镜事。

从"大明"装修豪华店堂走出，我就考虑，现在眼镜店这么多，老一茬儿师傅都不在了，设备都差不多，这眼镜到底去哪家配呢？

事有凑巧。有天读《光明日报》，看见篇小文章，说"大明"退休老职工，在鼓楼旁开了家分店，生意做得很红火。读后二话未说，我赶紧去找。先是找到家店堂宽敞眼镜店，店名好像也叫什么明，我进去一看，觉得有点不对劲儿，出来又继续找，最后在紧挨鼓楼街口，总算找到了，店堂不怎么大，却有着记忆中"大明"氛围。接待我的两位师傅，都是花白头发，口未开先脸堆笑，说："您配镜子啊，先不忙着验光，您先看看镜架儿，我们给您验光时，您就想得差不多了，验完光咱们再商量，看要哪种镜架好。"心想，没错，凭这几句话，就是"大明"老师傅。

我挑选完两种镜架，指着其中一种说："这种跟我那副旧镜架，好像差不多，那副镜子未戴几天。"师傅听后对我说："这副镜子，您不就是写字用吗，要我说，您就不买这新架也行，拿来换副镜片儿。省钱，照样用。"听了师傅的话，心里是暖暖的。心想，真会体谅顾客，多会做生意啊。从眼前来说，我不买新镜架，可能让商店少挣了钱；从长远来说，把顾客心留住了，市场再怎么竞争，还不是找"大明"！临走两位师傅留下姓名，并且一再申明："戴着不合适请您随时过来。"那种亲切劲儿如同老朋友。他们的周到服务和蔼态度，既代表着他们自身修养，更体现着"大明"多年店风。

配了两副镜子，终日戴走路那副，看书那副几乎未用，就放置在一旁。因为无须戴这副镜子，把走路戴的镜子摘下，就可以清楚地看书。却给我节省了一副镜架钱。

自从用电脑代替钢笔写字，渐渐觉得右眼有些疼痛，找了些眼药水滴治，总还是不怎么见好，就到协和医院看眼科。大夫用仪器检查过，非常肯定地说："眼底没有问题，主要是镜子，度数浅了，重新配副眼镜吧。"见大夫戴眼镜，就顺便问了句："您说，这会儿到哪家配眼镜好？"大夫说："这就看你自己啦，我觉得'大明'和'雪亮'，两家都不错。"这时不禁想起"大明"两位师傅，当天跑到"大明"鼓楼分店。

两三年未来，地方迁移了。找到新址一看，店堂宽敞了，眼镜品种多了，店员以女士居多，我一打听那两位老师傅，都不在岗位上了。本想转身走开，一位女店员一声招呼，我又留了下来。

验光师是位中年女士，倒是很耐心仔细，还给我出了些主意，很有点老师傅遗风。待我选购镜架镜片时，一位年轻女店员，不能说不热情主动，譬如她一再给我介绍，树脂镜片如何轻便，再加层膜如何透亮，等等。我就完全按照她说的意思办了。这两副镜子算下来，一共是1100多元钱。"大明"眼镜店搞了个会员制，在那里累计消费500元，就可以成为会员，再消费可享受9折优惠，我两副镜子超过此钱数，理所当然成了"大明"会员。至于何时享受这优惠，那就难说了，因为眼镜毕竟不是蔬菜，谁也不会天天买。

　　回到家里，翻看新收到报刊，打开《北京观察》试刊第二期，有作家母国政文章《敢于拒绝》。文章说，他如何拒绝售货员劝销，坚持按自己意志配眼镜，免去一次挨宰可能。我边读边笑，联想自己配眼镜情况，虽说"大明"不会宰我，但是却因为我拘于情面，没有像母国政那样，多几次挑选问价，结果可以省的钱多花了，这自然首先要怪自己。有年给季羡林先生贺寿，恰好邂逅母国政，倘若跟他聊起配眼镜，他能说说他的"拒绝论"，我岂不是会很受启发？可惜我未好意思启口。

　　不过，还是得感谢母国政，在他的拒绝勇气感染下，我忽然愚门大开，想起两处可以省钱办法：拿家中闲置可用镜架，配置新的眼镜镜片；先购副眼镜得个优惠卡，然后再配第二副镜子，岂不是又会少花些钱。那时刚回北京不久，安家急需一笔钱，手头确实拮据，每分钱都很重要。次日一大早，跑到大明眼镜店，说明我的情况，还有省钱诉求，为了事情解决顺利，我摆出"老顾客"身份。起初并未得到热情回应，我便自发感慨地说些，诸如要是那些老师傅在，要是商店不完全认钱，这类怀念故人往事的话，一位刘师傅，一位张师傅，显然是受到触动，赶紧打电话请示店长，最后圆满地换了镜架，我一下就省了50多元钱。至于按会员优惠的事，就再未能如愿以偿。

　　这时，我又想起当年那些老师傅。要是他们没有退休，相信一定会提醒我，怎么做才会省钱。还有，原来我在"大明"配镜子，记得还要量瞳距、调试镜架，现在这些都免了，倒是比过去省事了，只是不知是设备先进了，还是我的观念未变，反正觉得有点不得劲儿。就不客气地唠叨了几句。听了我的唠叨话，一位师傅说："这会儿都是纯做生意，那种事不会再有了。"听后我"呵"了一声，就再未说什么，也确实不知道怎么说。连母国政感染我的那点勇气，我都未好意思理直气壮地用上，谁让这会儿是"纯做生意"呢？

至于使用优惠卡，只要眼镜不损坏，就得等到猴年马月再说。不过总的说来还算好，临走时刘师傅给我留下名字、电话，并且一再让我有事找他们。还说，尽管老师傅们不在了，他们照样会服务好，云云，这让我多少找到一点感觉——"大明"眼镜店早年店风。

但是从记忆的感觉上，还是觉得不够到位，大概是老师傅们走得匆忙，把我难以言传的那种感受，没有完全留下就离开了。这对于商店也许没什么，甚至于在生意场上毫无用处，然而，对于像我这样的老顾客，还真有点怀念啊。它不正是老字号宝贵之处吗。

难中拔牙记

这几天牙疼。越到夜晚越疼，疼得难以入睡。索性起来走动，或者看电视，转移注意力。实在撑不住，就吃药——"泰诺林"、"芬必得"、"痛可宁"、"新清宁片"，几种中洋药混着吃，说明书上让吃两片，我偏吃三片，结果牙该疼还是疼。药不管用，就骂药商心黑。骂得解恨了，两眼发酸了，就吃安眠药，好歹睡一会儿。

次日，牙照样疼，干不成事，枯坐在书桌前，发呆。突然电话铃响起。我喂过两声，对方说了句"久违啦"，我却听不出是谁。只好不礼貌地问："哪一位？""我是维熙啊。"原来是从维熙。"怎么声音变了？"我问。"我这几天牙疼。"我不禁笑起来，说自己也正牙疼。维熙接着说："昨天跟刘心武通电话，他说他也在牙疼。"这就怪了，怎么都闹牙病，可能是春天气候干燥上火。虽说牙疼不算病，疼起来却难受异常，让人抓嘴嗑腮的。记得作家爱伦堡说过，谁能把牙疼描述出来，谁就成了半个作家。可惜我描述不出来，当然，连半个作家都当不成。

维熙夫人是医生，他自然会点医术，就告诉我，诸如用盐水漱口，吃点止疼药一类的话。次日就如法对付这该诅咒的牙病。稍稍好一点儿。本想去看医生，一想维熙遵"妻嘱"说的，疼几天就会好，就又忍下了。我平生最怕上医院，如今年纪大了，小病总是不断，不去医院还不行，只是能拖就拖。这次也不例外。

那么，我牙齿不好到何种地步呢？我的牙齿怎么会这么糟呢？这跟我坎坷命运有关，那就从牙齿经历说起吧。

我年轻那会儿，牙齿不算整齐，却倒还算结实，起码吃炒蚕豆没问题。三年北大荒劳改，多年内蒙古劳动，且都是在荒滩野地，断不了牙齿疼痛，吃止痛片不顶用，看医生无治疗手段，唯一彻底的办法，只有一招儿：拔。拔了不疼，拔了省心，拔了踏踏实实劳动，表现得好，改造就好，就有希望回到人民队伍。就这样，稍有小病的牙齿，就毫不犹豫地拔掉，牙拔了说话走风漏气，遮住半个头脸龇牙被误老者，可是命运呢，仍然不见如何好转，这时发觉自己上了当。因为牙齿拔得再多，劳动表现再好，感动不了神圣天公，他不在生死簿上画圈儿，我照样得规规矩矩忍受艰难。牙齿只管我的疼痛，决定不了我的命运，就是拔成个"无齿之徒"，有谁可怜呢？

穷乡僻壤缺医少药，医生多为"赤脚光足"档次，有时再不很用心操作，类似相声中的拔牙笑话，就难免会有发生。我就碰上过两起。

一起在北大荒。正赶上全国闹饥荒，春天气候燥热，无正经食物果腹，还要干苦重活儿，睡眠也不充足，身体自然失调，口腔立刻不适起来。先是牙床长出脓包，疼得说话吃饭都困难，就自己用针挑开，硬是挤出脓血，再用盐水漱漱口，然后就去野外劳动，结果感染发了炎，脸肿得像个死猪头。得，只好去农场医院。大夫看了看，既不问情况，又不跟你商量，一句话："你这牙得拔。"我明明是牙床肿，牙齿并未松动，干吗非要拔牙呢？我有点想不通，就央求大夫说："您看我这牙能不能不拔，等牙床不疼了，如果牙出毛病，那时再来拔，行不？""不行。拔了彻底，不会再疼了，省得你再跑，好好安心劳动，不是对你更好吗？少一两颗牙算什么。"这大夫政治觉悟高，从改造思想上说，当然没错。何况我所在生产队，距离总场医院还挺远，跑一趟确实不易，请假过多不利改造，这大夫完全是替我"着想"。

注射完麻醉药，估计药劲疏散，大夫就开始动手。这是我生平头次拔牙，害怕得就像上刑床，口腔死死地不愿张开，大夫边喝斥边用手抠嘴，汗珠子顺着脑门往下流，流到嘴里跟口水混合，由于情绪过度紧张，是个啥滋味都未尝出。只听嘴里滋滋地响，有个坚硬东西在钻搅，搅得我撕心裂胆，真正理解了"毛骨悚然"成语。恨不得立刻站起就跑，可是想到大夫说的"拔了彻底"，"安心劳动"，只好乖乖地听任大夫摆布。大夫显然是拔得累了，用白大褂衣袖抹抹脸上汗，像自语又像对我说："嗬，这颗牙。你别看疼，长得还挺结实。"心想，我可没说这颗牙疼，是你非要给我拔。最后总算拔出来了，大夫用镊子牢牢夹着，往我眼前迅速一晃，我一看差点晕回去，这颗牙没有一点毛病，由于长得结结实实，拔时连血肉都带出来了。这颗好端端的牙"永垂不朽"在北大荒。

牙拔了却不能及时镶补，从这次拔牙开始，有好几颗牙依次松动。此后，牙再疼，宁可吃大量止疼片，都不想去医院治疗，怕碰到"彻底"医生，再给我来个"彻底"。可是这牙疼不疼不由我，疼起来恨不得撞墙打滚儿，说不去医院到时还得去。结果又碰上一次新鲜事儿，医生倒不是"赤脚"的，情况却比"彻底"更糟糕。

一天突然牙疼难忍，自己用尽所有办法，对疼痛都无济于事，只好又去医院治疗。有过第一次拔牙遭遇，这次说什么得到大医院，就到了呼和浩特市医院。这家医院仅次于内蒙古医院，医疗设备、大夫技术都不错。给我看病的大夫，是位中年男子，很干练爱说话，我刚坐上牙椅，就跟我聊天。从言语中知道，1949年前他在绥远省，跟一位比利时大夫学医，后来在这家老外诊所干活，"文革"当中被打成特务，审查批斗好长时间，找不出任何证据，这才让他看病。他自然对诬陷非常不满，边给我看牙边发牢骚，怕他不专心就不接话茬儿，光出耳朵听，他自觉没趣，这才渐渐沉默下来。认真地给我看了看牙，说："你这颗牙，得拔。不然以后还得疼，牙身都快断啦。"这是个正经大夫，还跟老外学过医，拔牙又是洋医术，我当然一百个放心，就让医生拔了这颗牙。

此时掌权的一派头头，往日跟我关系不错，尽管表面上对我严厉，其实内心里并没有那么恶，起码我还能跟他说上话。就趁他掌权时请探亲假，结果他还真的允许了，于是，我就回到内地探亲。父母儿子在天津，妻子一人在唐山，我就两地来回走，逍遥自在地观赏文革"景致"。十几天假很快到期，我提前预购了车票，准备到时回内蒙古。谁知动身当天下午，我的牙齿疼起来，位置在拔过的地方，弄得我一时六神无主，不知如何处置这"突发事件"。想来想去，还是走进口腔医院。

医院里冷冷清清，值班医生只几位，留下的大都是年长大夫。给我看牙齿的男大夫，满头白发，身材高挑，用牙镜照着疼痛部位，仔细地观察完说："你刚拔过牙吧？里边牙根没拔净，养几天还得拔。"啊？！我一听就愣了。原来是那个跟老外学医的牙医，给我拔牙时发牢骚说怪话，精神不集中给我留下隐患。

我如实把情况讲给大夫，我必须得今天回内蒙古，并拿出火车票给他看了看，希望他能给我立即医治。大夫本想做些保守处理，返回内蒙古再拔这半截牙，可是，我不想再见那医生，就将拔牙情况讲了讲，这位老大夫说："你若是非要今天拔，一是你就不要怕疼，二是路上不要感染，不然出了事更不好办。"我都一一答应了，老大夫这才动手，拔除了这颗残留牙根儿。

这两起拔牙故事，跟两位大夫草率粗心，固然有一定关系。但是我一点儿不怪他们，在那样一个特殊年代，再敬业的人都心灰意懒，谁能保障不出差池呢？我在漫长劳改岁月里，碰上这样的事更不足为奇。现在由牙疼回想起来，当作笑话随便说说，尽管多少有点苦涩，甚至有点黑色幽默，但是毕竟是我一段经历，让今天人当故事听听，我看并无什么不好。起码知道那个年代多么荒唐。

饺子随想曲

我国汉族食品中的饺子，据说至今已有两千多年历史，可谓食品中老祖宗，难怪常言说"好吃不过饺子"。在我国——尤其北方，几乎无饺子不成席，办喜庆大宴都得吃饺子，逢年过节更是主打饭食。初一饺子初二面，初三合子锅里转，到了被称"破五"的初五，还要吃饺子（据说是捏住"小人"嘴，让他闭嘴少害人）。可见，饺子在饮食中地位之显赫。当然，过大年吃饺子，比平日有讲究，主要讨个团圆喜庆的吉利。另外，饺子外形似元宝，有招财进宝意思。

即使平时在家吃饭，饺子都是餐桌主角，"饺子就酒，越吃越有"。朋友作客吃饺子，改善生活吃饺子，假日休息吃饺子，今天高兴吃饺子……这会儿食品能够速冻保鲜，来不及或者懒得做饭，八成是购买速冻饺子。饺子真是人见人爱好东西。富人吃，穷人吃，中国人吃，外国人吃，差别只是在馅儿上，制作方法分手工和机制，味蕾感觉手工比机制的好吃。

在我国饮食文化中，正经菜系就有多种，例如鲁菜、川菜、粤菜、淮扬菜、潮汕菜。地方小吃民族小吃，就更是不计其数，制作得都非常精美。饺子既不是正经菜系，更算不上风味小吃儿，为何如此大受青睐呢？我没有看过专家论述，从我个人生活体会中，我觉得饺子的灵魂，恐怕在一个"包"字上，就是说，饺子制作过程顺乎人心，家里人一起动手制作，无形之中就拉近了距离，既有人之间感情包容，又有物纳百样象征包含，这是多么美好的寓意啊。像现在这样吃速冻饺子，或者在饭馆吃饺子，光剩饺子吃着方便，饺子的人情味、亲和力，渐渐随之被冷冻掉，饺子就再无文化韵味儿。

我是地道北方人，家乡却盛产鱼和米，吃米吃面都还习惯。老家居县城小镇，四世同堂近 20 口人，经济情况还算宽裕，只是当家人曾祖母太抠，平日饭菜极为单调，曾祖母哪天发话改善生活，准是全家老小包饺子。女人们是包饺子主力，男人们剥葱择菜打下手，孩子递面皮儿摆饺子，全家人说说笑笑其乐融融。曾祖母是一家之长，平日从不具体干活儿，可是每逢包饺子，她好像特别高兴，要几张面皮儿和少量馅儿，独自在她屋子里包几个。她包的这几个饺子，除了一般饺子馅儿，还悄悄放点别的东西，块糖啦山楂啦杏仁啦，并且按照她自己的意思，赋予这些饺子以寓意。饺子煮熟了端上桌子，谁吃到她包的什么馅儿，说甜说酸说苦这类话，曾祖母听过都有解释，会慢悠悠地说："过日子本来就是五味俱全嘛。"

我有过集体生活经历——部队军校，部队机关，"右派"劳改营，"五·七"干校，到节假日改善生活，就是大家动手包饺子，既减轻炊事员一时劳动，又让别人得到些许乐趣，真可谓休假过节好方式。集体包饺子，与家里不同。先由厨房师傅拌好饺子馅儿，准备好生面粉和必要炊具，班组领取时按人数多少分发。把馅儿和面粉领回宿舍，由班组长按每人特长分配，有的和面，有的搅馅，有的擀皮，有的摆桌案，大家一边干活儿一边说说笑笑，政治界线和精神负担都暂时被抛到九霄云外。集体包饺子最有意思是煮饺子。先把床板洗刷干净，饺子包好放在床板上，由两个人一前一后抬着床板，到厨房排队等候煮饺子，饺子如片片银鳞整齐地摆开，顺着次序一溜儿地排在院子里，远远地望去犹如一条静卧长龙。临到煮饺子下锅时候，一个人把床板抬起到适当斜度，另一个人把饺子轻轻往锅里推，饺子就呼啦啦地跳进水里。然后用大铁勺一搅和，饺子犹如银色小鱼，先潜水沉下又漂起，布满在整个锅面上。饺子煮熟捞在洗净的脸盆里，按班组一盆盆端走，腾腾热气散发着香味儿，这时不由得你不口水欲流，吃起来会另有一番情趣。

生活贫穷年月，在一般人眼中，谁家能够吃上饺子，那这家就必然富裕，不想露富的人家，吃饺子都怕别人知道。20世纪60年代初期，我劳动的工程队里，有位老工人，家中人口多，生活困难，经常靠公家救济度日。单位宿舍是个大杂院，平日谁家吃什么饭，过路人隔着窗玻璃，可以看得一清二楚。那时全国闹饥荒，其实吃喝差不多，猜也猜得差不多。有天还不到拉窗帘时候，这位老工人家窗帘却早早拉上了，恰好有位工友去串门儿，进屋见全家围着炕桌，正在欢欢喜喜地吃饺子，弄得主人和客人都很尴尬。这位老工人一再解释，是小女儿馋饺子啦，怎么说也不听话，只好包顿素菜饺子。此事传到领导那里，有一个月生活补助费，这位老工人差点未拿到。可见这饺子在过去年月，在不富裕人们眼里，有着多么举足轻重的地位。

如今生活富裕了，饮食花样也多了，即使再怎么钟情饺子，它都不算高档食品，要想让饺子上正经宴席，就得制作精良多些花样儿。南北城乡地方，这些年我未少跑，各式各样饺子，还真的没少吃。给我印象最深的是西安和长岛饺子。前者个儿小馅的样子多，后者个儿大馅的样子少，这一小一大一多一少，都形成了自己独特风味儿。

西安曾是座古老都城，饮食沾着点皇家味儿。我们就餐的那家饭店，据说专营宫廷膳食，更以宫廷饺子闻名。开始端上的几盘饺子，除了馅儿上的区别，个头样子并没有特点，觉得宫廷膳食徒有其名，或者纯属后人演绎，想借皇家名气挣钱而已。各式各样饺子吃得差不多了，侍宴小姐端上只铜火锅儿，我以为是涮羊肉或是汤菜，越发觉得这所谓饺子宴，不过是蒙普通人的假御膳。稍后又端来盘小巧饺子，放入滚烫沸水火锅里，这才知道，原来是现煮现吃珍珠饺子，尽管没有什么新奇地方，这种吃法却蛮有情调儿。一个个各种馅儿小饺子，在放有作料的锅里煮熟，捞出来放在小碟里数着个儿吃，确实得有数珍珠般耐心。宫廷是否真有这种吃法且不说，反正这些小巧独特饺子，我是生平第一次吃到，因此，留下的记忆远比香味儿长久。

山东长岛是个水上花园，树木葱茏，幽雅宁静，好客的主人见我喜欢这里，特意让我们在岛上住了一宿。本想在次日上午离开，主人非让吃午饭再走，只好客随主便，美美地吃了顿海鲜餐。鱼虾蟹之类海鲜，整整摆满一桌子，都是新打捞上来的，是真正意义上的海鲜。另外还特意加了几道青菜。刚落座主人就说："为给远道来客饯行，今天午饭，除了老一套海货，还想请客人尝尝长岛饺子。"我想，面皮儿包馅儿，南北城乡无别，长岛饺子难道不同？

海鲜佐酒，微醺未醉，喝得恰到好处，这时只见两位女孩子，各端一个大盘子走来，一位端着平常样饺子，我一眼就认出来了；另一位盘子里放的是什么，我端详好久认不出，个头大小好像两只鸡，却没有鸡的模样儿和肉质。经主人介绍才知道，敢情是长岛海鲜饺子，包的馅儿全是海鲜。这种个头跟鸡差不多的饺子，是当地渔民最喜欢的吃食。渔民在海上行船做饭，没有时间和条件，就把鲜美海产做成馅儿，用盆大的面皮儿一包，在锅里煮熟捞出来，每人端一个找个地方吃，既省吃饭时间又解饱。后来发现这种吃法不错，岸上人家效仿制作，渐渐进入饭店食谱。这么大个儿饺子，不出海干活的人，很少有人能自己吃，大都在宴席上摆摆，做做样子，然后，由大家分而食之。当然，如果哪位愿意，又有本事独吞，也行。这是我生平看到的最大饺子。

西安饺子过于小，而且有各种荤素馅儿；长岛饺子实在大，而且是一水儿海鲜馅。这两个地方饺子，个儿一小一大，馅儿一个样多一个单一，都有自己鲜明特色，因此，让我吃过至今不忘。

说说饺子各种往事，想想饺子各种做法，平常之中又似乎不平常。这饺子好吃与否，跟人的生活处境，有密不可分的关系。饺子还让我想到世间事物，不怕相同就怕无自己特色，踩着别人脚跟搞创造，再像终归成不了大气候。

北大荒的白桦林

说话已经半个多世纪了，不知怎么，对于北大荒景物总是难以忘怀。在别处无论什么地方，只要看见相似风光，心海就会涌起遐想波涛。遥远荒芜的北大荒，既不是我故乡，更不是诞生地，做梦都不曾想到，1957 年那场政治灾难，让我跟它结下情缘。时间将近三年。

在人性遭扭曲年月，被迫接近的地方，按理讲，不会带给美好记忆，何况已经过去多年，总该渐渐淡忘乃至消失。然而，它却常常出现我脑际，而且有些景物异常清晰，仿佛依然置身那块土地。连我自己都觉得奇怪。

有人也许会说，你这简直是矫情，在那里受那么多苦那么多罪，险些把小命儿搭进去，这地方有什么好留恋的。道理是这样。实际绝非如此简单。人为造成的灾难，跟大自然景物，是不同的两码事。我憎恨苦难，却赞美土地。北大荒那片土地实在太美丽，假如不是在开垦名义下，进行毁灭性破坏和掠夺，我相信它跟九寨沟、张家界一样美。这正是我时不时想起北大荒的缘故。

我们刚到北大荒那会儿，黑油油苍茫茫蛮荒土地，给人一种厚重沉实感觉。抓把泥土闻闻气味儿，如同跟祖先用心对话，神圣情感冥冥中充盈心灵。这时不管你有多少烦恼事，不管你处在怎样境遇中，都犹如孩子依偎母亲怀抱，总会感到从未有过的踏实。就是从这一时刻起，我爱上这片黑土地，愿意为它献上赤诚。

由于地处高寒地带，北大荒四季景色，似乎并不那么分明，只有热爱它的细心人，可以感觉到它的冷暖。冬日积雪在春天融化，黑土地散发着清香味，彩羽巧嘴云雀鸟，被这气味醉得惬意，在蓝天上低翔着歌唱。夏天绿草繁花开遍四野，江河山溪碧水缓缓长流，给这千古沉寂黑土地，带来一派勃勃生机。秋天是个收获时节，北大荒田野由绿变黄，宛如金子建造的宫殿，看一眼都会喜悦盈怀。到了漫长寒冷冬日，荒原成了白皑皑世界，冷峻得独特美丽撞眼，连不善辞令平日少语的人，这时都会说两句，诸如"好啊好"之类的话，借以抒发内心感受和激动。北大荒的风光多么美丽啊！

然而，比之北大荒美丽风光，我更钟情亭亭玉立的白桦树，它是我白日朋友梦中情人。即使离开多年的现在，只要有人说起北大荒，让我首先想起的景物，依然是记忆中的白桦树。白桦树实在可爱啊。

已故油画家张钦若先生，生前要送画给我，问我画面画什么景物。我未假思索地说："画白桦树。"我的这位北大荒难友，立刻懂得了我的心意，不久就送来一幅白桦树的画，而且是水库旁的白桦树——我们亲手修建的水库，我们亲手栽植的白桦树。我高兴地把画悬挂在客厅里，有时间静坐沙发上观赏，许多北大荒往事都会再现眼前。出于同样情感同样想法，重返北大荒那年秋天，正赶上白桦树浑身披金，我特意在白桦树下拍照，只可惜未能拍出白桦树绰约风姿，不然，我一定会放大悬挂室内。

北大荒树木种类很多，无名奇花异草也不少，更有飞禽走兽出没。那么，我为何只对白桦树情有独钟呢？吸引我的是它那平民品性。它体态不像松柏高壮，天生有种权势气概；它叶冠不像榆槐蓬乱，给人一种不羁印象。白桦树体态单薄却很直挺，而且躯干比任何树木都清爽，尤其是白桦树临秋金黄色叶子，在阳光照耀下显得越发落落大方，不猥琐，不矜夸，永远平静安详地自在生长。更可贵的是，它不畏惧严寒，它不羡慕荣华，生活得非常坦荡。

　　白桦树在北大荒很常见，在总的数量上绝不算少，它的命运可谓多苦多难。像柞树、水曲柳、椴树、杨树等，即使非要砍伐都很慎重，派用场都是重要地方。砍伐白桦树则很少宽容，什么时候想砍就抡起锯斧，没有一点商量余地。用场不是烧炕、垫路，就是盖马棚、猪圈，最好用场不过扎篱笆墙。至于人们随意践踏，更是再简单不过了。我喜欢的白桦树，没有抗争，没有哭泣，只是默默地承受，这种忍受力很像中国百姓。

　　我的植物知识，几乎近于零点，只知道，枫树叶子经秋由绿变红，白桦树叶子染霜由绿变黄，别的还有什么树木，经历外界磨砺后，敢于如此张扬个性，我就再也不知道了。在我印象和记忆中，大多数花草树木叶子，临近枯萎时都会暗淡，根本留不下最后光彩。因此，我对枫树和白桦树的品格分外赞赏。在北大荒那种特殊境遇里，白桦树跟我相伴于艰难中，默默地给我生存启示，当然就让我格外钟情。哦，美丽的北大荒；哦，寂寞的白桦树。

在草原抢书读

半个世纪前，运交华盖，在内蒙古劳动。活儿苦重，又在野外，收了工，人像散了架子，实在无精力。随便洗涮一下，赶紧睡觉休息。偶尔有个大休日，连脏衣服都不想洗，吃完饭就躺在帐篷里。至于别的娱乐，打扑克，下象棋，我都不会。无聊之极又有精力时，就蹲在蚂蚁窝前，看成群蚂蚁搬家，消磨时间寻开心。

有天技术员进城，不知他哪来的门路，从书店买来几本新书。那是个讲票证年月，到书店买书要购书票。有文化的工人师傅，得知后都抢着借书。有位年轻工人，拿到本厚厚的书，起初大家并未察觉，后来见他废寝忘食，看得非常投入，这才引起别人注意。我知道了就去找他，想了解是本什么书，他打开封面给我看，新出版小说《红岩》。当时我３０岁出头，同样是个小说迷，立刻来了劲儿，就跟他好好商量，什么时候给我看，他听后笑笑说："老兄，我不骗你，你说晚了，有好几个人排着队，轮到你还早呢。"我一听着了急，就死磨硬泡，希望他能照顾。谁知这位工人，还挺讲信义，一点儿不松口。我一看实在没辙，只好耐心地排队等待。

前边几个人，互相催促着，正在看书的人，分秒必争地读，连如厕都要带上。好容易轮到我手里，书都快翻破了，有些字句模糊不清，从限天数阅读，改为限小时阅读。我的眼神儿不好，为了不耽误别人，我就提出夜晚看。别人沉沉入睡后，我用手电筒照明，悄悄在被窝里读。花了两个晚上，约 8 个多小时，总算按时读完，传给了下一位。这是我识字以来，第一次也是最后一次，在别人催促下读书，而且这次读得还最快，神经紧张得像绷紧弓弦，却获得了阅读快乐。事后大家议论说："像丢手绢游戏，挨个传着读书，紧张还蛮刺激。"在那个物质匮乏年代，精神总算感到满足。

读完《红岩》许多天，我精神都缓不过劲儿，不光是因为时间紧迫，更为书中故事感动。像江姐、许云峰等英雄人物，都深深地让我崇敬，尤其是那个"小萝卜头"，天真稚气还未消褪，就要跟随父母坐牢，让人不禁生出万般感慨。那时我工资不高，后来弄到一张购书票，还是挤出钱来，买了本《红岩》，抽时间又读一遍。

从抢读《红岩》受到启发，野外工程队工会，经常购书供大家传看，读后还议论书的内容。既消磨工余无聊时光，又给枯燥生活解闷儿，职工从读书中获得欢乐。对读书有了一定兴趣，有的工人不再懒散，有的工人开始学文化，生活方式乃至命运，似乎渐渐都有改变。

遗憾的是好景不长，"文革"劫难来临，读书成了罪过，"读书无用"论传到工地，生活又开始一如既往，再没有人敢去碰书。有些胆子大的人，只能在对书的怀念中，重温往日读书快乐。老工人无不惋惜地说："这下可坏了，要是不让读书，我家孩子们，岂不成了'睁眼瞎'。"人们从切身体会中，真正地认识到，读书对于生活对于命运，有着十分金贵的作用。

随着人们经济收入增加，购书读书有了条件，渴求读书获得知识的人，可以读到更多的好书。有机会到学校读书最好，没有上学机会的普通人，同样可以接触更多的书——走进图书馆，顺脚逛书店，还可以利用网络读书，总之，只要有读书愿望，你总会读到各类好书。读书，可以增长知识，可以愉悦心情，可以知晓事理，可以开阔视野，可以使人充实，这是多么美好的事情啊。

有这样好的读书条件，就看自己愿不愿利用。我经常想起在草原帐篷，跟工人师傅抢书读的情景，从而更珍惜有书可读的日子。唯一力不从心的是毕竟老了。

半生笔墨半生情

有位老朋友传来一份资料，讲述医生出身的中外作家。其实不光是医生，记者出身的作家，国内国外同样不少。医生和记者职业，服务对象都是社会，接触最多的都是人，久而久之便会生"情"。即，人情，世情，激情，像三把火在心中燃烧，不吐不快，于是便开始文学写作。这也许不是原因全部，但起码相当一部分记者，是这样进入作家行列的。

以我自己为例。在成为业余文学作者之前，我的职业是编辑兼记者，下基层采访世情，观察了解人情，而这一切化为新闻报道，就必须客观真实地记述，来不得半点儿个人东西。可是有些人有些事常常难以忘怀，像清澈溪水在心中流淌，就想到要写诗写散文，借以抒发澎湃激情。日积月累，发表诗文越来越多，被人称为文学作者，渐渐出版几本书，又被人称为作家。转变似乎就这么简单。

当然，过程并非像说的这般轻松。在我当记者那个年代，写新闻报道是职业，是任务，写文学作品是不务正业，一旦被领导发现或被人举报，就要遭批评做检查，检讨资产阶级个人主义名利思想。我或与我一样记者出身的作者，后来还能够写点文学作品，十有八九是顶着"雷"过来的。有的老编辑一辈子未出过书，并不是不能写作不会写作，其实他们文笔好得很，只是因为恪守职业规则，只好放弃写作，为他人"做嫁衣"。有的老记者写了那么多新闻稿件，却连一篇报告文学都写不成，并非他们没有才能，而是年轻时没有实践机会。所以我常跟现在年轻记者说，你们赶上的时代远比过去好，完成本职工作后可以写诗文，而且还能够在自己报刊版面发表，这在我们年轻时简直无法想象。

记者和作家这两种职业，其实没有什么根本性区别，终极目的都是表现世态人情。在从事写作之前能够当记者，起码会得到两方面锻炼，一是学会调查积累素材，一是学会敏锐观察发现问题，只要掌握文学创作规律，记者成为作家并非难事。20世纪50年代听一位苏联作家讲课，讲述他怎样从记者成为作家，他说，他做记者时有个习惯，每次出去采访前，都在台历上记下采访时间、事件。若干年后想扔掉旧台历，随手翻看了几页，忽然那些经历的事情，重新呈现在他眼前，而有些事情当时未能报道，于是他用这些素材写了小说，由此成了著名作家。这就是说，记者每天都在生活中，无须像作家那样刻意深入生活，只要记下生活中的人情、事件，哪天有了激情或曰灵感或曰冲动，用文学形式表现出来，就很有可能成为作家。

有人说文学就是人学，这是有一定道理的。我开篇说的医生成为作家，后来讲的记者成为作家，除了医生和记者都接触人，职业还要求他们，必须研究人的心理状态。接触多了有所思有所想，有了强烈表现欲望，最后成为作家是很自然的事情。像我国现当代著名作家，如孙犁、萧乾、郭小川、刘白羽、魏巍、金庸、张恨水等，都是新闻记者出身，而后开始步入文坛。

　　我离开记者职业，算起来已经 30 多年，现在写文章，内容还会牵扯到那时人和事。所以我非常感激那段记者生涯，它让我的思想依然活跃，它让我的文笔依然不老，它让我的激情依然存在。从记者过渡成作家，这样的笔墨人生，是幸福的快乐的。

奔年总算奔到头

春节，民间俗称年。在所有传统节日中，春节最被重视，算是节中大节。有钱人家不必说，就是生活拮据人家，平日省吃俭用，春节想方设法，总得过得讲究点儿。进入阴历腊月，家家户户，老老少少，就开始忙过年。置办年货，打扫房舍，裁剪新衣……占去年前不少时间，还觉得忙忙碌碌。心劲高并不觉得累。

那些在他乡谋生的人，临近年跟前时日，心里就像长了乱草，坐也不是站也不是，盼望早点回家过年。在游子习惯意念里，春节如不跟家人团聚，他乡无论怎样红火热闹，都不能算是真正过年，因此，奔年就成了最大心愿。

我中青年时期，漂泊异地他乡，总有 20 多年之久。平日里工作开会，日子过得还算安稳，对于家就很少思念；每逢年节就不同了，独自一人呆坐宿舍，那种没着没落的滋味儿，如同鲜活的心被掏走。想起遥在远方的亲人，常常情不自禁落泪，感叹自己命运多舛，家——这时就成了想望所在。好容易盼到春节来临，马上就有机会回家探亲，几乎什么事情都不想干，连睡觉都不再那么沉实，心思全放在回家准备上，俗话说"归心似箭"，只有这时才会真正体会。

未结婚光棍一人，那时说奔年回家，其实就是看望父母，有父母就有家，有家就得去过年。在父母家过年倒颇简单，从外地买些土特产带上，到家再给父母留些钱，表示点做儿女心意，父母就十分满意知足了。20世纪60年代闹饥荒，有年跟随野外工程队劳动，在东北施完工临近春节，工程队就地放假让大家回家，厨房把剩下的猪肉红烧分给职工，我未舍得吃装在玻璃瓶里，休假探亲带到天津父母家，母亲看到这瓶子肉，两眼立刻潮湿起来。我不清楚母亲此时想什么，但是我相信她一定懂得，儿子给予她的是颗孝心，这点对于父母和儿女，都永远非常需要和重要。远游他乡的人回家奔年，说白了，就是要在这个传统节日，给父母亲人带去点慰藉。不然何以千里迢迢奔波呢？

结了婚有了儿子，妻子在唐山工作，儿子由爷爷奶奶抚养，我在内蒙古流放劳动，这春节回家的含意，无形中有了新内容。比方说，总得帮助妻子安排生活吧，总得跟儿子联络感情吧，这样一来，每年春节对于我，就再不那么单纯省心啦。妻子当时住学校单身宿舍，冬天最难办的就是取暖，别看唐山号称煤城，市民却用煤末取暖，最多掺点碎煤渣儿，想把炉火烧旺就做煤饼，这就成了我奔年要做的事。儿子自小就不跟父母一起，感情上难免会有些隔阂和陌生，每次奔年回到家得有多日，通过各种方式消除彼此疏离感，方可一起真正享受天伦之乐。等父子之间"熟悉"了，融洽了，探亲时间也就到了，我不得不踏上异乡归程。这每年可怜巴巴12天假期，留下的是亲人相见欢乐，带走的是更加撕心裂胆思念……

说到奔年不得不提赶路。按照国人过春节习惯，最迟得在阴历年三十晚上，赶到家里吃年夜饭度除夕，那才叫真正欢欢喜喜过大年，否则没有年味儿就不能算数。这样就有个时间安排问题。那时候买车票没有现在方便，提前个把月还得托熟人找门路，一趟一趟地跑，一次一次地说，都没准儿买不上，或者弄张无座位票，辛苦和委屈没有地方说，只能悄悄暗自唏嘘叹息。有次我跑了多次火车站，求爷爷告奶奶说尽好话，连张无座票都未弄到手，实在没辙就求助朋友，他是报社跑铁路新闻的记者，找到铁路局副局长，照理不应有问题吧？我拿着这位副局长批条，兴冲冲地去到售票处购票，人家不说不卖给我车票，先是打开桌子抽屉看看，然后迅速关上，而后佯装惊异样子："唉哟，实在不好意思，您迟来一步，有张票刚买走。"话都说到这个份儿上，我还能怎么样呢，只好拖着沉重步子怏怏地走开。

回到单位，闷闷地坐着发愣，一位细心同事问我："怎么了，是不是身体不舒服啊？快回家过年了，可得注意点儿。"我把事情原委如实告诉他，他听了很同情，就说："走，我带你去买。"我疑疑惑惑地跟着他，还是找的那位售票员，她二话未说，竟然乖乖拿出张车票——尽管是张无座位车票。回来路上我问这位同事："我拿局长批条都不行，你说句话，怎么就能买上呢？"这位同事笑笑说："你知道她是谁吗？她是我外甥女儿，我这个舅舅买票，还能买不上吗！"就是凭着这张无座位车票，那年春节年三十傍晚，我匆匆地从内蒙古赶到天津，跟父母家人一起过了个年。

虽说节日里欢乐依旧，父母亲得到宽慰依旧，但是只要想到路上的辛苦，我就总是觉得有些扫兴。没有座位铺几张报纸席地而坐，还要照看行李架上东西，从厕所回来报纸不见了，只能挤个落脚地儿站立，这一站就是大半宿上千里。我不住地问自己："辛辛苦苦老远地奔来，这是何苦呢？难道这就是过年吗？"可是到了来年，我啊，还得照样奔。

一年复一年地奔，一奔就是几十年。父母亲相继去世，终于不再为年奔了，可是我也渐渐老了，再没有了过年兴致。这时，我才忽然有所醒悟，年轻时那么热衷于过年，从外乡千里迢迢往家奔，其实，就是在获取短暂欢乐之后，一年又一年地让自己接近今天。父母走了就没有了家，即使还有精力和兴致奔，这年于我就不再有意义，一提过年反而觉得心烦意乱。看来这人生啊，无论有过多少欢乐，曾经怎样志高意满，最后还是得归于平静。平静似乎比年节更长远。

饥时读菜谱

人这一生会接触许多什物。这些经意或不经意接触的什物——有的，很有价值；有的，稀松平常。然而，就具体人来说，只要能唤起记忆，就亲切，就珍贵，很难说有无价值。我保存至今的一本《菜谱》，对我来说就属于这种情况。这本《菜谱》极普通，在别人看来，一钱不值；在我眼里，犹如善本孤版图书，永远值得珍爱。

这本《菜谱》的确普通，纸张印装都很粗糙，上面开列的菜目，都是易学易做家常菜，很难说属于哪个菜系。由于时不时地翻阅，弄得油污破损，越发显得陈旧。若不是我细心，放在抽屉里，早被家人当旧书卖掉了。

可是，就是这样一本《菜谱》，使我这个原来只会熬稀粥、煮白菜的笨男人，慢慢可以做几样有名有姓的菜了，装在盘子里，还真像那么回事似的。每逢家中来客请吃饭，把什么木樨肉、干烧鱼、黄焖鸡、油煎豆腐之类的菜，一道道地摆在餐桌上，听客人出于礼貌地称赞，我心里的感觉，总是美滋滋的。这时，会自然想起我的师父——《菜谱》。

咱中国人懂吃、爱吃、会吃，古往今来，不乏美食家、名厨师，创有八大菜系，会做各种小吃，为此，荣享美食大国盛名。同外国友人一起用餐，席间谈起饮食上的事，他们把我视为美食国民，好像我在吃上是个行家，岂不知，我是沾了老祖宗的光。我历来以果腹为美，即使有机会享受宴请，山珍海味都尝过，鱼翅和粉条、猴头和蘑菇，到我嘴里的味道，并分不清各自特点。更不要说鲜字半边儿的羊，任凭别人怎么吹呼它的美，我至今未得过这口福，好像天生就怕那股膻气。至于别的诸如牛鞭、百叶、蹄筋之类食品，常常会得到食家好感，我却宁肯大口大口嚼食青菜，都不想去碰一碰筷子。这样顽固的偏食习性，使我拒绝不少人间美味，有时想起自己都觉得遗憾，可是又有什么办法呢？只怪自己没有生就一副宽容胃口。

不过，我倒是有过向往美食的梦。那是在 20 世纪 60 年代挨饿时候。

有天晚上，饿得心里发慌，浑身没有劲儿，更睡不着觉，躺床上来回折饼，后来在心里数数儿催眠，从一数到二百仍不奏效，索性不睡了，坐起来跟同室人侃吃侃喝，热热闹闹地来顿精神会餐。我们这间宿舍里，住着三个单身汉，有位是江苏人，出身于江南富户，吃喝上事情，比一般人知道得多。说起他家乡淮扬名菜，更是如数家珍，有板有眼，着实让我有些云遮雾罩，嘴里不住地淌涎水。当说到他家老辈传下来的菜谱书，语调中有着明显喜悦和骄傲，毫不掩饰他眷恋往日生活情怀。就是从这时候我知道，在我们这个美食大国，不光有这么多美味佳肴，敢情还有专门的饮食书。这时多么希望有本《菜谱》啊，日后好学点厨艺解解馋。

从 20 世纪 60 年代过来的人知道，那时很少有人去饭馆舒舒服服吃顿饭。至于菜谱、服装、家具之类生活图书，书店里好像很少有卖的，只有内部培训编印教材。我有位朋友，是报社记者，专跑商业新闻，经常同餐饮业打交道。有次采访烹饪培训班，拿回来本

《菜谱》讲义，我一看就喜欢上了，请他给我要一本。这位朋友真够意思，跑了几次未要来，索性割爱，把他那本给了我。这就是我这本《菜谱》来历。

有了这本《菜谱》，除了高兴，更想有机会试着做些菜。我当时工资每月五六十元钱，又同家人异地分居，经济条件和生活环境，都不允许我在灶台上实践，自然就无法享受烹调乐趣，于是便时不时拿出这本《菜谱》阅读，那种情致，那种执着，远比读那些政治书籍更显浓厚。因为《菜谱》上的话实在，起码在我感到饥饿时，它会在精神上满足我，更不要说还会给我些文化熏陶。

在精神和物质极度匮乏之时，这本《菜谱》是我最好的朋友。它在我心目中是那么实诚。如同一位善解人意的长辈，给了我不少饮食知识，更让我在饥饿时获得精神慰藉。

饥饿年代过去，两地分居结束，我同妻子在北京安了家，生活安定，经济宽裕，我开始掌勺学着炒菜做饭。这本《菜谱》书，理所当然，成了我的师父。能在炉灶前实现美食梦想，我心中有着无限喜悦。但有时想起有过的饥饿，又难免会有悲凉袭上心头。

我不明白，我想发问，中华民族灿烂饮食文化，是我们祖先伟大创造，令世人钦佩称赞，有的人干吗非要推给资产阶级呢？讲究吃穿，这是文明标志，至于经济条件是否允许，那是另一回事儿。如果人们生活老停留在最原始水平，有条件改善也不求改善，作为人的我们，我感到实在太可怜。

这会儿好了。无论走到哪里，书店和书摊，都有《菜谱》书卖。有中餐的，有西餐的，有名菜的，有小吃的，这洋洋大观烹调图书世界，同那些大大小小酒楼、饭店、餐厅、酒吧一起，真正地展示了我们美食大国饮食文化风采。作为中国人，有谁不感到由衷高兴和自豪呢？然而即使是这样，我都不想扔掉这本保存多年的《菜谱》，因为它会让我永远记住过去——那个曾经使人迷惘和愚昧的年代。

穿衣的尴尬

穿衣戴帽纯属个人行为，穿什么戴什么，怎么穿怎么戴，按理说，别人不该说长道短，说了道了未必有用，只要自己觉得舒适就行。

然而，事实并不尽然，有时穿戴不当，或者不合时宜，不仅会被人笑话，而且还会招致麻烦。过去却很少这么想。真正意识到穿衣重要，自省过去因穿着随便带来不悦，还是在近几十年，这首先得感谢歌词作家晓光。

我供职的小说选刊杂志社，跟中国文联机关同楼办公，中国文联的人跟我比较熟。《在希望的田野上》歌词作家晓光，是我多年朋友，他调来中国文联任副主席，更是抬头不见低头见。有次他从楼上走下来，在我办公室坐了会儿，如厕未带外衣，正是隆冬时节，他披起我棉袄去方便。回来跟我说："我穿上你棉袄，人家说像收破烂的，你是不是该换换装啦。"我笑了笑，没说什么。

晓光是著名作家、文联领导，经常上电视抛头露面，我戏称他"电视明星"。我以为他开我玩笑，心想，你别糟蹋我了，我再不讲究穿戴，总还不至于混得这么惨吧。他放下棉袄回去，我下意识地看了看，还真有点不好意思。两只袖子黑乎乎，好像刚刚抱过煤炭；前襟还有饭渍油痕，比掌勺师傅的工作衣还"花"。我不禁责备起自己：我的邋遢，算是上档次了，难怪人家……

两件穿衣往事，忽然浮现脑海，这两件往事发生当时，弄得我心里很不愉快。这两件事或可称之为"穿衣悲剧"。

头出"穿衣悲剧"，发生在几十年前。我那时二十几岁，在一家报社当编辑，收入不高，穿着随便，跟自己身份颇不相称。有次去北京饭店开会，散了会走出大门，有位相熟轿车干部，让我搭他车走，他上了车，我正走近车，竟被警卫给拦住了。后经这位干部说明，警卫才让我上车，我感到从未有过的羞辱，上了车说句："势利眼。"这位轿车干部认为，原因不能怪人家，他说："你看你这身衣服，哪儿像记者啊。"那年头流行穿好裤子，只要有条毛料裤子，把裤线压得笔挺，再配双系带锃亮皮鞋，就可以在任何场合混，上衣穿得稍差无妨。我一气之下，用稿费买了条料子裤，装扮自己下半截，总算改变了"社会形象"。

二出"穿衣悲剧"，发生在改革初期。有年夏天傍晚，看望香港来客，饭店距我家近，懒得更换衣裳，穿着旧布衫去赴约。警卫见我穿着寒酸，立刻绷紧头脑那根弦，盯着我上电梯，还走过来盘问，弄得我很尴尬。我不得不面带嗔怒，给了他几句："你想干什么？拿我当坏人啊。"他这才不好意思地走开。我却心里感到很别扭。跟朋友说了这件事，朋友笑笑说："就你这身打扮呀，的确是差点劲儿，这要是在正式场合，肯定把你挡在门外。"从此，只要去公众场所，不管多么匆忙，都要换像样衣服，目的就是不想遭白眼。

这两件因穿衣引起的不悦，发生当时，我丝毫未做个人反省，认为对方是以衣取人，毫无道理。事情过去多日，《中华英才》杂志向我约稿，让我谈谈生活感悟，我写了散文《布衣的遭遇》。在讲述这两件事情同时，还谈了对穿衣的看法。

说句实在话，以衣以貌取人这类事，当今社会确实存在，我遭遇的这两件事，同样不排除这个因素。但是今天冷静地想想，从主观上找找原因，又何尝没有自己的不是呢？倘若衣着多少讲究点，给人个良好"社会形象"，有些"穿衣悲剧"就会避免。穿衣讲究与否，不在非得名牌，而在整齐洁净。

穿衣戴帽这类事情，往往被人轻易忽略，认为无必要花这份心思。尤其像我这样穿着随意的人，更是由着性子来，从不考虑"社会形象"。其实，穿着并非无关大局的小事，它能反映人的精神风貌，以及文化素养、审美情趣，若在社交场合出现，还有个职业形象问题，就更不应该随随便便了。

穿着遇到麻烦，客观地说，首先是不够自重、自爱，其次才是别人轻视、无礼。当然，穿着的讲究，并非得披金挂银，而是庄重、大方、整洁，符合自己身份。我比较熟悉文化圈，有些人穿着比较讲究，但是，他们服装并不高档，却得体地表现出修养，有种自然流露的文化气质。这些朋友由于长年如此，从无一天走样儿，因此在别人眼里，就会习以为常。相反，我这衣着一向马虎，穿得稍有点儿变化，立马就会引起熟人注意。有几天天气比较暖和，我脱去晓光称之为"收破烂"的棉袄，换上那年出国做的西装，被中国文联又一位朋友看见，他因不解而奇怪："怎么，今天西装革履的了？是不是有外事活动啊。"我依然以笑作答，因为实在不知道说什么好。

我穿着的遭遇，在朋友们眼里，也许永远无法改变。其实，哪能呢？这"穿衣悲剧"，在我退休后总算谢幕。现在只要外出，我的衣着还是蛮整洁，只可惜"觉悟"得太晚。

谁知前路是何方

粗略算起来，至少有 20 来年，未坐过慢速火车。出远门时候，不是乘飞机，就是坐高铁，再远的路程，有十来个小时也到了。除了途中节省时间，还少受许多颠簸罪，使人对旅途没有畏惧感。

可是 30 几年前，每年总要坐慢速火车，在几千里途中，咣当咣当晃悠。生命、时间和金钱，全都被车轮碾碎，而后随岁月之风扬弃。那时候常常想，我这个人的命运，大概早就注定，在火车上了此一生。所以在后来有段时间，只要一说坐火车，特别是说坐慢车，我就头大，发愣，好像有什么大难临头。

其实，少年时坐火车，对于这钢铁长龙，并非这样反感。记得第一次到城市，跟随父母从家乡宁河，到父亲做事的天津，我们就是坐火车。出于好奇和新鲜，一会儿摸摸这儿，一会儿瞅瞅那儿，还不时地在车厢里跑，这火车在我眼里，就像一件开心玩具。见到窗外美丽风景掠过，就会嫌火车跑得快，真希望它能马上停住，让我好好看看那景致。可能是头次坐火车缘故，加之宁河距天津路途不远，好像没有走多长时间，火车就到了天津东站。火车在车站停下不走了，我还依依不舍地在车上磨蹭，想在这跑动的小屋里，再美美地多待上一会儿。

长大以后到北京工作，光棍儿一人假日孤寂，总想往父母那里跑，北京至天津的铁路，就成了一条情感带子，把我和双亲拴在一起。假如没有铁路提供方便，尽管这两地距离很近，恐怕那思念都会显得悠长。所以，总是怀着感激心情，乘坐上京山线火车。那时候火车速度没有这么快，从北京到天津坐快车，少说也得两个来小时。在这两个小时行程里，边观赏沿途风光，边跟邻座旅伴聊天儿，不知不觉之中就到了，没有显出劳累且不说，反而觉得很有些意思。火车上什么人都有，各式各样同路陌生人，说各式各样闲杂话，热热闹闹像朋友相会。京津一带许多传奇故事，有的就是在火车上听来，让我增长不少人情见识。那时对火车没有丝毫反感。

我头次真正厌恶火车，并有种不祥的恐惧感，是在 1958 年春天。告别首都，告别亲人，告别单位，告别美好时光，到完全陌生的北大荒去。隆隆火车载着我们，走过华北平原，越过松辽大地，到达冰城哈尔滨，然后，再换乘火车到密山。那时年轻体力好，这段不算短的路程，在我根本算不得什么，火车上颠簸劳累，至多睡上个把小时觉，体力就会恢复过来了。我感到最难以承受的，并非是那千里迢迢路，而是压抑得近乎窒息的气氛，以致觉得这火车飞旋的轮子，突然由圆形变成方形，每走一程都很艰难很沉重。

从北京到哈尔滨，从哈尔滨到密山，有几天几夜行程，成百上千出气大活人，除无法避开的交流话语，竟然一点闲话玩笑话都不说，好像谁一说就会遭受轰顶之灾。这时火车在我看来，就是个坚固铁盒子，禁锢着有灵性的血肉之躯，在无可奈何中失去活力。这种沉寂空气，这种冷漠时光，犹如刀斧镂刻印迹，留在我年轻心上。幼年觉得非常好玩的火车，这时成了令人诅咒的东西，怎么都唤不起对它的好感。我当时就曾暗自发誓，此生就是要坐火车，再也不想坐慢速火车。有点迷信的我，甚至于预感到，未来前程艰难。

岂知当命运无法自己掌握时，什么事情都得听从拨弄，就连坐不坐火车，坐什么样火车，都得别人说了算，自己哪能当得了家。从北大荒军垦农场流放回来，又被发配到内蒙古继续劳动，而且是在一个野外工程队，几乎终年在四处奔波，再加上每年回家休假，我几乎有多半时间在旅途中。这火车就更成了个甩不掉的冤家。这就是命啊——我这样想。

　　内蒙古地域辽阔，东到满洲里，西到乌拉特，东西部气候，有着明显差别。野外工程队工人，就像一群候鸟，春天飞出去，冬天飞回来，追逐着温暖之乡，主要交通工具，就是那慢速火车。按照规定可睡硬座卧铺，只是十次有九次买不到票，有时是为拿补助费买到也不坐，几十个人凑一起坐硬板。别人在火车上玩扑克牌，我不会玩又不愿意看，觉得时间更长路途更远，怎么待着都不舒适，忽而坐，忽而立，忽而在车厢走动，忽而靠着椅子小憩，就这样来来回回地折腾，几天几夜行程才会熬过，可是人就像散了架子。下了火车连饭都不吃，先得找地方睡上一觉。最不好过的时间是午夜，生物钟到时在人体敲响，上下眼皮马上就掐起架来，为了清醒照看行李物品，还得提醒自己不要睡觉。有次困得实在受不住了，就请同伴关照东西，在地上铺两张报纸，枕着手提包睡一觉。醒来发现钱包不见了，告诉给一位工人师傅，他让我千万不要嚷嚷，我就像没事似的坐着。不一会儿乘警走了过来，只见这位老师傅突然站起，大声喊道："谁也不要动，都坐在原地儿，有人丢钱包了。"乘警应声走到我旁边，让我邻座位旅客，一个一个地站起来，自己抖搂自己衣服，同时掏出自己钱包，完全没有疑点就让坐下。轮到检查一个中年人，乘警让他站起来，只见他面带难色，抖搂上下衣服时，显得很不情愿，让他再用点劲儿抖搂，只见一个棕色皮钱包，顺着他裤管掉到地上，他正想用脚跟儿踢开，被眼尖的老师傅马上拦住。这个人立刻被乘警带走。

又过几年，我已经临近而立，母亲催我早日成婚。可是我一个野外作业工人，上哪里去找做对象的女人呢？后来经北大荒难友介绍，认识一位在唐山任教女老师，经过一段时间的书来信往，我们结婚——她就是我已故妻子。

结了婚调不到一起，按习惯说法算成家，却没有实际上的家。我在旅途中的次数又增多，为了休每年一次12天探亲假，常常临近大年赶回家，有时预约车票不好买，就干脆大年三十晚上走。除夕火车上旅客比较少，许多座位都闲置着，椅子上睡觉没人管，倒是异常舒适愉快。尤其让我不能忘记的是，除夕之夜列车上的饺子。列车员和旅客不分彼此，组成个临时家庭，聚在餐车车厢里，边听电台广播，边包年夜饺子，说说笑笑，嘻嘻哈哈，好不热闹好不亲切。后来，"文革"运动来了，全国都乱了套，人间少了真情，火车还是照样坐，只是旅客形同陌路，谁看谁都像"阶级敌人"，我这样的人更不敢轻举妄动。

记得"文革"运动初期，我趁逍遥时回家探亲，列车行驶到宣化车站，突然列车停下不走了。大家以为是列车上水或候车，一小时、两小时地过去，仍然不见走的意思，这时才感到不是正常停车。看见列车员走过来询问，铁路系统两派造反组织，正在车站吵嚷着夺权保权。开始时旅客之间只是议论，我就在旁边静静地听，根本不敢多嘴添舌，后来见没有走的架势，旅客中就有人谩骂起来，我见情况不妙赶紧走开。在那个按政治划分人的年代，别人怎么痛快地臭骂都成，人家都是"红五类"里的人，真出了事情挨个儿查身份，栽到我头上可就不得了啦。我独自走到列车连接处，一待就是六七个小时，直到列车开动才回来。坐到位子上邻座人问我，是不是下车看热闹去了，我赶紧解释说："头疼，在车厢外坐了会儿，吹吹风。"他们要跟我议论这件事时，我只是支支吾吾地搪塞，生怕在旅途上给自己惹祸。

现在有时，特别是逢年遇节时候，看电视新闻里民工返乡，那些男男女女年轻人，在途中辛苦奔波样子，就会想起自己当年。如果说有什么不同的话，我当年比他们更艰辛，因为，那会儿物质供应匮乏，每个人收入都不高，得来回倒腾日用物品。背着扛着大包小包，上车下车都有许多麻烦，哪有现在他们这样轻松。更甭说像他们现在这样，乘坐快速豪华动车出行，途中劳累会减少多少啊。

时光一晃几十年过去。本以为今生今世，都要在路上奔波，不可能有安稳日子。好像老天有意眷顾，在近三十几年里，还真过上了安定生活，这使我感到无比欣慰。只是这时人生之路也临近尽头。

路至远方有佳境

1988 年春天，我和老作家康濯等人出访奥地利。在这个被誉为音乐之邦的国家，施特劳斯、莫扎特、贝多芬、舒伯特、舒曼等，这些世界级音乐大师们，都在这里留下艺术足迹。在这里访问十多天，不仅感受到美的历程，而且领略了北欧风光，被封闭多年有机会跨出国门，知道了外边世界真实情况。只是由于我们与世隔绝太久，对于许多事情都陌生，难免因无知而出"洋相"，完全暴露出封闭中的人，跟高度现代化世界的差距。

游历过奥地利几个城市，我们回到首都维也纳，大家交谈感想时，我忽发奇问："奥地利怎么没有火车？一路上净让我们坐汽车。"陪同的"中国通"、汉学家施华滋教授，听后风趣地说："老弟，你太'土包子'啦，高速公路这么发达，谁还坐火车？"这是我第一次听说"高速公路"，再回想几天来的出行，可不是，从维也纳的宾馆门前上车，在到达地宾馆门前下车，没有一点车辆换乘劳累，确实比火车方便舒适。公路两旁田园风光，苍翠欲滴积雪山峦，在澄碧穹隆覆盖下，天地交融之处越显清远。乘车人宛如画中行驶，整个身心都感觉清爽。这其后有许多天，在我脑海里，都是关于道路的画面。

最先想的是故乡道路。很小跟随父母离开故乡，几十年后今天再想起，许多景象都依稀记得，但是最清晰最亲切的，要属故乡通往外界道路。那是怎样一条道路呢？晴天是疙疙瘩瘩硬土块儿，走路稍不注意就会崴脚，雨天是黏黏糊糊烂泥巴，刚拔出后腿前腿又陷进去。最令人难以忍受的是，雨过天晴，太阳暴晒，牲口粪烂草沤一起，那股难闻气味，简直要把人呛晕。就是在这样道路上，我们这些乡村孩子，一天天地走过晨昏，从孩童走成了大人。

尽管那时并不知道，故乡以外道路是啥样，但是只要说起道路来，总还是免不了抱怨。孩子们在一起胡扯乱侃，说到长大成人打算，总会有人说："哼，要是我将来成大官儿，先修一条平坦的路，让乡亲们舒服地走。"可惜我那时的伙伴，没有一人当官儿，这留在记忆中的路，依然是那么坎坷难行。许多年后提起乡村道路，无论别人怎样啧啧夸奖，我总是连连摇头不信，依然置身在道路梦境中。

当有朝一日离开故乡，乘坐一辆铁轮马车，吱吱扭扭走在土路上，亲切和苦涩两种滋味，同时涌上我心头，我真不知该说些什么好。这脚下道路是维系乡愁的带子，无论走到何时何处，它都会拉扯着我，让我跟故乡永不分离，应该说些感激它的话。可是想到行走时的艰辛，又觉得还是离开它好，就不能不悄悄地高兴，藏在心中不便说出的话，竟是庆幸自己终于离开。怀着两种复杂心情，我依依离开故乡，带走对道路的记忆。

走出家乡村镇，本以为外边世界，道路比故乡道路平整，灯火比故乡灯火明亮，岂知那只是我天真想象。刚从家乡走出来的几年，生活在都市，道路的平坦，灯火的明亮，就淡忘了往日艰难。后来被发配北大荒，碰到的头件难事，就是在荒原上走路。这亘古荒原很难说有路，只是走的人多，重重叠叠足印，渐渐地拓宽润滑，自然而然成了道路。在这样道路上行走，晴天还算惬意，路两边有花草，路远方有蓝天，偶尔还有云雀唱歌飞过。只是一到化雪季节，或者雨过放晴时候，道路就会泥泞满地，走路带来的麻烦，要比别处多得多。

领教北大荒道路泥泞，是过第一个劳动节时。运送节日吃食的汽车，陷在半路烂泥塘里，农场派我们几个人去推车。几个二十岁左右大小伙子，满以为可以把车推出来，谁知费了九牛二虎之力，这车轮光旋转就是不走。实在没有办法了，在司机师傅指挥下，把车上物品卸下，齐声吆喝着推空车，结果还是纹丝不动。没辙，只好把车辆先扔下，物品由人扛着背着运回。泥泞中负重走路，我们都是头一次，一路上深一脚浅一脚，不是摔倒，就是挪步，十几里路程走了半天。到农场卸下物品，人像是散了架子，狼狈地坐在地上，好久都不想爬起，累得连话都不想说。事后谈起这件事，同济大学毕业难友说："将来有机会改行，我一定做公路工程师，把咱中国道路修得棒棒，就是再有人下放劳动，起码在走路上不受罪。"

这位难友这席话，是理想也好，是感慨也好，总之，说出了我们的心情。我出访奥地利时，乘车行驶在高速公路，沉浸在道路遐思中，不禁想起北大荒道路，更想起这位难友的话。我们国家曾长期闭关自守，使我们失去良好发展机会。假如不是国家大门启开，我们仍然像老牛破车，慢悠悠地走在土路上，跟世界距离恐怕更大。感慨道路的难友，他那点微薄愿望，短时间就难以实现。当我从遐思中走出来，大胆地跟康濯老说："康老，我相信总有一天，我们也会有高速公路，让出行的人享受方便。"康老微笑着点头。

出国访问回来不久，听许多地方在喊："要想富，先修路。"这说明国人开始意识到，没有道路的艰难，拥有道路的方便，尤其可贵的是，把道路跟富裕连在一起，这不能不说是个进步。就是在这个时候，应山东朋友邀请，我做了次公路旅行。从济南下榻宾馆上车，而后，依次到了几个城市，以及沿海小村镇，路上都是坐汽车，真实地感受到公路带给我们生活的方便。在建有高级公路的地方，我还看到了不少乡村，盖起漂亮二层楼民居，跟在奥国所见没有两样。陪同的朋友说："山东是个公路大省，经济比较发达，公路建设比较快，反过来说，公路的迅速发展，又促进经济繁荣。"难怪朋友邀请我做公路旅行。

我还想到内蒙古道路。在内蒙古待了十八年，对于那里的道路情况，应该说还算有所了解。阔别十多年回到熟悉地方，我发现那里最大变化，同样是在道路建设上。我在内蒙古那些年，从乌兰察布（集宁）去呼和浩特，一般都是乘坐火车，火车既方便又快捷，就连有小轿车的官员，无急事都很少走公路。实在受不了那份颠簸，更不要说时间的浪费。我这次回到乌兰察布（集宁）来，想去趟呼和浩特，跟朋友们说坐火车，他们不禁惊讶地说："这都是什么年代了，还坐火车，走公路俩小时，轻轻松松就到了。"结果真的像朋友们所说，从集宁宾馆门前上车，在《内蒙古日报》门前下车，如同从这个家门进那个家门。小车在平坦公路上奔驰，说说聊聊很快到达，大地距离仿佛在缩短。可是我永远不会忘记，有年乘坐一辆吉普车，从乌兰察布（集宁）到呼和浩特，一路风尘，一路颠簸，路上走了四五个小时，到呼和浩特想办事，机关都已经下班，只好再住一宿。

现在有了畅达的高速公路，别说是在乌兰察布、呼和浩特之间来往了，就是从北京到内蒙古，许多有车族大都是开车去旅游。内蒙古朋友们要来北京，常常是早晨打来电话，如果不堵车中午就会到达，再不会像乘火车那么受限制。看到朋友们进北京这么方便，就会于羡慕中想起早年自己，每年春节要回家休假，为买一张火车坐票，得提前一个月托人走后门儿，有时还往往落空。有好几年就是坐在手提包上，迷迷糊糊地日夜兼程，在大年三十晚上到家。这种狼狈的旅程，如今当作笑话说，恐怕还有人不相信。但是对于我却是一段辛酸往事。倘若是在今天，有了公路就多一种选择，我可以抬腿就走，真正成了生活的主人。

这些年外出机会比较多，即使乘坐飞机来回，到了访问的城市，都要坐汽车去乡镇。我到过的天南地北城乡，感触最深的变化，就是畅达的道路建设。繁华地区有高速公路，偏远地区有普通公路，像交错纵横的蜘蛛网，编织在祖国山水间。多数道路平坦宽阔，路旁绿化悦目赏心，心境宛如长了翅膀，不由你不在想象中飞翔。我再次到北大荒和内蒙古——我生命中两个重要地方，它们道路的变化让我感动。这种变化正在预示着，我们这些普通人的生活，总有一天会像这道路，渐渐平坦开阔起来，开始充满勃勃生气。

至于我故乡的道路，早已超过我的期盼。从北京至宁河公路通畅，只需一个多小时即达，路面宽广平坦，路旁风景如画，比之奥国公路绝不逊色。从艰难坎坷道路走出来，再从平坦高速公路走回去，我心海翻腾的情感波澜，实在无法用言语表达。我只能对自己说，这道路犹如这人生，无论是坎坷是平坦，都得一步步走才会有前程。

情感天空的朦胧月色

接连三天京城被雾霾笼罩，仿佛心也被雾罩霾裹，干什么事都没有心思。随意翻阅旧相册解闷儿，一张穿病号衣裳照片，忽然掀开我眼帘，当年军中生活情景，重新清晰呈现出来。脱掉军装久矣，蛮以为，不会心海起波，哪知一件关乎情感的事，依然像这城市雾霾，总有多天久久挥之不去。这头背负感情的野马，穿越漫长时光隧道，在记忆原野疯狂奔跑。

有人说，人到晚年，只要头脑清醒，遇事不糊涂，别的疾病好办。其实，这只是安慰。殊不知，不糊涂的人，越老越想事，尤其那些陈年往事，喜的忧的都会涌来。这本身就是一种折磨，并不比病痛好受。此刻，我的头脑就不得安宁，往日岁月如同落叶纷飞，搅动着我原本平静的心，思绪也随之回到 20 世纪 50 年代。

我那时就读天津一中，学习成绩不算很好，日子倒是过得安逸。像所有同龄孩子，读书、玩耍，是我全部生活。用大人的话说，乳臭未干的毛孩子，对什么都是似懂非懂。曾祖母掌管的四世之家，离开故土迁徙大城市，老宅田地和财产全无，只好按枝分家租房另过。父亲收入尚能养家糊口，对我常说的话就是："好好读书，经济情况允许，多供你几年。要不就早点做事，咱们没有别的指望，将来要想有口饭吃，只能靠你自己努力。"父亲的话记住了，却并未往心里去，反正年纪不大，谁知道将来如何呢？到时候再说呗。

1950年深秋，有天放学乘电车回家，车过天津西北城角，见老老少少多人，围着街头阅报栏，指指点点议论什么，个个表情凝重、紧张，有人还愤怒地嚷嚷。出于孩子的好奇心，我立即就近下电车，凑过去想看热闹。到了跟前听说才知道，朝鲜半岛爆发战争，中国决定出兵援助朝鲜。普通人家没有收音机，报纸不是早晨送到，读报人就到街头看报。读报人都是"时评家"，有的论是议非，有的猜胜测负，阅报栏前成了会场。刚刚摆脱内战的国人，非常珍惜安定生活，此时又要为战争忧虑。政府号召青年学生，参加解放军、报考军干校，"抗美援朝，保家卫国"的口号，像晴天响雷震撼神州，城乡处处情绪沸腾。我做为团员又是团干部，还加杂少年人虚荣心，感情一冲动想报名参军，跟家里人一说，却遭全家人坚决反对。磨蹭多日都无效果，眼看参军同学们，陆续穿上军装走了，我心里越发不是滋味儿。这时街道开始征兵，如果再犹豫不决，肯定无机会了，就从学校开出证明，跟家人不辞而别参加军干校。

投笔从戎对于我，除道理上的爱国，政治觉悟根本谈不上，完全属于随波逐流行为。不过应该承认，像所有年轻人一样，穿上这身绿军装，不管是觉得新鲜，还是真的感到自豪，袭上心头的情感，就像沐浴春风里，喜悦和激动交织一起。生命擦出火花，就渴望着燃烧，真想扛枪去战场啊。谁知在军校学习半年，结业后分配到机关，先是做工作员，后当文化教员，见我有文字能力，领导又调我去编战士课本。唉，说是当兵，其实是个"参军未摸枪，抗美未过江"的兵。

部队机关在北京西苑，距燕京大学（后改北京大学校园）百尺之遥。出于编辑工作需要，部队派我到北大旁听，有天听完课在校园路上，巧遇中学同学翟胜健，此时他正在北大读书。意外邂逅，我们两人都非常高兴。寒暄过后留下联系方式，从此我们经常来来往往。从翟胜健那里得知，还有几位一中同学，此时也在北大读书。我在部队有津贴费，隔三岔五，请他们在附近下小馆。那会儿的年轻人，有理想，心气高，彼此谈论的事情，大都是对未来的向往，我渐渐地羡慕起他们。心想，这些读书的同学，有一技之长，毕业可以做自己喜欢的事情，我只图眼前舒适，将来脱下军装怎么办？还不如趁着年轻早做打算。从此就老想着报考大学，只是不敢公开声张，更无勇气跟领导提出。思前想后许久，实在忍不住了，就正式申请读书，哪怕学成回部队都行。领导经过研究同意我读书，到张家口军事外语专科学校，我却执意要报考北大，理由是不想做翻译工作。等待领导再次研究时，同住室一位年轻战友，终日咳嗽、吐痰、胸闷，怀疑自己得了肺结核，我陪他去部队医院检查。这位战友检查的结果，只是一般慢性气管炎，并无别的什么大毛病。他劝我顺便检查一下，这一检查不要紧，不承想，他怀疑的结核病，却在我肺部潜伏着。医生建议马上住院治疗。

在 20 世纪 50 年代，肺结核算大病，而且可以传染，我一听立刻像丢了魂儿，好多天都是闷闷不乐。报考大学泡汤且不说，弄不好还要成长期病号，未来前途难说会怎样。我把诊断书交给直接领导，批准我马上到部队疗养院，进行住院治疗休养。想到大学读书未读成，未想当病号却成病号，心中的懊恼可想而知。

部队疗养院（304 医院前身）位于北京西郊，医疗条件和设施说不上好，地理位置自然环境却不错，远望是秀丽清幽玉泉山，玲珑宝塔耸立云间；近观是宽阔平静昆玉河，清澈河水款款流淌；门前公路两旁是擎天白杨，清风徐徐吹来沙沙作响，给人一种说不出的欢愉。

我们这些慢性病病号，早上医生查过房吃过药，傍晚护士打过针吃过饭，就在这条傍河公路散步。过去原本不认识的病友，就是在这里散步结识的，住院相处一段时间，说得来的渐渐又成为朋友。

我在疗养院住了四个多月，说得来并成朋友的有三位，一位是画家赵明远，一位是演员吴辉，还有一位叫曹建昭，部队文化教员。老赵和吴辉同在部队文工团。我跟老赵住同一病房，自然而然就认识了，从此成了朋友形影不离。认识吴辉则属偶然。

住院前几天，观看部队文工团演出，还未从艺术感染中解脱，就因病住进疗养院。正处于青春萌发幻想时期，对于未来的憧憬和抱负，无时无刻不在诱惑着我。如今患上肺结核，考学读书成泡影，我一下子就蒙了。心绪像乌云笼罩天空，再无往日晴朗，此时，满脑子装着的，都是对疾病的恐惧与忧虑。心想，年纪轻轻，得这种病，这下可完了，谁知等待我的会是什么呢？

住院次日早晨，跟男病友散步。迎面走来几位女病号，穿着蓝白相间病号服，远处很难看清脸面模样。渐渐地走得近了，开始看清面孔，我眼睛突然一亮，一位年轻女病友，立马吸引住我眼球。她鸭蛋型脸盘，肤色白里透红，闪着乌黑大眼睛，直梁鼻子下镶一张挂笑的嘴，说话间露出一颗虎牙，显得人更俏皮更可爱。尽管袍式病号服宽宽大大，很难看出女人婀娜身段，但是，她那扭动身姿依然妩媚动人。两条长辫垂在身后，把她身材衬托得更为修长，在同行几个女人中间，她显得更富有勃勃朝气。当然就更惹人注意。

出于年轻男人本能，我看了她好久好久，觉得她很面熟，却又想不起在哪儿见过。这天早晨就这样过去了。此后心里总是疙疙瘩瘩，有种说不出异样滋味儿。

画家老赵我俩一起聊天儿，说戏剧侃电影，扯各自读过的小说，开心得一时忘记生病。这天早晨的巧遇，本想跟他说说，又觉得难以启口，就闷在心里未言语。老赵毕竟年长，看我神情异常，以为我担忧病，就说："你别老想生病的事，你年轻，经过治疗休养，很快会好。"

有天在餐厅吃饭。唧唧喳喳地说笑，声音像阵摇动风铃，飘进安静的餐厅。抬头看是几个女病号，其中就有遇到的那位。老赵比我先住进疗养院，谅他会知道那位女病友，我端着饭碗凑他身旁，问他："那个梳长辫子女同志，我怎么看着那么眼熟啊，她是哪个单位的？"老赵朝着打饭人群看了看，说："你说她呀，跟我一个单位，在我们团里，主要是跳舞，有时也报幕。"说着，老赵冲那位女士喊："吴辉，打完饭过来。"那位女士会意地点点头。吴辉端着饭碗走过来，坐到我们这张桌子。老赵指着我说："吴辉，我给你介绍一位病友，他叫柳萌，是后勤部的，几天前刚入院。"我俩彼此点点头，就算是认识了，三个人边吃饭边说话。我说："吴辉，我看你挺面熟，你是不是跳《红绸舞》的？在前些时晚会上，好像看见过你跳。"吴辉听我这样说，马上兴奋起来，像任何演员一样，总希望有欣赏者，她那双闪动的大眼睛，蓦然透出熠熠光芒。过会儿又神显沉郁，说："对，那次晚会之后，团里检查身体，发现我有病，跟老赵一起住院来了。"

云开雾散，水落石出。难怪呢，觉得似曾相识，原来缘于那次晚会。令我欣喜的《红绸舞》，还未从记忆中淡漠，此舞的领舞演员，竟然坐在了我身边。

那会儿部队疗养院，供病号玩耍物品，除乒乓球、扑克牌、象棋、跳棋、麻将，再有就是一部交流收音机，放在餐厅或活动室里，供大家听京剧、革命歌曲，长此以往就觉得腻烦了。这些普通玩意儿，除乒乓球，别的我都不会，不玩球时候，就找些文学书来读。我那时迷恋普希金，躺在床上睡不着觉，就背诵普希金的诗。放在床头的《普希金诗选》，书页都快让我翻烂了，还是不依不饶地翻阅。有天上午医生查过病房，吴辉到我病房串门儿。她坐在靠床椅子上，看见《普希金诗选》，随手翻阅一会儿，临走时候要借去看，我才知道她喜欢诗歌。在这百无聊赖的病院，遇到志趣相投病友，我自然非常高兴，便爽快地借给了她。

这是个雨后初霁傍晚，天格外高远湛蓝，地越发开阔清新，正适宜在户外活动。吴辉急匆匆地跑来，约我和老赵去散步，老赵正收拾东西，我和吴辉先行一步。刚走出疗养院大门，吴辉又是蹦又是跳，做些舞蹈动作，像只快乐活泼鸟儿。我赶紧快步跟上她。走到门前白杨树下，吴辉兴冲冲地朗诵："假如生活欺骗了你……"我一听，哦，普希金的诗，就说："嗬，好快啊，都背下来了。"她得意地说："怎么样，还可以吧。"我说："那当然，到底是个大演员。比我们悟性高。"听后她半羞半嗔地，用手捅一下我："去你的吧，净损我们。"那得意神情，像五月春风，荡漾她脸上。我们俩边走边背，她背一句，我接一句，交替地背诵诗句，着实过了把普希金瘾。快乐，开心，哪里还有生病样子。

转眼到了出院时候。做完病愈常规检查，正要洗浸泡的衣服，发现满盆衣服不见了。画家老赵告诉我："吴辉拿走了，她说你忙着办出院手续，怕没有时间洗。"老赵说着，露出诡秘奸笑，好像有话想讲，又不好意思开口。

战友之间相互帮助，在部队司空见惯，我并没有往心里去。对这位演员病友，却怀有感激心情，觉得她很通情达理、善解人意，不像有的演员，傲慢、娇气，显得难以接近。我想我没有什么好回报她，既然她那么喜欢外国诗歌，干脆就把《普希金诗选》留给她，作为在疗养院相识纪念。

老赵和吴辉的病情，可能比我要重一些，他们得继续治疗休养。

我出院那天早晨，多位病友前来送我，有的还留下通讯处。唯独不见吴辉，我心里纳闷儿，却不好随便问谁。还是老赵心细，他说："你要不要跟吴辉打个招呼？"经他这么一说，我反倒不好意思，就说："算了吧，她可能有事，到时你替我说声。"

在病友们陪同下，跨出疗养院大门，忽然听到有人喊我，以为护士有什么事情，停住脚步，扭头一看，是吴辉，连颠带跑赶过来。她气喘吁吁跑到我跟前，把一个报纸包递给我，说："这是我借你的书，还给你。"我正想说，这本书就送给你了。她却先于我说声："我还有事，不送你了。"就又连跑带颠地回病房。

这一切都被老赵看在眼里，他只是嘿嘿地笑，却什么话都不说。别的病友完全没有介意。

回到单位整理东西，打开放书的报纸包，《普希金诗选》里，夹着张小纸条儿，还有张《红绸舞》剧照。纸条上写着："你喜欢《红绸舞》，送你一张剧照，留作纪念。我何时出院会告诉你，届时到（文工）团里或家中来玩。"拿着这张剧照，看着吴辉的舞姿，四个月的疗养院生活，忧虑与快乐，轻松与沉重，依然饱满地充盈心中。

出院后赶上部队整编，对我无疑是个机会，就打报告申请转业，到地方圆我大学梦。考虑反正整编得减员，再说我又生病才出院，我的申请很快获得批准。这时是1954年秋天。将近四年的军旅岁月，如同这深秋的韵味儿，让我成熟也让我惆怅。

由军人变成普通百姓，言行都自由多了，起码在接触什么人上，再没有严格纪律约束。吴辉出院后立刻告诉了我，我去文工团看过她，还去过她北京的家，两个人渐渐更熟悉了。她家在王府井附近，老胡同里的大杂院，房间不算宽敞，却收拾得窗明几净，那天中午，她父亲和哥哥上班，只有她母亲在家里。她母亲非留我吃饭，她也一再劝我留下，我就未再推辞，何况，许久未吃母亲做的饭，就在她家吃了顿可口炸酱面。从那时候我知道，京、津两地炸酱面，炸酱用的酱不同，北京用干黄酱，天津用甜面酱，味道自然不一样。

吴辉是工人阶级后代，父兄都在邮电局工作。她自幼生性活泼，喜欢跳舞唱歌，部队文工团招演员，她被录取。经过几年业务训练，成了民族舞蹈演员，她是土生土长北京人，普通话说得纯正，有时还兼任演出报幕，在文工团算个"名角儿"。

我转业在中央交通部，吴辉多次找我来玩儿。后来搞"反胡风运动"，我在单位被批判受审查，失去到大学读书机会，女朋友也不再来往，同时受着三重精神压力。父母不在身边，孤零零一个人，失意、孤独、苦恼酿成怪味酒，只能独自强忍着吞咽。吴辉听说非常关心，特意请假来公寓看望。文工团不准请假外出，她有时还打电话来，问寒问暖和鼓励我。此事让我一直很感动。有次她很动情地说："你家不在北京，要照顾好自己，有些事不要太在意。什么时候想吃家里饭，就去我家，反正我妈你也认识了。"可惜没有这样机会了。1957年我离开北京去北大荒。这一走就是22年。从此我和吴辉失去联系。

在北大荒劳改时，遇到位监管军人，聊天时知道，他是吴辉战友，在同一文工团，我问他吴辉近况。他说听人说，在出访苏联演出时，跟吴辉同台报幕的中文翻译，是俄方某高官儿子，两人相识后坠入爱河，吴辉远嫁异国他乡了。如果此事当真，我只能遥祝她幸福。

有的朋友曾经问我："你和吴辉的关系，仅仅是病友吗？还有没有别的成分。"我总是坦诚地说："是的，在当时的确是病友，部队有铁的纪律，谁也没有胆量，跨过这个门槛。"

真的，真是这样。如果没有我后来命运，如果吴辉早点从部队转业，我们继续来往的话，事情或许是另种样子。不过这只是种假设，谁也无法预测未来。感情这种东西很奇怪，总是让你琢磨不透，特别是男女间的感情，如同云遮雾罩的月亮，影影绰绰，朦朦胧胧，未显露端倪时候，无论想象如何丰富都很苍白。然而，对于吴辉的记忆，对于吴辉的感动，并未随时光流逝而消失，它成了我友谊相册中，一幅鲜亮的青春之照。即使到了老年，许多事忘记了，许多人远去了，这段感情经历，依然鲜活地留在我心上。

中秋盼来月圆时

结婚后分居 10 多年，妻子从唐山调到内蒙古，在边境小城集宁（乌兰察布）市，终于有了一间房子，作为二人栖身的窝。我之所以说窝而不说家，因为这是单位办公室，根本没有一点人居氛围。儿子在天津爷爷奶奶家，未跟我们去内蒙古，两个大人终日出出进进，跟办公人没有任何区别。每天下班到了晚上，同事们都回家啦，院落一片空荡漆黑，唯有我们这间小屋，亮着柔和宁静灯光，二人可以随便说说话，这才有点家的感觉。那时家对于我们，仅仅只是感觉而已，生活享受根本谈不上。可是，就是这样似家不是家的家，我们也很知足很满足了，毕竟不再有关山阻隔的思念，只要夫妻身心不离就是家呀。

按照当时缺少人情味儿的规定，每年只能享受 12 天探亲假期，左盼右盼，数月算天，好不容易盼来凑到一起，像点样的家常饭未吃几顿，夫妻就得凄凄然依依惜别。几乎像跟小孩子玩过家家游戏。那种苦涩分离滋味儿，今天有时候想起来，都依然觉得心头发紧。夫妻为了能够多团聚几天，就把探亲假移到春节休，两个假期加起来可多待几天，而且还能节省些往返路费，所以在我当时思想里，不管有多少传统节日，只有春节才真正属于我。其他普遍重视的传统节日，比如本该跟家人团聚的中秋，这个美好夜晚就得孤独而坐，月亮再圆对于我也是缺，月饼再甜对于我也是苦，那时最大的唯一愿望，就是盼望老天何时开恩，让我跟妻子过个中秋节。

至今还记得，婚后第八个中秋节，跟随电信线路工程队，在腾格里沙漠劳动，这天工地提前收工，让工人过这个传统节日。尽管这是经济困难时期，吃喝物品都凭票证供应，但是当地考虑是给他们施工，政府部门还是特批了大米、白面，以及猪肉、月饼和糖果等副食品，卖给我们这些架设通讯线路工人。中秋节晚饭在帐篷前吃，八个人围一圈席地而坐，盆盆碗碗摆放在中间，头顶蓝天，眼观黄沙，举杯把盏蛮有野趣。酒过三巡喝得微醺，工人师傅来了情绪，有的唱蒙古族敬酒歌，有的用筷子叮当敲碗，使这沉寂大漠有了些许生机。

吃过节日晚餐，工友们坐在荒沙上，喝茶聊天吃月饼，忽然一位工友说："总有两个中秋节了，都在外边施工，没有跟老婆孩子过。"说着说着有些神伤，大概是勾起思乡之情，他许久都未再说话。那会儿又无手机，电话也不是家家有，节日再想问候家人，都无办法及时传递，即使有美好情愫，都无奈地压抑心中。这位老师傅一句话，立刻让我联想到自己，他不过一两个中秋节，未能与家人团圆罢了，而我自打结婚以来，就不曾跟妻儿过中秋。

我听后独自悄悄走开，在沙漠远处流起泪，为自己不济命运感叹。情绪稍好了些，往帐篷行走时，早年背诵的宋词，顿时浮上心头："月有阴晴圆缺，人有悲欢离合，此事古难全。"这古代诗人的词句，此刻，岂不正是我心境写照？想到此情此景此身，不由地看了看天空，云翳淡淡地遮住月亮，仿佛是谁用浅墨毛笔，不经意地一涂一抹，这个节日就不属于我啦。唉，这就是我那时的中秋节，这就是那时中秋节的我。

经过漫长等待与祈盼，忍受无数煎熬与折磨，1976年我和妻子调到一起，有了我们自己临时的窝。妻子调来集宁（乌兰察布）前半年，唐山市发生大地震，如果妻子不调来内蒙古，按地震发生时间推算，我和儿子此时正在唐山，一家三口会有如何处境，简直连想都不敢去想。

为了这躲过的大劫难，更为了团聚后第一个中秋，那天特意跟单位请假，专门跑市场采购食品，打算好好地美美地，度过这来之不易的节日。我从市场采购回来，就忙着下厨炒菜做饭，连累的感觉都没有，只有说不出来的高兴。人逢喜欢事精神爽啊。吃过节日饭洗完盘碗，我们夫妻静坐灯下，悠闲自得地喝茶聊天。这时见窗外开始微亮，想必是月亮爬上来了，就赶紧把电灯关闭，敞开屋门邀明月进来，满屋都是清幽光晕，两个人谁也不忍再说话，唯恐破坏这温馨时刻。

时近夜半，月亮开始圆润，天空清澈高远，该是赏月时候。吃过当地传统麻油月饼，夫妻二人走到院子里，边漫步边观赏月亮，圆圆亮亮的一轮明月，悬挂在内蒙古高原，距离我们显得非常近，仿佛只要轻轻一喊，那月中的玉兔嫦娥，就会跑下来跟我们叙谈。原来中秋夜晚如此美好，过去还从来没有感觉到。妻子此刻在想些什么，不知道更不愿意问她，说不定跟我想的一样呢：想过去中秋的孤独，思今日中秋的欣慰，盼跟儿子同度中秋。我想，她一定会这样想，每个有感情的大活人，都会无一例外地这样想……

后来，跟儿子一家同住北京，感受三世同堂欢乐，生活总算有了滋味儿。每逢中秋佳节相聚，月亮爬上来的夜晚，在阳台上仰天赏月，有时还会想起过去，那些有月不圆的中秋，不过，此时，已经变成一幅画，镶嵌在记忆画框，怕是永远永远都不会消失。在欢乐中读读这幅画，思想会越发变得深沉，情感会格外变得醇厚，生命也仿佛充实了许多。我的中秋节，应该说，从这时才算开始……

第三辑

岁月风铃

地图是城市的声音

把地图比喻为城市声音，有人或许觉得不很准确，说成城市脸面似乎更恰当，因为一说到城市地图时候，更多人想的是从地图上，可以看到城市如何变化。这样想法当然没有错，只是跟我说的意思拧了，在我看来一本好的城市地图，它首先应该传递某种声音。如同家庭主人，当有客人来访，总得说些寒暄话，以便缩短情感距离。城市地图亦应如此才好。

直到现在我都觉得可惜，丢失的一份上海市地图。那是我第一次去上海，走出车站面对茫茫人海，街道不熟，语言不通，又不像现在有出租车，如何找到欲去地方呢？我想到了上海市地图。在火车站报刊摊上，有两种上海市地图出售，一种是通常的城市交通图，另一种是标有厕所分布地图，这后一种是我从未见过的地图，给我第一印象并非是新奇，而是上海人为客人想得周到。我毫不犹豫地买下后一种上海地图。朋友居住地方大方位比较好找，交通图或公交车站牌都会帮助我，找具体的里弄很让我耗费些时间，恰在这时我内急想找个厕所，正是这张地图给我指明了位置。您看这张地图难道不是声音吗——上海的声音。反正我一直在这样看待这张地图。

我不是地图收藏家，由于北京大拆大建，熟悉的街道变了，新增公交车多了，出于自己出行方便，每年都要买张北京地图。可是把这些地图对照地看看，大体上几乎没有什么大变化，这地图真的好似城市脸面，只是有着"整容"后局部改变，却并没有传递我所希冀的声音。这话怎么讲呢？就是没有从人的生活需要上，或者从城市管理高度上，绘制细致的分类地图，因此地图仅仅是地图，它更有意义的作用，还远远未能发挥出来。尤其像北京这样的大城市，如果想构建国际化大都会，必须要考虑给外来人以方便，利用详细城市分类地图，在这方面可以做好多事情。

比如北京市城市地图，除了全市性行政区域图，是否还可以再绘制些，游览景点图、文博馆分布图、茶食店分布图、厕所位置图、影剧院位置图、医院位置图、银行分布图、商场分布图、学校位置图、公交车站点图、停车处位置图……这样做会有许多好处。首先就是我多年前感受到的温馨，其次就是给陌生人一定方便，再次还可以帮助疏通不畅道路。这三点好处中的第三点，乍一听也许不那么好理解，地图怎么会疏导交通呢？其实仔细算算账就会一目了然，而且会惊奇发现小地图大作用。

前不久看北京电视新闻，有一则是关于交通违章的，警察质问违章者："你的车怎么开得这么快？"违章司机说："我都快尿裤子了，就是找不到厕所，您说能不急吗？"如果有张厕所分布图，司机很容易找到，解决了他的内急，还会有这次违章吗？违章的事情一次次减少，何愁没有道路的畅通。还有次在街上碰到一辆轿车，看见司机正被警察开单处罚，我就凑过去看了看，原来是一辆外地牌照车，因为司机想找个停车场，这儿撞那儿撞地违了章，当然会影响交通的畅通。如果有张停车场地图，还会发生这样的事情吗？我想即使发生也会很少。诸如打听银行、邮局的行人，在城市街头巷尾时时可见，同样既不方便又增加人流。我举的例子也许是个别的，还说明不了普遍情况，但是它却应该启发城市管理者，治理城市秩序和车辆堵塞，从多方面疏导比硬性制止，说不定会有意想不到的效果。一张小小地图利用好了，不亚于十个城市管理员，何况它还传递着城市声音。

　　说城市地图必然要说到印制，按照习惯做法得由出版社承担，假如我们换个思路行不行呢？比如让行业商会来印制分类图，用商会征集到的广告费制做，然后低价钱卖给城市需要者。既给普通人提供了生活方便，又给诸多商家做了产品广告，更让城市有了非常鲜明形象，这地图闪出的时代文明光芒，岂不是现代城市新亮点！城市，让地图说话吧，不只是说你的变化，更要说对世人的关怀。

给街道立块故事牌

千年古都北京，无街不故事，无巷不传说，可以毫不夸张地说，随便走到什么地方，一条胡同一个院落，都是一本美丽的书。可是，在城市改造扩建中，随着推土机隆隆轰鸣声，有的街道转瞬夷成平地，故事和传说也跟着消失，最多留在老人记忆里。倘若是个旅游者外来人，或者是未来晚辈居民，站在平地建起的高楼大厦前，他们会知道哪些故事呢？相信十有八九会摇头。即使街道建设得再漂亮，给人的感觉也只是外形，灵魂和情感却不复存在。不能不说这是街道的悲哀。

我最早居住和熟悉的街巷，如羊管胡同、王大人胡同、金台路，光听名字就会猜想有故事，可是你要想真正知道，却只能问老年人或查书，这对于一个短暂停留的人，实在有点苛求和为难。就是对于像我这样的老居民，知道点儿也是似是而非，想从书本里找个准确答案，查过几本书都没有相关记载，因为有的胡同太小太不起眼。我的朋友、学者王彬先生，他著有《北京地名典》一书，我曾多次翻阅寻找上边地名，结果只有关于金台路条目。书中说："金台取自燕昭王筑台，置千金以延揽天下贤士的典故。"书中还说："燕京八景之金台夕照在朝阳门外"，"位于金台路南口东侧今邮电所位置"。不必多说，仅此三条，读后置身金台路南口，遥想当年"揽天下贤士"、"金台夕照"，此情此景就会让人感慨无限，眼前定会幻化出美丽画面。

且不要说那些负载着历史的街道，就是新建的一些新街道新地区，何尝没有新故事新传说呢？比如我现在居住的亚运村地区，是随着亚运会召开建起来的，往日的田野成了繁华地带，这本身就标志着城市变化。对于未来居民不也是故事吗？何况亚运会召开期间，场地故事，运动员故事，奖牌故事，友谊故事，在当时也是蛮吸引人的，远比建筑物本身更显灵动。一旦结合起来欣赏景致，在人们心中激起的情感，引发出的遐想和思索，就显得越发温馨和美丽。我有时在亚运村里散步，看到颈挂金牌熊猫雕像，就不由想起那届亚运会上，中国人扬眉吐气的情景。这时眼前的建筑群，座座都有了活力，每个窗口和楼台，仿佛都有了欢声笑语。可是对于不知情的旅游者，这熊猫只是体育圣会标志，绝不会引起丝毫情感波澜。

是的，想象的情景，美丽的故事，就是这样富有魅力。由此我想到，倘若城市把重要街道，还有那些重要建筑，树立一块石制碑牌（当然铜牌更好，只是容易丢失），用文字讲述故事传说，让那些旅游者和外来人，接近就如临情景世界，那该多么富有人情味儿。他们最后带走的不光是静止建筑，更有着鲜活的街道历史和轶事，无论什么时候回忆起来都很惬意。现在的北京名人故居，大都有墙牌标志，不过只是关于个人居所指向，并没有多少故事讲述，如果在树立街道碑牌时，顺便讲讲名人故事传说，就会更增加街道的文化内涵。我们不妨试着想想看，走一条街一个故事，过一条道一个传说，那时的整个北京城，将会是多么美丽的所在，文化味儿会有多么浓郁。

尽管由于城市改造扩建，街道格局变易了破坏了，但是只要有文字碑牌在，借助介绍的故事和想象，相信仍然会感觉往日辉煌。当然，这里必须得有个先决条件，街道的定位和名称，要真正做到准确无谬，不能误导旅游者和未来人。比如我前边说到的王彬先生，介绍"金台"时就非常准确地说，在"位于金台路南口东侧今邮电所位置"，对有兴趣凭吊遗址的人来说，就会轻而易举地找到。这表现出学者治学的严谨态度。但是，对于一般城市管理者，有的就缺少这样态度，他们在街道起名和定位上，随意性和牵强性有时很大，随便举个例子来说，我居住的亚运村本来很出名，公交车站就在亚运村东门口，附近有邮局有北辰购物中心，临近居民区就是安慧里，公交车站却偏偏叫"安慧北里"，结果让不熟悉的人产生误会。其实安慧北里距此相当远，放着明显标志不起站名，非要给人造成不便不可，这不能不说是对北京地理的扭曲。

做为北京市民，我太爱这座城市了。尤其是她的街道历史，民俗文化，在我看来就是一本厚重大书，不管未来城市如何改造，甚至于有的街道会黯然消失，但是，绝不能让非物质遗产灭亡。最好的办法就是树立块碑牌，记载街道的传说和故事。

说说宁波人

　　我认识的第一位宁波人，应该是在内蒙古工作时，我的一位要好同事。作为上海知识青年，她在草原下乡几年，由于劳动表现出色，被抽调到我供职的《乌兰察布日报》。我们同住报社单身宿舍，两人朝夕相见秉性相投，渐渐地成了忘年之交。我后来落实政策调回北京工作，再后来知青返城她回到上海，我们依然经常电话问候。有次她对我说："你什么时候有时间，去我老家宁波玩玩，那地方的人走南闯北，出了好多干大事的人。"

　　她的话我绝对相信。尽管她是生长在上海的独生女，身上却没有城市女孩子的娇气，不然她不会从最底层被选调到报社。她父母都是闯上海的宁波人，很小就到上海工厂做工谋生，我想她是继承了父辈宁波人，能吃苦敢闯荡的地域基因吧。从此，我记住了宁波，记住了宁波人，更想知道有哪些宁波人，干了哪些了不起的大事。

　　壬辰年春末夏初，莺飞草长，花红柳绿，正是江南好时节，我们来到宁波市，一个叫庄市的地方。庄市面积25.13平方公里，常住人口68554人，其中外来人口42613人，可谓地方不大人口不多，它只是宁波一条普通街道。可是，就是在这条普通街道，从清朝至民国时期，庄市人纷纷走出家门，背井离乡去上海闯荡，最后闯出一个"宁波帮"。如今散落世界的"宁波帮"，犹如一条闪闪发光的丝带，这庄市正是那只吐丝的蚕。这又显示这条街道并不普通。

庄市，集中体现了宁波特色；庄市，展示了宁波人美好品德。说庄市是宁波精神缩影，说庄市是宁波文化摇篮，说庄市是宁波历史读本，我想这赞誉都绝不为过。熟悉了庄市就熟悉了宁波，读懂了庄市人就读懂了宁波人。这是我到庄市几天后的印象。

宁波作为商港要津，内通长江，外达四海，这样的地理环境，练就出宁波人性格中，那种内敛外延的基因。我们不妨大胆地想想，当第一个宁波人告别故土，去刚刚开埠的上海谋生，一脚踩进茫茫人海中，语言不通，世情不明，他内心的忐忑和恐惧，让他不得不小心谨慎。这就使得宁波人，无论是多么富有，都从来不肯张扬。后来有更多的人，跟着出来闯荡，渐渐形成气候，结成伙成了帮，开始做大事情了，依然是以实业为主。高调做事低调为人，融入宁波人血脉中，形成鲜明性格特征。有不少宁波成功实业家，从商路上坚实地走过来，留下的都是端正脚印，致使家族事业延续经年，子孙几代相传而不衰落。

在我国商业史上，晋商、徽商、浙商都很有名，而浙商中的"宁波帮"，则跟别的商帮不同。最早出来淘金的宁波商帮，勤劳、敢闯、不畏辛苦，目光高远不计眼前利益。这就是宁波走商多于坐商的原因。具有这种性格的人做起事来，自然就会是大手笔大格局，显示出靠海商民的气魄。由此我们便多少理解了，为什么在庄市这条街道，涌现出那么多科学家、艺术家、政治家，光科学技术界院士级人才就有七人之多，还有一大批各领域专家也是庄市儿女。庄市是真正意义上的名人荟萃之地。宁波籍庄市人，像"世界船王"包玉刚，像"影视大王"邵逸夫，这些显赫的实业巨子，就是他们中杰出代表。

走南闯北的宁波人，如同漂洋过海船只，无论停靠哪个港湾，罗盘永远指着家乡方向。造福桑梓情系故乡，成了宁波人共识。在庄市有多座名人故居，建筑风格有中有西，还有中西合璧式，座座都似生命之根，深扎在这片古老土地。这些宁波帮发迹后建造的宅院，是庄市人浪迹天涯的标示，体现着宁波人的教养和文化，如今成了庄市一道风景线。然而比这些名人故居，更令庄市人自豪的是，宁波大学、中兴学校等，这些由宁波华侨捐资，兴建起的设施完善的学校。当年那些背井离乡的宁波人，出外淘金靠的是体力，深知读书能够改变命运，如今有钱最想做的事情，就是兴学惠及家乡子弟，这些学校寄托着老辈庄市人无限美好理想和心愿。我们听了许多关于宁波人创业的美丽动人故事，发财的造福桑梓传说，很少听到有谁说过宁波人暴发后挥霍无度毁业败家。这就是宁波人的纯正世风。

我们这次的宁波之行，大家最感意外的是，好客的主人竟然安排，参观了天一阁藏书楼。尽管未能进到楼上观藏书，漫步幽静典雅庭院，却也让我们着实痴迷。那悠远书香气，那淡雅园林美，那精致建筑群，仿佛都在告诉我们，宁波人对文化的追求，比之对物质的享受还要高。静坐天一阁园林小憩，我这北方佬感慨万端，我家乡说来蛮重视读书，却从未听说有什么藏书楼。这就难怪江南文人雅士多。在各地大动土木的今天，建高级会馆的不少，造娱乐设施的更多，怎么就未听谁说过，建造图书馆藏书楼的呢？想到这里我不禁暗自唏嘘，更加敬重天一阁主人——范钦、范大冲父子俩的举止。他们以及他们的子孙后代，不仅给宁波留下一笔宝贵文化遗产，更给宁波人留下一笔珍贵精神财富，后来的宁波人兴学办校正是这条文脉的延续。常言说，一方水土养育一方人；其实，一方水土也会造就一方人。有深厚文化底蕴的宁波，必定让她的儿女更有教养。

　　这次宁波之行，来去匆匆不过三日，走马观花不无遗憾，然而，总算去了心仪已久的地方，总算见了早想见的宁波人。近距离地接触更多宁波人，对宁波人有了新认识，精明、干练、敢闯的宁波人，性格中还透着实诚和侠义。这大概正是成功的宁波人，获得成功的另一个原因。北方人爱说，酒前现真身。我就是从饭局饮酒时，发现宁波人的实诚，宁波人劝酒不要滑藏奸，跟你一对一等量喝，你说你喝不了这么多，你就倒过来我替你喝，这又表现出侠义劲儿。我在宁波的饭局未饮酒，主人也未强迫和为难我，我很感谢宁波朋友的体谅。在这篇文章即将结尾时，我愿意借宁波人盛情的酒杯，为庄市为宁波人干一杯：祝福你，庄市；祝福你，宁波人。

远去的乡音

我这里说的乡音，可不是单指话语，而是那些地方曲调，比如河南坠子、山东柳琴、北京琴书、京韵大鼓、天津时调、苏州评弹，如此等等，它们是一种唱出来的话语。无论是在白天还是夜晚，只要你听到这些音调，马上就会想起它们的故乡。假如你此时来到某个地方，正好听到电台里播放什么曲调，无须询问任何人就会知道，自己正置身在什么地方。具有鲜明地方特色的曲调，是一张声音制作的名片，非常准确地递给远方来客。

时光倒退 30 几年，那时电视机还不普及，一般百姓人家能有台收音机，就算是很奢侈的生活了，没有此物的邻居都会羡慕。尤其是一些孩子们，家里没有收音机，又特别喜欢听，就会蹲在墙根儿，蹭听邻居收音机。每天傍晚时分，下班回到家，边做饭边听收音机，成了城市人生活习惯。经常收听的节目，不可能是郑重内容，大都是一些地方戏曲，除了不必过多地用脑子，还可以轻轻跟着哼唱，既不耽误做事又可娱乐。后来成了演员的孩子，有的就是听着收音机，模仿自己喜欢的演员，渐渐地长大成人，有机会就走进了艺术殿堂。

我那时在内蒙古工作，家在天津，是准光棍，生活还算自由自在。每天在单位食堂吃过晚饭，独自一人到大街上溜达，走一路听一路收音机。这是内蒙古西部一个小城镇，紧挨着山西省大同、阳高，汉人居民不仅说话方式、生活习惯跟山西人几乎一模一样，就连喜欢的戏曲也是晋剧，当然，还有流行晋蒙两地的"二人台"。每天听得最多的戏曲正是这两种。久而久之已经烂熟于耳，成了我心中默哼音调，在娱乐爱好上成了当地人。只是总不敢唱出声来。就是唱出声来，恐怕都不是那个味儿，一方水土润一方音，我毕竟是外乡人。我当时单位同事，有人会唱"二人台"，而且唱得很正经，每次听了都很感动。

有次从天津探亲回来，列车行驶渐渐慢下来，此时临近黄昏，我扒着车窗往外张望，想知道车到达何处。外边除了闪烁灯光，漆黑得看不见景物，忽听"二人台"音调，隐隐约约从远方飘来。再不要问啦，到了内蒙古地界。这时的地方曲调，再不光是娱乐形式，还起着领路作用。地方戏曲音调形成，有着强烈地域原因，跟当地风土习俗，有难解血缘关系，别的音调不可能代替。倘若像现在这样，不管走到哪里，电台电视台节目，大都是通俗歌曲，凭音调就很难辨别方位了。

过去流浪生活，使我有机会接触各地人，由于他们离家乡多年，有的人说话早没有了乡音，平日很难知道谁是哪里人。可是，从悠闲嘴里哼唱的小调，或者联欢会出的节目中，却不难判断他们来自何方。有时我就想，这些人的乡情，可真够浓烈啊，口音改了心仍依旧。我这样想别人时，好像并未意识到，我自己也是如此。有年春节回家探亲，从内蒙古到北京坐一夜车，又困又乏就想睡觉，无精打采地走下车来，忽然听到熟悉的天津时调，从收音机里清晰地传来，我一听劳累顿时消失。尽管北京距天津还有一段路程，但是在精神上却一下子拉近了，仿佛此刻就在自己家里。这时我才真正明白，那些身在异地的游子，离开家乡这么多年，为什么还难舍乡情。原来这乡情乡音是一个人生命之根。

现在无论在什么地方，都很少听到这些地方音调了，更多频道让给了通俗歌曲，那独特的乡音正在成为记忆。从有的电台电视节目里，偶尔听到点这类音调，在我心中荡起的涟漪，不光是情感上抚慰，更有着对于民族文化担忧。那些寄托着乡情的音调，今天正在渐渐远去，明天会不会消失呢？我不敢过多地去想。我只想说，今天属于现代，同样属于未来和过去。文化更是如此。可是谁能挽留住远去的乡音呢？

自在，从退休开始

仔细想想，我这辈人活得并不容易。既没有前辈人庄重，为民族解放举枪抗日，给自己的青春增加绚丽光彩；也没有下辈人潇洒，在安逸和平顺中度日，充分地释放自己的才干。生命价值在他们身上，显得是那么多姿多彩。

终于到了退休时候，按照正常思维去想，这本来是件好事情，对自己可以歇歇脚，对后人可以让让位，合情又合理，实在没有什么好恋栈的。但是事情真的落到自己头上，往往会有这样那样的想法，此刻全都撕去包装，还了一个真实自我。秃子再不好装和尚。可是，有着平和心态的人，却觉得无所谓，说不定反而感到自在。从这个意义上认识，国家规定的退休制度，可以试出一些人，在位在职时唱的歌，是用真嗓子还是假嗓子。

"退休好，退休自在"这句话，在我未退休之前，只是当作安慰话，劝说早我退休的朋友，其实自己没有一点体会，说时就有着某种虚假性。虽说在退休前我就有过赋闲经历，知道没有羁绊的愉快，但是那时毕竟尚未真退，身心并没有完全放松。直到这一天真的来了，又度过退休后"难受"期，这才切实毫不含糊地感受到："退休好，退休自在。"

那么，这"退休好，退休自在"，好在哪里呢？自在何处呢？若让我现在说，一是心灵的自由和放松，二是时间的自由和宽松。有这"自由"和"两松",岂不是体制内人最大自在。

心灵放松的直接表现,就是怎么想就怎么说,不绕弯,不伪装,像高速公路上的车,爽爽快快直达目的地。

至于时间上的自由和宽松,这更是显而易见,每位退休的人都有体会,起码不再为上班起早,更不再是领导的"闹钟",想定你在什么时候干啥就干啥。退休后真正成了时间主人,早晨健身,上午做事,下午翻报,中午小憩,晚上看电视……平平和和,快快乐乐,每天过的都是神仙日子。原来在岗位上,匆匆忙忙,跑前跑后,一天下来像散了架子,次日仍然还要奔波,哪有时间干自己事情。现在坐在电脑桌前,这才发现,敢情要说的话这么多,要写的事还真不少,从而就觉得时间不够用。恨不得精力再充沛些,好有时间养花遛鸟儿,真正地享受一番生活情趣,把几十年前怕变"修",不让干的事情干一番,体会一下变"修"的滋味儿。

如果把工作和退休分为两个时期,套用一句过去常用官话,退休后是我"历史最好时期"。生活上自在,心灵上放松,这样的日子去哪里找?有朋友问我,退休后感觉如何,我打比方说:"就像一匹草原上的马,完全由着自己的性子,无拘无束,自由自在,溜溜达达地吃草抓膘儿。"这样说绝不是矫情,真的是这样认为的。举例来说吧,在班上的时候,对人对事你再有看法,总不能离开"规定"标准,现在凭着自己的良心标准,我来识别好坏是非曲直,对也罢错也罢,总还算是个真实的自己。

"退休好,退休自在",这是在退休后,我个人的体会。那些到了退休年龄,仍旧寻找理由恋栈者(确实工作离不开者另论,不过从国家大局着眼,这样重要者能有几人),不想早日享受这份自在,别人当然不好强求。从另一方面来说，对他人要有点同情心，因为有的人除了当官，再不会干别的事情，过于难为人家也不好。只是希望这些人，学会珍重自己，在退休前最后时刻，当官当个好官，为国为民认真做点好事。

而我依然想说，我的自在生活，从退休开始……

喝茶想起茶事

喝茶的人，越来越多。喝出遍地茶馆，喝出无数茶叶店，喝出茶叶一条街，还喝出个茶叶节。茶还成了名贵收藏品。在茶上发大财的人，就更是不计其数。这茶简直成了精，变为宝。至于茶叶种类，茶叶炮制方法，茶叶包装形式，制茶高超技艺，可以说是层出不穷。在"茶"字上显出的智慧，今人早就超过"茶神"陆羽。这不能不说是茶文化的幸运。

那么，茶客喝茶感觉如何呢？别人的感觉，我无从得知。依我多年喝茶体会，喝茶最高境界，应该是：养心求趣。就是说，通过喝茶，陶冶宁静心性，提升生活品位，使身心都能得到舒畅。在略显浮躁的今天，这对于每个普通人，我觉得都会有裨益，起码会让自己静下心来，经过思索应对事物。这不是蛮好吗。

若想达到这个目的，喝茶方式得讲究。喝茶方式不外乎，细喝和粗喝两种，亦可称之文喝和武喝，或曰雅喝和俗喝。比如，北京老舍茶馆，起步时期街头摆摊儿，粗瓷大碗一字排开，见色不见形的茶水，来往客人掏五分钱，站在摊旁仰脖喝下，解了渴润了肠胃，继续赶路或游玩儿。这就属于粗喝。后来老舍茶馆进了楼，八仙桌雕花椅，提梁壶小盖碗，干鲜果品小点心，看着玩意儿品茶，从容之中有种享受感。这就属于细喝。非常荣幸，老舍茶馆这两种方式，本人都曾经领略过，感觉自然不同：前者爽，后者温。两者相比无所谓优劣，只是随着生活安定，更多人还是欣赏文喝。这正是茶馆比过去多的缘故，这也是茶事比往年盛的原因。

喝茶最佳环境，我以为，用四个字即可概括：幽（静）、清（爽）、畅（快）、随（意）。在茶馆听说书唱戏，在茶馆大摆龙门阵，到了晚年都不太喜欢了，更钟情于布置幽雅，音乐悠缓，茶食自取，慢腾腾地跟友人聊天儿，这样的茶馆似乎更合性情。所以我经常光顾的，热心跟朋友推荐的，大都是这类茶食店。原因就是这样的茶馆，一无时间限制，可以任性聊天儿；二是茶食自选，随意又很可口。当然，那里的环境布置，还有一派文雅特色，让人有种赏心悦目感觉。比这更重要的就是，价钱适合普通消费者，不用另加价就可入单间，这也是这类茶馆优势。

倘若是个人平日喝茶，自然无须那么讲究，不过，有两点不可以马虎，除了适度的冲茶水温，再有就是茶叶和茶具。茶叶质量好坏，对喝茶的影响，是显而易见的，就不必过多地说了。至于茶具，还是要依茶选器，以求最佳喝茶效果。我有四套茶具：一是工夫茶茶具，一是玻璃茶具，一是陶瓷茶具，一是麦饭石茶具。经常用的是后三种。喝绿茶用玻璃茶具，喝别的茶用陶瓷茶具，泡出来的茶味儿，自然就完全不同。尤其是在观感上，给人的印象各异，像茶叶展形的过程，就有个直观与否的问题。比如龙井茶是慢性子，放在玻璃杯中赏玩，如同观赏金鱼游动，就会获得闲适情趣。如果放在陶瓷器皿中，就不会有观赏机会，岂不是怠慢了名茶龙井。再比如乌龙茶是急性子，见高温水立马膨胀，倘若用玻璃杯冲泡，看见这情景心里会发堵，岂不是破坏喝茶心情。更不要说味道的不同。

喝茶，更多时候是自己喝，有时候跟友人一起喝。自己喝好办，坐在桌子前喝，躺在沙发上喝，都无所谓，只要自己愉悦就好。跟朋友喝茶则不同，一是要学会克制，一是要学会宽容，比如吸烟的人就要少吸或不吸，比如讨厌烟味儿的人就要忍耐着点儿，不然这茶是绝对喝不好的，闹得别别扭扭皱皱巴巴，最后恐怕连茶都会变了味儿。为了喝茶就得改改性子。从这个意义上来讲，喝茶可以磨性情，改变人的某些习惯，确实有一定道理。

　　我终究不是个会喝茶的人，更不懂得茶道茶礼，最多算是脱离粗喝阶段，不过有一点自认为可取，那就是，我对茶的虔诚和执着，我对茶的敬重和爱护，恐怕是一般喝茶人所未有。拉杂地说点茶话，心里蛮痛快，感觉更清爽。再喝茶时，就会有更多茶香，悠悠留于口齿间，生活多美好。

刷卡的快乐

电脑、手机、银行卡这三样，可以毫不夸张地说，是现代物质文明成果，跟大多数普通人关系，比之汽车更亲密更容易获得。我很为自己庆幸，在人生暮年，赶上个好时候，这三样东西都拥有，尽管使用得并不娴熟，却依然有种满足感。尤其是这三样中的银行卡，给生活带来的方便快捷，使得原本存钱花钱负担，成了颇为快乐的生活享受。对于当今普通人来说，放着轻便银行卡不利用，依然怀揣大把钞票购物，无论如何总是一种遗憾。

我知道消费用银行卡支付，是 1988 年随作家访问团出访奥地利，但是，无论如何不曾想到若干年后，银行卡居然会走进我的生活。当时出国不允许兑换更多外币，按我级别只能兑换 80 美元，生怕这点钱很快花光，访问半个月就格外仔细，连如厕方便都尽量控制，以免付给厕所管理人费用。我们作家代表团下榻的宾馆，好几处都属于四星五星级，随便动用什么设施都要花钱，因此，总是小心翼翼问明情况，考虑再三才决定是否享用。真实感受到贫穷国家作家，在世界交往中的拮据，生怕万一无钱陷入尴尬。

有天晚饭后户外散步回来，发现随团年轻翻译独自喝咖啡，完全出于好奇就随便问问，喝杯咖啡要多少钱怎么支付？年轻翻译从衣袋里掏出张卡片，在我眼前晃了晃说："这叫银行信用卡，里边存着钱，把它放在机器上一刷，签个名字，就算是结账了。非常方便。"

他还告诉我说，我们这次的作家团出访，东道主是维也纳市市政厅（市政府），所有费用全部由他们负担，这个银行卡就是他们给的。他让我也坐下喝杯咖啡，然后一起用这张卡结算。这时我才知道有银行卡，并且目睹了结算过程，只是因为这次是政府用卡，在我的印象中这银行卡，大概只能由公家单位使用，并不知每个人都可以持有。

咱们国家什么时候流通银行卡，我没有认真地留意过和询问过，亲见个人使用银行卡是两位作家朋友。

叶楠在世时候有一阵，邓友梅、张洁等我们五人，经常在民族饭店喝早茶，五个人采取"转转会"方式。哪天轮到谁做东结账，都是用现金钞票支付，唯独轮到邓友梅做东时，他从小背包里，小心地掏出一张小卡片，跟饭店结算茶资，这是我头次见国人使用银行卡。友梅在我们这个年龄段文友中，属于眼界比较开阔的那种人，一是他任中国作协书记处书记时，分管外事工作和国际文学交流，经常迎来送往跟老外打交道，二是他夫人任新华社驻香港记者时，友梅时不时要去香港探亲，有这样两个原因，他就有机会接触现代生活方式。

第二次见别人刷卡付费，是作家林希请北京文友，特意去天津一家酒楼吃海鲜，饭后结账他掏出来好几张卡，一边挑选一边跟我们说，用银行卡购物吃饭如何方便，说话时他脸上显出得意。林希儿子在美国工作，他有时去美国探望居住，自然知道洋人如何生活。这次看见他使用银行卡，使我隐隐地觉得，银行卡跟普通人距离，仿佛越来越近，无形中对我形成诱惑。但是并无马上使用打算，跟未使用电脑时一样，还心存许多疑虑和忐忑。

那么，自己使用银行卡，是在什么时候呢？应该始于由银行发工资，单位发纸质存折同时，给了一张银行信用卡。不过起初并未想到使用，取工资存钱或日常生活消费，依然按老习惯用存折钞票支取。

那年去杭州创作之家休息，行前正为如何带钱犯难，有朋友提醒我："你办个银行卡呀，就不必带那么多钱了，用钱可以在杭州银行取，那多方便！"这时我才想起单位工资卡。岂料到杭州的银行取钱，人家没有异地取款业务，我一听立刻就傻了眼，来时身上未带多少钱，在杭州日子怎么过？待我把情况跟银行说了说，人家还是给我解了难，用寄钱方式从银行卡提取，比我自己带钱出行，仍然比较方便安全。这张小小薄薄的银行卡，在心目中的分量，顿时增加了许多，从此，它跟我开始亲近起来。

我已经有了好几张银行卡，带在身上逛商店下饭馆，给我的不仅仅是付款快捷，而且让我感受到拥有的快乐。原来用钞票支付，整钱换取零钱，对方给我找钱，票额大小，币面脏洁，都得听别人的，自己觉得不满意，还得跟人家说好话调换，那钱仿佛不是自己的，简直没有主动权。有了银行卡就完全不同，没有纸币污染且不说，支付时得由我敲密码，出单后得由我签字确定，俨然是富豪大官感觉——尽管银行卡上钱并不多，但是支配者的"威风"、"爽气"，绝对不是钞票支付所能比。银行卡令人兴奋、快乐、自信。

不过，我得如实相告，银行卡用了这么久，至今还未用过柜员机取钱，原因是用柜员机作案的事，听得实在太多了，真的让我心神不安。还是不去用为好。

京城港式早茶

居京老作家，有几位喜欢喝港式早茶，这当中首推邓友梅。友梅的小说《那五》、《寻访画儿韩》等，都是写老北京生活，作家老舍先生和邓友梅，被人称为京味小说家。照理不应该钟情粤港生活，可是友梅妻多年在香港工作，友梅兄作为家属，常去香港探亲居住，一来二去，生活方式就有了港味儿。喝早茶大概就是那时养成的。

友梅喝早茶，有两个显著特点：一是定点儿，二是定食，至于有什么讲究，不详。所谓定点儿，非民族饭店，其他都认为不正宗；所谓定食，除常吃茶点，别的一概觉得没味儿。友梅喝早茶很有点谱儿。

别人喜欢喝早茶，是不是友梅带的，我不十分清楚，反正我头次喝早茶，是邓友梅招呼去的，地方就在民族饭店。那时叶楠还在世，他较我还早加盟。后来张洁等加入进来。友梅等我们五个人，从此就常相约，一起去喝早茶。采用"转转会"方式，哪天该轮到谁做东，就提前去占座位。很坚持了一段时间。

友梅喝早茶是生活习惯使然，别人喝早茶，大都是想借此机会见朋友，因为喝早茶比吃正餐时间从容，大家边聊天儿边随意选点食品吃，还是蛮有情致蛮有意思。再说这会儿物质生活，多数人即使再不富裕，肚子里总还不缺油水，吃好吃坏已经不在话下。对于像我们这些有点年纪的人，友情相叙比之吃喝玩耍，在精神上似乎更觉得欣慰。起码是老年人爱喝早茶的原因之一。

友梅为何喜欢民族饭店早茶呢？据我从旁观察，把民族饭店早茶，同其他店早茶比较，有两样是别处所欠缺。一是用小推车送食品，既有情趣又可直观；二是食品样多味正，很少有偷工减料。像友梅这样走南闯北，见过大世面的作家，在吃上自然要求高，他怎么好随便糊弄呢？何况这会儿的人，已经把吃当作文化，只要有条件的话，谁不想好好享受呢？

叶楠兄去世后，我们这五人茶座，从此随之结束。不过友梅自己还是喝早茶。常去的地方好像依然是民族饭店。据他说，他家安定门附近，新开一家茶食店，名字好像叫金鼎轩，他有时不愿意跑远处，偶尔就去这家店喝早茶，只是吃的样数没有怎么改变。至于味道如何，我没有问过他，估计不如民族饭店吧。有没有小推车送餐不知道。如果没有自然少了情趣。

我家居住亚运村，有家港式茶食店，店名字叫嘉年华。营业时间从早7时到夜2时，我觉得很适合朋友聚会聊天，就想约几位朋友聚聚。当然少不了爱喝早茶的友梅兄。我打电话约他时，听了店名他说："从名字上看，像是香港人开的，香港店名就爱叫什么'年'。"大概就是冲着店名吧，那天友梅兄就来了，我想，先让他这位行家品品，倘若够档次的话，以后朋友们小聚，就把这里当个点儿。

应该说，这家店蛮有特点，例如营业时间比较长，例如茶水不要钱，对于一般顾客来说，我看还是挺有群众观点嘛，只是这特点不是太讲究，对于友梅和另一位茶友何镇邦，显得欠了点档次。因为这二位在这方面比较讲究。至于刘锡诚等四位茶友，好像都属于我这样的人，茶点无所谓，能舒心畅快聊天就好，所以那天喝早茶，推举友梅和镇邦二位，给大家具体安排茶食。友梅点广东茶点不看食谱，直接要这个要那个，熟悉程度连服务员都惊讶；茶水因是免费供应，茶叶自然不会太好，镇邦一看不上档次，马上跑回家去，拿来上等好茶叶，用开水酽酽地沏了两壶，放在朋友们面前，一股清香气味立刻飘散室内。

　　这天早茶，茶自然是没的说，茶点就很难说了，因为一算账才六十几元钱。临走时我问友梅印象如何，他只说"便宜，比民族饭店便宜多了"，底下的话他未再说。我猜想，如果再说大概是"样子少，味道不地道"，或者干脆说"不怎么样"。由此我想到，生活得讲究与不讲究，大概就在于此。讲究的人是追求品位，随意的人是满足快乐，两者区别有是有，归其本质都一样，即：对生活的热爱和执着。

食中佳品平常粥

北方人爱喝粥。尤其是炎炎夏日，暑热难当，肠胃不顺，就更想来碗粥喝。或小米或大米，配上晶莹绿豆，早早地熬上一锅，稀稠适中，凉热可口，散发着悠悠禾香，未入口就食欲猛增。佐餐的小菜呢，或芝麻酱拌黄瓜，或香油拌水疙瘩，再加点青蒜末，既清淡又爽口。若是就腌鸭蛋喝粥，用筷子边剜蛋肉边吃，指缝儿齿间都滴着油，弄得油汪汪腻歪歪，那滋味儿别提多美啦。我一直把这视为夏天美食。

有年随作家团访问西北，望着万里大漠骄阳，觉得嗓子眼儿发燥。邻座的青年作家徐小斌，可能同样口干舌燥了，她问我："您说，这会儿，您最想吃什么？"我毫不犹豫地告诉她："凉绿豆粥咸鸭蛋。"小斌听后随之惊愕地"啊"了一声，仿佛惊奇我想吃的，不是消暑冷食瓜果，竟然是绿豆稀粥咸鸭蛋。其实，这有什么好惊奇的，我就是爱吃这口嘛！何况是在口干如烤时候。

20世纪50年代的北京，数得出名来的饭店并不多，更没有现在这样豪华酒楼，最多的还是简陋小食店，散落在大街旁胡同里。这些小食店店面都不大，五六张方木桌，十多个方木凳，粗盘大碗，竹筷一把，就算是全部家当了，更无装修饰物这一说。卖什么食品呢？大都卖稀粥、馄饨、包子之类便饭，个别店加些"二锅头"，以及佐酒小碟拌菜。像我这样的单身汉，外出赶不上机关饭，大都光顾这些小食店。

在这些小食店里吃饭，不光是经济实惠，主要还是它的随意氛围，常常有如在家的自在。现在想起来我甚至于觉得，那些年，倘若不是经常吃这类家常饭，说不定，我会时时想家。更会思念母亲做的饭菜。

我常去的那家小食店，在北新桥。距我居住单身公寓、工作单位都不很远，上下班短不了从这一带经过，图方便自然就成了小店常客。这家小食店店堂面积，往多说就是二十来平米，四张粗木八仙桌，木椅木凳花差摆开，简陋得赶不上现在街头食摊儿。卖的吃食只有绿豆粥、包子、芝麻烧饼、咸鸭蛋、香肠几样。

店主是一对 40 岁左右夫妻，人很和气，干活麻利，特别是女店主那张嘴，用北京人话说"简直是甜如蜜"，嘘寒问暖，说天道地，谁听了都打心眼儿高兴。她知道我家在外地，又是个年轻"王老五"，每次来都倍加关照："年轻人，吃好了，你不像别人，回去可没的吃啊！"简简单单一句实诚话，让我感到无比欣慰，我就赶忙说："谢谢大姐"或"谢谢老板"，听后，她总是报以会心微笑。

因为平日喜欢喝粥，对于写粥的诗文，就比较注意阅读。有次偶然读到陆游《食粥》诗："世人个个学长年，不悟长年在目前；我得宛丘平易法，只将食粥致神仙。"再看题解竟是为张文潜《食粥说》所写："谓食粥可以延年，予窃爱之。"还有文章说："米虽一物，造粥多般……治粥为身命之源，饮膳可代药之半。"这就更令我欣喜若狂，给自己爱粥喝粥找到知音，更找到喝粥的理由。

从此，无论是冬夏还是早晚，我经常不断的吃食，除烧饼、包子换着吃，永远不变的两样，就是绿豆粥和咸鸭蛋。越到老年越偏爱这口儿。这些年胃口总返酸，只吃发酵的面食，经常馋米粥喝。有次跟一位朋友说起，他略通中医养生，建议用红茶茶叶，代替绿豆煮小米粥，如法试做半年，还真把胃酸治愈，粥的食疗作用让我深信不疑。这粥确是食中佳品。

如今，饭店林立城镇，有的日渐萧条，有的关门歇业。唯有那些粥店，依然红红火火，粥香弥漫四方，而且家家都装修讲究。可是我还是会怀念，年轻时常去的小店。这家小店的粥熬得好，稠稀适宜，汪着米光，端上来散着禾香味儿，立刻会勾起你的食欲。这算是主要的原因了，除此而外，更因为让我吃着放心。前些时听说，如今有的粥店卖的粥，熬粥时间短火候不够，不是米是米水是水，要不就是勾兑明胶，这哪里会有粥的味道呢？真也亏待了顾客这张嘴。

至于粥的价钱，就更不好比较。那时我的工资60多元钱，喝上两碗绿豆粥，吃个咸鸭蛋，再要两个包子或烧饼，这顿饭就算解决了，比吃机关食堂饭还舒服。吃完一算钱不过几毛钱。这会儿我的工资几千元，吃相同数量的食品，少说也得三四十元钱，其价其质，都无法跟当年同日而语。这本来属于大众吃食的粥，越来越开始贵族化，真的让我这粥的老食客，没法说没法理解呀，只能在记忆里寻觅，那曾经属于我的粥，还有那温馨小粥店。

酒前高人

文化圈的人，嗜酒者不少，贪杯的不多。这样的饮者，我视为高人。比如作古的汪曾祺、刘绍棠，这两位师友都善饮，几杯下肚之后，话语立刻多了起来，但是决不胡说八道，相反，借着清醇酒劲儿，他们会有妙语吐出。跟那些酗酒人，神态完全不同，酗酒者让人觉得疯癫，爱酒者让人感到飘逸，如果按照民间鬼神说，给这两者来个界定，后者似"仙"，前者像"鬼"。我这个不嗜酒的人，对于跟酒有缘的诸君，就是这样直白地看。

汪老在世时，我有多次机会，跟他结伴参加笔会。每次一沾了酒，老人家就会兴奋，显出雅人深致气度，而且往往会趁着酒兴，铺纸泼墨，写字作画，完全一派纯文人举止。其情其景，煞是可爱。这时的汪老，边饮边说，妙语如珠，听者畅然如饮，方悟这酒，原来竟是个好东西。

绍棠好饮，早有耳闻。亲见他饮酒，是在他行动方便时。有次，他、戴煌和我，三人一起去首钢。住在小招待所里，用餐时只我们三人，当然就很随意。开始，哥仨只是闷头吃，吃到半截儿上，绍棠发了话："没酒怎么行，来点喝，怎么样？"戴煌和我，都不饮酒，就没有应声。绍棠自酌自斟，几杯下肚以后，原本善言的他，话立刻更多了，人就更显风流倜傥。

汪曾祺、刘绍棠——这两位已故酒仙，都是只饮白酒。还有一位已故酒仙，著名画家丁聪（小丁）先生，几种酒放在桌上，竟然同时饮用。那年《大学生》杂志开会，用餐时，我跟丁聪同席。席上备有白、啤、葡萄三种酒，我以为他只选一种，不曾想，他让服务员，一种满一杯，三种轮流饮。我问丁聪："味道如何？"这位老画家幽默地说："味道好极了，反正我画不出这感觉。"

这三位酒前高人，都是在餐桌上，表现出一派文人情致。那种不愠不躁的酒风，给我留下了极深印象。我这个对酒毫无兴趣的人，如果说对酒并不厌烦，正是见过这些真正饮者。

齐木德道尔基先生，同样是个酒前高人。这位已故蒙古族老诗人，比之前三位雅士，在酒前更为可爱。他饮酒是真正饮酒，不见得有佐酒之菜，要是有点咸菜顺酒，那就更会让他快乐不已。我认识他那会儿，正是挨饿时期，用粮食做的酒，是要凭票供应的，老先生喝完还想喝，就去商店柜台前，跟营业员没话找话，目的是讨杯免票酒。酒饮透了，兴致来了，老先生就悄悄地走开，一路上哼哼唧唧地，不知是吟诗，还是唱歌，只有他自己知道。看，这是一位多么高洁的酒人，酒有了这样的人，岂不是使酒更有身价吗。可惜他谢世同饮酒伤身有关。

当然，文人同样都是普通人，饮者中也有人成"鬼"，只是耍起酒疯来，似乎还算文明。我认识一位作家，他非常喜欢酒，几乎每餐必饮，一饮必醉，一醉必耍，很有点酒中性情人。这位老弟的酒疯，耍起来，一不骂街，二不打人，只是钻桌子，钻进去就在里边唠叨。唠叨的话，不是政治，不是经济，仍然是文学。不过这会儿，可就别要求他谦虚了，他说的都是，自己书如何好，别人书怎样臭，你若是想反驳，那可就没你好果子吃。最好办法就是，他的瞎话当真话听，他的假正经当认真，这台戏就平安散场。看，这是一位多么单纯的酒人，酒有了这样的人，岂不是使酒更有魅力吗。

　　人说，文人天生与酒有缘，这话大体不算错，但是也不尽然，在今天的文人中，不嗜酒者大有人在。这些不嗜酒文人，倒是有个好处，并不反对别人饮酒。如果从这方面来讲，酒跟更多文人沾点边儿，那应该算是缘分啦。文化圈酒前高人，可真的不算少呢。

旧景不再

家居东北隅，很少去西郊。尤其是西苑一带，有我年轻心仪的燕园，更是多年不曾光顾。

那年，幸逢季羡林教授八十七岁生日，《思忆文丛》主编邓九平先生，邀请文学界一些朋友，云集北京大学芍园宾馆，为知识界尊敬的季老贺寿。听操办此事的李老师讲，季先生原来意思是，请几位他的老朋友，这一天在一起聚聚，不曾想，相识不相识的朋友，知道这件事就都来了。足见季老人格魅力。

季老是位学者、教授，他的《牛棚札记》一书，颇受广大读者喜爱，高居销售前列多时。经历过"文革"浩劫的人，听过许多假话骗话的人，读了季老这本书，由衷地钦佩老教授刚正。

趁给老教授贺寿机会，我走过熟悉的西郊，嗬，多年不见完全变样。过去那么宽敞幽静地方，现在一家家店铺联体排开，路旁那些高大白杨树，都被挤得难见身姿。北京大学校园里，熙熙攘攘，店铺散落，少去记忆中清幽，多了眼前的喧闹。今天又是个休息日，校园内外就更显嘈杂。我本想趁此机会，游游旁听受学地，重温未名湖秋色，见此情形就没了兴致。

五十年前，我军中单位就在西苑，我还在北大旁听过课程，对于西苑对于北大都不陌生，更有着不泯的缱绻之情。

那会儿从西直门到颐和园，大公共汽车好像不太多，我几乎记不得了，每次进城经常乘坐的，是一种烧木炭小汽车，很有点像现在小巴。这种汽车车身不大，最多坐十几位客人，汽车司机等乘客坐满，点燃车背后铁筒木炭，摇动启动柄打着火，"土汽车"嘟嘟开走，车后冒着浓浓木炭烟，洒在这条绿荫覆盖的路上。那时这条路两旁房舍，除北京大学燕园，有点模样建筑没几处，苏联专家招待所（现在友谊宾馆），中央民族学院（现在中央民族大学），当时算是这条路上抢眼楼群。路面上车辆不多，有时骑自行车进城，像我这样的二把刀，竟然可以大撒把，唱着歌儿观赏田野风光。

北京大学距我单位，只有百米之遥，白天去听课，晚上去玩耍，都在清幽静谧环境里。那时西苑一带饭馆不多，有时赶不上单位饭，常去一家炒饼铺吃，这家炒饼铺炒出的饼，外边焦黄透着油亮，里边嫩香显出松软，离开西苑几十年，各种饼吃得不少，只是再未吃过这么好的炒饼。

那时，北大外边小馆不多，西校门外有两三家，我中学同学翟胜健兄，此时，在北大中文系读书，我们俩有时一起聚聚，就在这些小馆吃顿便饭。傍晚有时候去燕园，说是玩耍或看朋友，其实是去吃夜宵，每到晚上馄饨担进来，热气腾腾馄饨，脆香烧饼夹肉，留给我的口福至今不忘。那烧饼是马蹄形的，趁热用刀从中间切开，夹上肥瘦相间酱肉，肥而不腻却解馋。

上边说的这些老事儿，如今，景物全非温馨不再，真的令人唏嘘而伤感。从物质享受来说，无论是行是吃是用，当然比过去方便，现在西郊不仅繁华，而且成了国际知名电子城，这是社会进步的必然。但是，从精神享受来说，从生存环境来说，我还真有点眷恋过去西郊，它的清幽洁净，它的自然风光，对于身处雾霾笼罩的我们，难道昨天不更为可贵吗？

母亲的钱盒

母亲逝世后这些年，想起她，总会想起她的钱盒。

说是钱盒，其实，只是个饼干盒。儿子的姨夫是归国华侨，20世纪 60 年代困难时期，国外寄他几盒饼干，他特意送我儿子一盒。儿子吃完饼干，母亲留下饼干盒。饼干盒做得精致美观，母亲舍不得扔掉，把它放在抽屉里，装些钱让全家人零用。

像母亲这样精细的人，类似的东西并不少。那么，我为什么偏说这个盒子呢？因为，这个盒子的存在，跟我儿子的成长，有着一定关系。

我结婚后，跟妻子分居两地，各住各的单位宿舍，儿子出生后，只好请母亲给带。那时家境并不好，我兄弟姊妹又多，只有父亲一人挣钱，能够维持全家温饱，全靠母亲精打细算。可是，别看生活不富裕，母亲从不把紧钱，她把一些零用钱，大大方方往盒子里一放，就再不去管它了。家里人谁花钱，自己随时去取，只跟母亲打个招呼。我的弟弟妹妹们，都是这么长大的，只是那时我未留意。

到了我儿子小时候，母亲仍然是这样做。考虑孩子年岁小，这么早接触钱，会不会有伤害，我跟母亲提出来。不曾想母亲看法，恰好跟我相反，她自有她的道理：越是怕孩子碰钱，孩子越是想碰钱，一旦有机会接触钱，说不定就会想入非非。要是你把钱往那儿一放，在孩子眼里，钱同别的东西一样，他就不会把钱看得过重。

再让他跟大人一样花用，他就会从中学会过日子，这样做，他既知道挣钱艰难，又不会视钱如命。

听了母亲一席话，我觉得颇有道理。后来观察儿子用钱，他总是打开那个钱盒，同时跟他奶奶说，拿多少钱，干什么用，从来不会有任何差错。就是给家里买东西，剩下钱自己买几块糖，回来都要告诉他奶奶。

从小学到读研究生，儿子都跟奶奶生活，直到毕业才来北京，我发现他真的长大了。回想他读书那会儿，有时同我在一起，我主动给他钱，每次都是推让几次才肯接。到北京有了工作，时不时给他母亲钱，出手还算大方，自己花钱却很节俭，我想，这跟他小时候在奶奶身边，守着那个钱盒，多少总会有些关系吧。

受母亲影响和启发，我分了房子有了家后，在抽屉里也放了个木盒装钱，我和妻子谁用钱从里边取，只是无须像孩子似的打招呼。每次打开这个小盒，我就会自然而然想起母亲，以及母亲那个小钱盒，还有跟那个小钱盒有关的，儿子童年有意思的生活。如今母亲不在了，她那个小钱盒，不知现在何处，但是无论如何，我都不会忘记母亲，不会忘记她的小钱盒……

老式收音机

真正值大钱的物件，我家几乎没有；要说有纪念意义的什物，还真的有那么几件。

这些谈不上高档的物品，在别人眼里不屑一顾，扔到大街上都没人捡，而我却把它们视为宝贝，经年累月地保存在家中。这些东西是我生活的见证，假若它们有嘴会说话，每件都会讲述我的经历。我之所以不肯舍弃它们，正是因为有着难解情结。

在这些杂七杂八东西中，当时还算值点钱的，要属这台"美多牌"收音机。三十几年漂泊无定生活，它跟着我们东搬西迁，直到定居北京有了房舍，依然完好地摆在桌案上。有时打开收音机旋钮，听它播放优美动听音乐，尽管声音显得有些嘶哑，再不像早先那么清晰洪亮，但是它给我的愉悦，还同当年一样新鲜。

那是 1963 年秋冬时节，我和妻子筹办婚事时，俩人合计着买件东西，作为家产共同享用。我俩当时边疆内地天各一方，婚后怕是都难调到一起，无须置办什么大件物品，再说也没有足够的钱购买。商量来商量去，听取了别人意见，最后决定买台收音机。

那天，俩人相约到北京，一起走进百货大楼，站在电器柜台前，足足有半个钟头，还未拿定主意买哪种，不是样子不中意，就是嫌价钱太贵。正想转身去东安市场再看看，一位热心售货员走过来，积极地给出主意选品牌，在他推荐和帮助下，最后买下"美多牌"收音机。

这台中等价钱收音机，从此，成了我家最贵重的物品，一直受到我们精心照护。

我和妻子都喜欢音乐，在过去那种年月里，却没有多少音乐供欣赏，只能用它听听别的节目。当然，那会儿不可能放送世界名曲，不过总还会有优美旋律播出，让我们从中获得快慰和满足，我们很感激这台收音机。我和妻子曾有过多次搬家，都会扔掉卖掉一些东西，还要以旧换新一些物品，唯有这台老式收音机，从来未想过把它请走。

两地分居生活结束，我俩已人到了中年，在北京分了房子定居下来，经济条件较前好多了，添置多件新家居物品，像电视机、组合音响，我还为自己买了台袖珍收音机。按说，老式收音机可以淘汰，可是我们从未有过这种念头，照样把它摆在桌案上。跟新出产的时髦电器相比，它无疑显得太陈旧太老相，然而，它和我们有过的那些往事，绝不会因时光推移而衰退。在我们的心目中，它依然美好如初。

平日收听广播节目，都用干电池收音机，这台交流电收音机，渐渐地被我冷落了。不过，我从来没有忘记过它，夏天或者遇潮湿天气，我总要扭开旋钮，让它机件得到干燥。这时无论播放啥节目，我都无法定心来静静收听，思绪触角总是伸向过去。艰难岁月那些风风雨雨，就会在我心中吹打起来。

在平顺环境里，重温往日艰辛，无疑非常痛苦，然而，又是极其亲切，它让我在对比中，理解人生真谛。我就越发感激这台收音机。遗憾的是后来它哑默了，好像是有意疏离我们，这会儿又无处修理它，放着它反而令人伤感。恰好有收旧物商人上门儿，就把这台收音机送给了他，他执意要给我们钱，我们说什么都不想要，原因很简单，它是我们夫妇结婚见证，它陪伴我们度过流放岁月。这种情缘是金钱能衡量的吗？

消逝的市声

傍晚时分静坐家中，常常会怀念早年市声，那么优美，那么温馨，今天想起来都觉得心里舒服。可惜随着城市现代化，它们永远地消失了，只留在年长者回忆里。偶尔在电视里听到一两声，或是学小贩叫卖吆喝，或是学鸽子腾空抖翅，终归是舞台表演效仿，在情感上很难得到共鸣。激起的却是更多怀念。

那么，我说的市声，都是什么声音呢？各种小贩的吆喝声，当然是早年最主要的，由于买卖的物品不同，他们的吆喝也就有别，犹如唱法不一的歌曲，总是给人多种美的享受。比如悠悠鸽哨声，比如孩子街头嬉闹声，比如邻居相见问候声，比如收破烂敲小鼓声，比如剃头挑铁夹喇啦声……好像都随着时光而流失。

唉，说来真有点心酸，当初这些市声存在时，好像并没有觉得，这些市声如何重要。只有在它们流失之后，我才渐渐意识到，原来这不仅仅是声音，更是城市一种情感。如果没有了这种情感，楼房建得再高，花草种得再多，公交车再方便，餐饮业再兴旺，城市就会少去迷人灵性。

然而，可以坦诚地说，在所有市声中，我最为怀念的，至今说起依然最动情的，还是送信人呼唤声。那是充满多少人间挚爱的声音哪！那是包涵多少生活酸甜的声音哪！那是承载多少情感起落的声音哪！那声音是城市生活《圆舞曲》，悠扬音符飘荡在每个黄昏，醉着千千万万颗普通人的心。

我清楚地记得，每天傍晚时分的街巷，伴着一串清脆车铃声，自家或邻居大门口，就会听到"××来信啦"的呼唤声，声音是那么优美动听，透着浓浓人情味儿。取信人从家中急匆匆跑过来，总有张亲切微笑面孔等待，还会有"不急，我等您"的提醒。寒来暑往，栉风沐雨，天天黄昏，声音必至。彼此之间有了感情，如同亲朋好友相待，即使哪天没有信来，相见都会有"出去呀，您！"的问候。倘若正好哪个傍晚天气闷热，思忖着送信人快来了，大妈或大爷老远就会招呼，然后，送上一碗晾凉的开水，再递过一条温热的毛巾。喝完水擦过汗说声"谢谢"，送信人一偏腿蹬车走了，留下一串喜悦的车铃声，街巷里越发显得温馨、清朗。

有的信地址对门牌错，送信人照样准确送到，有的信也许光有个名字，而这名字他又不熟悉，被邮政局称为"死信"，分发到哪位送信人手里，他就挨家挨户地询问查对，直至无法找到才退回。倘若这"死信"找到人家"复活"了，这封信也许是寻找失散亲人，这封信也许是报告个什么消息，收信人当时的喜忧哀怨表情，同样牵动着送信人那颗心，他会陪着收信人一起哭笑或劝慰。这情景在当时过去就过去了，今天回想起来才意识到，这就是我们城市的魂儿啊。不是说"让城市更美好"吗，如果城市没有了这个魂儿，只有五彩缤纷的耀眼景致，充其量是个华丽钢铁盒子；如果这个魂儿还在生活里，城市就会像一湾柔情的水，我们的心会随着水的波澜起伏。可惜啊，这样的魂儿永远永远地消失了，留下的只是悠悠思念和深深惋惜。

前不久遇到这样一件事情：一位老作家寄我一本他的新著，未过几天却无故被退回，他以为我搬了家或地址有误，来电话跟我询问并说了此事，我就请他让一位年轻友人捎给我，他不甘心就按原地址再寄，结果这次却顺畅地寄到了。当我们两人再通电话时，自然而然说起当年送信人，还有"死信"变"活"的故事。可是如今呢，"活信"却要"再生"，这是多么不同啊。

类似这样差错，在我这里，至少发生过三次。还不算我给朋友快递邮件，本市四天之后还未收到，我跟朋友电话询问时，两个人都很不开心。我立马又想起往日那些温馨黄昏，送信人清脆活泼车铃声，送信人"来信啦"优美动听呼唤声。噢，原来在消失的所有市声中，送信人车铃声呼唤声，竟是如此地牵动着我们的心。

人说，一个时代有一个时代的生活。这话没错。可是无论哪个时代，人与人交往的尽心，事与事传递的真诚，总不应该消失吧？如同长流不息的江河，无论如何地改道易渠，水永远地往前流淌着，这是亘古不变的生命活力。

阳债难还阴界人

作家高晓声和诗人昌耀、梁南，于多年前先后仙逝，得到这不幸消息，除了深深地哀悼和怀念，我更有着无限内疚和歉意。本来在他们健在时，我经手代组的四部书稿，未能按允诺及时出版，对作为作者的他们，总有着一种歉意感觉。现在由于他们成了故人，跟我们相隔阴阳两界，这歉疚就成了难还的债。想一想就心情沉重。

小说家高晓声先生，生前跟我并无来往，顶多由于有共同朋友，彼此知道情况而已。那年南方一家新建出版社，想出版一套《从头越——小说名家丛书》，希望我帮助向作者组稿。原来拟请10位作家入选。有位作家嫌稿费低不愿加盟。最后确定9位作家：汪曾祺、高晓声、邓友梅、刘绍棠、白桦、李国文、从维熙、张贤亮、林希。这9位作家有8位是朋友或熟人，经我出面组稿，即使稿费不高，他们都不好意思说什么。唯有高晓声先生比较陌生，万一出现稿费之类事，我就无法给出版社帮忙了，特意请认识他的人代为约稿。后来这家出版社打了退堂鼓，如果把书稿退还给作者，觉得对不住朋友们，只好求四川人民出版社"解救"，这样一来就耽误了出版时间。经过几多周折磨难，这套书总算出来，高晓声先生却走了，连看上一眼的机会，狠心的老天都未给他。

昌耀先生在世时候，跟我有过一两次书信来往，他还有诗集赠送给我，我们能有此神交机缘，得感谢老友邵燕祥兄。当时我在作家出版社，好心肠的燕祥兄，谈过昌耀先生经历、人品，希望我多多关注昌耀诗歌。可惜后来我调离出版社，再无机会在出书方面帮昌耀。恰好这时有家出版社，想出版一本朗诵诗选，向众多著名诗人约稿，就建议编辑勿忘昌耀先生。昌耀见到出版社约稿信，很快寄来他的诗作，并委托我代为选定。书稿校样都出来了，最终却未能成书，原因是征订数量过少，出版社难以开机。这样，诗人昌耀成了我有负之人，真让我有苦说不出啊。

跟上边两位作家相比，诗人梁南跟我的关系，则就完全非同一般了。

由于1957年那场劫难，相同厄运使我俩相识，在北大荒一起劳改三年，难友中我俩关系比较好，算是真正患难之交吧。有次他来北京看我，闲聊谈到出书事，他说他好几本书，都是由燕祥推荐出版，言语中流露出无限感激。我听后心里颇不是滋味儿，因为我当时在出版社供职，大小算个头头脑脑，只是生性过于愚钝、较真，竟然未给一位朋友出过书。有次跟老诗人艾青先生聊天，艾老半开玩笑地说："柳萌，你可是出版社头头呀，这么多年怎么就未想过，给我出本书啊。"说得我一时语塞，只是哦哦地搪塞："您的书都抢着出哪！"当然，梁南是被我忽略的又一位作家朋友。

从出版社岗位上退下来，北岳文艺出版社社长马森彪，请我代约一套散文随笔书稿，我首先想到的就是难友梁南。梁南接我电话非常高兴，很快就寄来《笼押随笔》书稿。包括梁南书稿在内，我同时寄去20部，出版社出版了10部，马森彪调出北岳文艺社，新任社长来北京，我又请吃饭又帮组挣钱书，希望把那十部书稿出版，此人满口答应就是不办事，最后以经济效益不好告吹。作者迁怒于我，有的气有的怨有的骂，我只能忍受着，谁让我管闲事呢？被怨被骂被指责，我心里反而好受。唯有老朋友梁南，只是惋惜地理解，倒让我觉得愧疚。四川人民出版社《作家人生档案》丛书，我推荐去梁南的《寄人篱下》，书倒是很快出版上市，梁南却因病逝世无缘看到。真是天不遂人愿。

如果梁南，不，不光是梁南，还有高晓声、昌耀，在天有灵的话，我想跟他们说，他们最大的遗憾，就是生前写作时间太短。他们三位都曾经是"右派"。在富于创作的美好年华，这三位作家、诗人天赋，被转了22年的苦难磨盘，碾得七零八落不成样子。到可以重新提笔写作时，已经是人到中年或老年，哪里还有当年的激情和时间。

然而，对于耍笔杆儿人来说，最高兴和最痛苦的事情，莫过于写作和出书。如同安分守己庄稼人，日出而作日落而息，辛辛苦苦忙活一年，谁不想地里有收成呢？写出书能出版会高兴，写出书难出版就扫兴，这是情理中的事情，过去没有谁计较过抱怨过。现在则就有所不同了，你书稿挣不了大钱，或者知名度不很大，再不会走关系搞炒作，作品仅仅是够出版水平，再怎么着都很难如愿。

我欠书债的三位作家，都走多年了。收有昌耀和梁南作品的书，至今还没有出版，高晓声书已出版他未看到，实在对不起三位啦。如果有天这些书全部出版，我想按咱国人老习俗，找个空旷野地或海边，把书做冥物烧掉，遥寄这三位生前受难作家。他们的才华人品，让我由衷敬重；他们的人生磨难，让我无限感慨。这是三位优秀作家、诗人哪。

第四辑　生活况味

家是温馨的港湾

开始总有许多年，长期与妻两地分居，儿子跟爷爷奶奶生活，成家没有家的感觉。每年 12 天探亲假，三个人凑到一起，虽说过得也其乐融融，但仍然觉得没着没落。究其原因恐怕还是心里不踏实。就如同远洋的水手，虽说轮船甲板就是"国土"，但是回国看到袅袅炊烟，依然会兴奋得热泪盈眶。这说明人的感觉，只有精神得到抚慰，那才会有真正的满足。

现代人的生活，最大的特点，就是流动性强。无论是男是女，都有自己的事业，以及必不可缺的交际，在家的时间自然要少得多。有的人家，物质丰厚，妻贤夫慧，孩子聪明，可谓幸福。谁知未过几年，两个人协议离婚了，一问原因，并无什么硬邦邦理由，只是一方不顾家，另一方觉得没意思，还不如自己过踏实，就这么平静地分了手。

奇怪吗？绝对不奇怪。因为家毕竟是家。家不是旅馆，家不是符号，家不是驿站。家要有刷锅洗碗的劳作，家要有夫烦妻恼的磕碰，当然，家更有温馨的气氛，家更有体贴的表达，等等，这样家才会称其为家。然而，这一切又非家所固有，还必须由人去营造。既然结了婚，就要照顾家，就要给家带来幸福，起码不要增加烦恼。

说句带点"忆苦思甜"的话，现在的年轻人比之他们父兄一辈，不只是物质生活条件好得多，就是思想观念上也自由得多，这既是社会进步的表现，更是当代青年人的幸运，因此，就更应该学会珍惜才是。上一两代的男人和女人，几乎没有不顾家的，出于生活所迫，再有雄心大志，也得为柴米油盐奔波，不然就没有生活保障。精神上的享受就更谈不上，根本没有那么多社交场所，就连看场老掉牙电影，你都得起早摸黑地排队，人与人之间的关系，无论是熟悉还是陌生，由于存有戒心更是难以交流。

近几十年的社会开放，人们有了广阔生活空间，才干和感情都得到释放，这本来是一件很好事情，却也带来一些负面影响，比如夫妻感情流失，比如子女教育减弱，都与一些人家庭观念淡薄有关。家庭成员之间关系，不管有多么亲近，都无法代替感情沟通，感情就像包饺子和面，只有不停地揉才有亲和力。假如有一方老是游离在外，就会渐渐地变得生分，久而久之，即使形式上算个家，那也只是个标签，很难说有不打折扣的内容。许多破裂或濒临破灭的家庭，都是从家庭观念淡薄开始的。

"梁园虽好，不是久恋之家"。那些在外边浪荡惯了的人，自己不妨想一想，无论外边世界如何精彩，你可感受到家庭温馨？我相信绝对不会。当你受了委屈时，安慰你的只有家人；当你衣食无着时，帮助你的只有家人；当你事业有成时，为你高兴的只有家人；当你生病年老时，不嫌弃你的只有家人。家是人生的港湾，不要只在有风浪时才想起家，平日里更要注意对家的养护。家就是家，哪里也代替不了。

福在那里

跟往常早晨一样，我家附近小公园，人们都在晨练——打拳、舞剑、慢跑、倒走、扭秧歌……总之，用自己喜欢的方式，活动着身体筋骨。更多的是老年人。经历过世事沧桑，饱尝了人间冷暖，这些悟彻人生的老人，似乎更觉得生命的可贵。像退潮时的大海，潮水下去又上来，他们，深情地眷恋着岁月海滩。

他们活动时都很专注。一招一式绝不会马虎，一眼一神绝不会移位，整个身心融入长天阔地间。不用说也无须问，这是年轻时养成的良好习惯，无论做什么事情都要认真对待，练功健身自然更是从容不怠。人生的悟性与淡泊，在这些老人身上，显得是如此充分。什么是成熟，什么是练达，简直一目了然。

忽然有人在远处喊，喊什么听不清楚。反正许多人停止了晨练，立刻匆匆地走了过去。我也跟着凑了过去。到了跟前一看，原来是张张照片，展示在众人眼前。清晰的照片上，有漂亮房舍，有茂密树木，有开阔空地，我以为是乡间别墅。仔细地看过说明方知，原来是陵园墓地广告，只是不这么直接叫，而是冠以更美丽名字：福地。

围观的人，你一言，我一语，指点着，评论着，表达自己的希望和要求。好像不是为死后选穴，而是在为生时觅房。严肃而挑剔，冷静而热情。仿佛若真到了离世那天，有比生时更周到的安排，人的灵魂会像宗教说的那样，生时痛苦会在天国里得到安抚。

　　回家路上，我就想，晨练是为了生得健康，选墓是为了死后安宁，这人活得也实在够累了吧。死后本来就一了百了啦，何必生时还要为死后操心。连死都想安排妥善的人，相信一定是个惜生的人，不然眼睛一闭撒手人寰，哪还有心思为死伤神。人的思想多奇妙啊，死不愿意说死，非用"归天"、"逝世"、"大限"这类词语，就连墓地都要起个动听名字"福地"。那么到底生是福，还是死是福呢？我真有点糊涂啦。

　　这天夜里躺在床上，怎么都睡不着，忽然想起个题目：人生到底是什么？然后，自己做出肯定回答：是生与死。是的，就是生与死。

　　生是绳子这头，死是绳子那头，顺着绳子这头，捋到绳子那头，这个过程就是人生。谁想通了这个道理，谁就活得明白了一半儿；谁捋顺了这条绳子，谁的一生就会平安无恙。至于有些雄才大略的人，还想把绳子弄出点花样儿，自然就会给自己人生添彩。然而，对于一般人来说，很少有这样奢望，平安过活就是福气啦。

　　我属于那种平常人，生时没有太多希冀，死后也不妄想升天，因此，对于"福地"这类事，从来不会更多地操心。如果说还有关于生死的考虑，只想生时别人不要折磨我，只想死后我不要"折磨（免去一切告别礼仪）"别人，怎么来怎么走，一切听其自然，把人生这条绳子捋得顺顺当当。这就是我最大美好愿望。更是我心目中齐天洪福。

青春是首恒久的歌

青春是什么？这是道很难解析的人生习题。有多少人就有多少算法。没有优劣之分，没有对错之别。每个人都以自己的经历、体验回答。

学生说，青春是书中精彩的内容；战士说，青春是英雄册上的号码；商人说，青春是银行里最高的利息；成功者说，青春是攀登顶峰的阶梯；挫折者说，青春是最输不起的本钱；热恋者说，青春是点燃激情的火苗；病痛者说，青春是健康体魄的护卫，如此等等，不一而足。

青春早已经不属于我。少年人的幻想，青年人的锐气，中年人的坚韧，都被岁月这只蚕，从我的躯体中食掉，留下的只有冷静的思想。那么，我是如何看待青春呢？我说，青春更像一首恒久的歌。即使在人生暮年，唱起来都有滋有味儿，让人感觉生活美好。

不光是我，我发现许多年长者，由于看多了世态万象，目光中更多时候是沉静，唯有说到早年生活，眼睛里顿时熠熠闪光，清晰记忆荡起心海波澜，感觉是那么温馨温暖。这时你就不能不感念，年轻时为自己谱写的青春之歌，此时此刻，还能唤起生命激情。这种植于血脉里的暖流，比之任何名利和物质，都更能滋养人的精神。

那么，这种精神或这支歌，如何附着在生命中呢？这就要看你年轻时如何做了。这人生犹如植树或栽花，撒什么种子结什么花果，没有任何商量和欺瞒。读书让你增长知识，体育让你健强筋骨，文艺让你温润感情，交友让你懂得宽容，购物让你知道世情……而这一切都有故事，到了老年回忆起来，都是青春之歌旋律。因此，聪明的年轻人，从不肯放弃或懈怠，这一生中的青春时光，他们会尽心尽力积累多种财富。

有人说，苦难是种财富，年轻时吃点苦没什么，老年幸福才是幸福。这话只说对了一半儿。苦难就是苦难。财富就是财富。正确说法应该是，当你被迫承受苦难，苦难过去一定要使其成为财富，否则你就白吃了苦受了罪。从这个意义上来说，我非常羡慕今天的年轻人，你们拥有太多幸福。你们是幸运的。千万可要珍惜噢。

几十年过去，等你们老了，唱起这首恒久的青春之歌，那旋律肯定比你们前辈人更美更动听。那好吧，请你们现在就认真积攒音符，为谱写这首歌做好准备。祝福你们，年轻人。

曲笔难画圆

事事圆满称心，这一美好愿望，许多人都在追求；尤其是老年人，在这方面想得更多，表现得尤为强烈。比如，儿女双全，子孙满堂，粮米盈仓，家积万贯，夫妻恩爱，父慈子孝，家风续代，平顺延年……就如同一幅幅美丽图画，藏在世世代代人的心室。这些愿望能够实现，就会认为人生圆满，上对得起祖宗，下对得起后人，自己也就是个成功之人。否则总会有遗憾和愧疚之感。

这种凡事求全的思想，一直占据着世人心灵，以至于看戏剧听故事，总得有个大团圆结局，这才觉得完整和惬意。由于有这样想法存在，因此在考虑问题时，总是朝好的方面想，万一有点不随心意，就难免有种失落感。假如再和别人比较，人家哪哪比自己强，就越发觉得人生不完满。好像只有什么都如意了，这人生才算得上精彩。

其实人生哪有如此驯服，它又不是一张轻柔的纸，任你随心所欲地折叠。经历过大磨大难的人，经受过生离死别的人，往往会在大彻大悟后懂得，人生更像一支弯曲的笔，你想画个圆圆的圈儿，无论如何上心都不好画成。反不如依照笔的走向，画个别的图案或花样，说不定会更美丽更持久。

我在年轻的时候，同样也是如此。希冀生活美好，祈盼事事顺心，不求人生如何灿烂，但愿结局一定圆满，曾经是我美好的愿望。在折腾年月被折腾几次，性格棱角磨平了，美好理想破灭了，这时才变得比较实际。特别是到了晚年，绝不刻意追求什么，日子反而过得舒心。经历过几十年浮沉起落之后，终于开始明白，世界上所有事情，都是依自身轨道行驶，个人意志根本无法阻挠或改变，反不如听其自然顺势而为。谁能认识到这个道理，谁就会活得快乐舒心。

古词云："月有阴晴圆缺，人有悲欢离合，此事古难全。"这就是自然规律，这就是人生真谛，理解了就会想通，想通了就会豁达。即使，人生并不那么如意，理想并不那么圆满，总还不至于耿耿于怀，在明知不可为事情上，老是在纠纠缠缠绕弯子，用无尽苦恼狠狠伤害自己，在并不算长的人生中何苦呢？想想看，值得吗？

人生在世风风雨雨几十年，活得真是不容易啊！到了很少牵累的晚年，实在不应该给自己下绊儿。进入老年以后，我一直信奉和坚守，这样一个生活原则：不求事事圆满，但要天天快乐。因为人生道路本来就曲曲折折，你想事事求得圆满总会很难，然而让自己每一天都生活得快乐，这却是可以并且应该做到的，只要你不再心存高远地求全愿望，生活就会是另一幅美丽图画。顺其自然得自在，双眼一睁谋快乐，人生岂不是更为美好？

难得随意

生活的乐趣，莫过于三五知己相聚，完全不在乎吃什么，只图有个清静环境聊天儿。在居室局促的文人中，有此条件者无几，只能跑到外边去想辙。这里说的所谓外边，无非是餐厅、茶馆。

这会儿北京城，要说餐厅、茶馆、酒楼，比过去年间多得多。老字号如全聚德、丰泽园、东来顺、鸿宾楼、森隆、马凯、萃华楼依旧红火，新开餐馆几乎什么风味儿都有，就连挂着洋人牌子的餐厅都有多家，更不要说遍布大街小巷的小吃店。可是认真地掂量掂量，普通人吃得起又称心的，恐怕就很难找出几家了。

在吃喝上比较讲究，算得上美食家的文人，有的早已作古，健在的年事已高，更愿意吃家常饭。年轻点的文人，喜欢大嚼名菜名点的，好像也不是很多。只要有几样可口小菜，再加一壶好茶几杯淡酒，就很满意很知足了。至于用餐环境和时间倒是不能马虎。环境不见得豪华却要幽静，时间不计较早晚却要从容，以便无拘无束地闲聊漫侃。高级酒楼由小姐分盘布菜方式，对于某些达官贵人富豪明星，无疑是种显赫标志和舒服享受，然而，对于散淡惯了的文人，反而会觉得繁缛别扭、无所适从，在少干扰环境里边吃边聊反而自在。

本人有幸偶尔被人请去吃饭，豪华饭店酒楼去过几家，山珍海味，南点北菜，倒也有口福品尝过不少，只是到了我肠胃里，几乎通通变成大烩菜，很难辨出到底味美在哪里。说起来真有点难为情，更对不起各路烹饪大师，可是，您遇到我又有何办法呢？天生一副粗茶淡饭肠胃，注定不能享受烹龙炮凤，稀饭豆腐反而吃着滋润。这就是命，不能不认。

同那些大酒楼餐馆比，去过的几家小餐厅，有两家倒是满合心意，至今想起来都难忘记。

一家在东大桥。老作家吴祖光先生健在时，请美籍华人作家萧逸先生吃饭，就在这家私营小饭馆，因我认识萧逸先生，吴老就让我作陪，我才知道这家小馆。这家餐馆店堂不大，装修得倒挺雅致，菜是随叫随炒，咸甜酸辣跟客人商量，几乎跟家里用餐一样方便。我们三人边吃边聊，饭也清淡，话也清爽，感觉比在大饭店舒适。萧逸先生也很欣赏这个地方，次日他做东请唐达成、邓友梅等作家吃饭，执意还要在这家小餐馆，可见文人癖性爱好都差不多。

另外一家在东四。第一次去这家小餐馆，是李硕儒兄带去的，当时他任《小说》主编，请浙江作家汪浙成先生吃饭，浙成兄跟我是多年朋友，我同样跟着吃蹭饭。这家小餐馆似乎更可人意，去过一次印象不错，后来我请客特意跑到这家。有次请两位西北作家吃饭，他们刚从国外访问归来，吃了几天西餐洋饭可能吃烦了，这顿饭想要换换口味儿，就提出来吃炒酸辣白菜。我以为会使老板为难，就请老板跟厨师商量，不曾想一会儿工夫，一盘红白相间的辣白菜，冒着热气飘着香味儿，就摆上我们餐桌。两位朋友吃后连连叫绝。看来餐馆不在如何豪华，饭菜不在怎样高档，只要觉得舒服随意就好。

这会儿说起吃喝穿戴，都愿意跟文化连在一起，什么酒文化，什么食文化，什么服饰文化，什么旅游文化，等等，听起来蛮文明蛮时髦，只是做起来并非那么回事，让人有种酸文假醋感觉。那年去海口市承朋友盛情，先后在两家大酒楼用餐。第一家酒楼的潮粤菜，做得倒是正宗地道，绝对让你无可挑剔。遗憾的是用餐环境，多少有点不伦不类，边吃边让客人听通俗歌曲，实在有点大伤胃口。另一家边吃边让客人看洋妞跳舞，着实让人有些心烦意乱，视觉听觉味觉都不很舒服，远没有用广东音乐助餐愉快。要说这也是饮食文化，说句大实诚话，我还真不大敢恭维，更享受不了这种"洋"福。

在吃饭穿衣上，我一向比较固执，觉得随意最好。普遍追求华丽包装的餐饮业，能有几家环境幽雅清静小馆，而且当真按"丰俭由人，随意自便"，我会认为是最好的友人相聚处。可惜这样地方当今不算多。要是哪位老板能揣摩出消费心理，他的小餐馆一定会做得越发红火，当然，最想光顾的肯定就是这帮文人。

吃在舒服

在一般人印象中，广东人比较讲究吃，所以有"吃在广州"说法。那么，广州人讲究吃，到底表现在哪里呢？据我观察和猜想，主要是在煲汤喝汤上，比之不在意汤的别处，广州人似乎太看重汤了。汤的品种多，汤后再吃饭，这就是广州人的讲究。听说先喝汤不易发胖，所以广州寡见"富态"人，起码我未听说过广州人如何减肥。

当然，吃在广州除了讲究，更表现在无所不吃上，这我们就不去说了。只说这吃在舒服，如果也是讲究的话，那现在无处不舒服，当然也就都讲究吃。就以北京来说吧，吃得也蛮舒服呢。不过这舒服的含义，跟广州恐怕不甚一样，除了吃食本身，北京人还要求就餐环境，所以这会儿北京的餐食店，几乎个个装修得不错。这不错不是说如何豪华，而是追求个性和舒服。

我有位作家朋友，多年请客吃饭，先是北京烤鸭店，后是兆龙饭店，别的饭店餐厅很少去，问他为什么，只一句话："在熟地方吃饭舒服。"他这两个固定点我都去过，确如他所说，吃饭都非常舒服，一是店家人跟他熟，二是他对店家菜熟，就如同在家中用餐。有一阵他在国外，我独自到他的固定点儿，店家人就问我："某先生什么时候回来？"真像想念久别亲友，在别处用餐绝不会如此，这就是用餐环境的讲究。

影视剧作家王朝柱，则跟那位朋友不同，他的讲究是在饭菜上。

他赶写两部电视剧本，躲清静到郊区一家饭店，空闲时约朋友们去他那里。吃饭时别人帮助他点菜，服务员特意提醒点菜人，还得加一份"王老饺子"。"什么！王老饺子？"帮助点菜朋友不明白，经服务员解释才弄清楚，原来柱子特别爱吃饺子，一来二去吃得时间长了，跟厨师长成了朋友，每次吃饺子都是厨师长亲自包，从此，被饭店厨房称为"王老饺子"。柱子觉得吃饺子舒服，这又是柱子的讲究。

由此看来，吃得舒服顺口，是第一位讲究。有钱主儿为了摆阔气，吃什么金餐银餐万元餐，说白了就是吃个样子，并不见得真正舒服。如果这也叫讲究的话，只能算作有钱人"混讲究"。这就像人们所说，阔佬吃排场，凡人吃实在，各有各的爱好，都是花钱买舒服。不过谁是真正舒服，只有自己最有感觉。

北京大小饭馆有多少家，我当然没有办法弄清楚，反正在我居住地周边，粗估有六七十家大小餐馆。几乎每天家家爆满，我就不相信人人吃大餐，更多人恐怕还是吃家常菜。那么，在外边吃饭，怎么叫舒服呢？起码要有两点可取：一是吃物美价廉饭菜，只要可口就舒服；二是不要择菜洗碗，只要悠闲就舒服，总之，都是从自己舒服角度考虑。这就印证了我所说，讲究就是舒服，舒服就是讲究，这应该是多数人饮食共识。

饮食观念变了，再很少有谁议论，某某人抠门儿，某某人是守财奴。有多少钱不说，人家就好吃这口儿，这有什么好说的。比如，我认识几位内蒙古作家，长期生活工作在北京，他们最爱去的饭店，既不是海鲜酒楼，也不是名菜饭店，而是西部莜面馆儿，说吃这种饭舒服。自己感觉舒服就足够了，还需要别的理由吗？你有你的千万百万，买不来我的舒服，这就叫衙役不羡慕老爷，各有各活法。

雁荡夜茶

在浙江青田茗丰茶行，连着三个晚上饮茶，可能是饮出了兴头，到雁荡山当晚，几位同伴又张罗着饮茶。我们下榻灵峰宾馆，恰好有个茶座在院中，抬头可望山，低头可赏花，更是饮茶谈天佳境。这天刚下过小雨，湿漉漉空气，温润润花草，让人打心里爽快，只是觉得有点凉意，虽说这里是江南之地，但是季节毕竟是初冬，总觉得不怎么舒适。好在这茶座并非露天，用一顶帆布帐篷遮着，多少增加了些温暖，何况眼前还有热茶一杯，自然便有了些许意趣。

耍笔杆儿的人饮茶，大都要乘兴聊天儿，绝不会文静地独饮，那样就没啥意思了。我们在青田饮茶三次，都有茶艺小姐讲茶道，倒是学习了些茶事，却没有放开聊天儿，就多少怀有某种遗憾。这次在雁荡饮茶，完全没有了程式，信马由缰般地饮，海阔天空样地聊，这才找回来自在感觉。

说到饮茶，并非难事。这些年许多人愿意凑一起饮茶，讲究点的到茶馆，随意些的在家中，各有各的情趣招人爱。北京的茶馆茶社茶楼，这些年着实开了不少，最早的像老舍茶馆，后开的有如宾茶座，再后来的是五福茶楼，我倒都去过一两次，但是都不是很中意。不是觉得热闹，就是觉得拘谨。诗人邵燕祥兄有诗题"田记茶馆"，据说是仅存的地道北京小茶馆，他常和老诗人刘岚山先生前往，可惜我还无缘重温旧时梦。从书刊得知四川的茶馆，泡起来颇有些意思，那年到成都开会，本想找家茶馆坐坐，朋友终究没有满足，至今作为向往存于心中。

在朋友家饮茶，大都是碗中沏壶里泡，除了有好坏茶叶之分，绝没有饮茶艺术可言，说不出个茶的情趣来。自从迁居亚运村，跟何镇邦先生为邻，这才享受饮茶乐趣。镇邦兄为人慷慨，又比较懂得茶道，且能自己操作，像写文章一样在行。只要有好茶在手，他就会打电话来，约附近文友共品。几个人围坐一起，看他严格按程序泡茶，听他有板有眼地讲茶，这茶就更显得有味儿。边饮边聊，边聊边品，忘忧忘愁，其乐无穷。这时才真正领略到，敢情饮茶确有文化。由于他泡茶布茶都很文静，谁也不肯冲淡这气氛，话题自然就不便放开。

这次雁荡山夜晚饮茶，跟前边讲的完全不同。茶是大壶冲泡，话是随便瞎扯，瓜子花生撒满桌，香烟不分你我他，很有点川人在茶馆，摆龙门阵的意思，所以我特别欣赏。我们如同无拘束的雁群，在精神天空里游游荡荡，颇应了雁荡山这个地名。茶淡了，话却浓。一串串话语不绝，一阵阵笑声不断，给这雁荡夜晚，增添不少诗意。于是几位诗人朋友，再按捺不住诗兴，主动给大家献诗，让这茶有了灵气，品起来齿间都有清香。

人说雁荡夜景美，美在山形多变中。岂不知那只是人云亦云，任何真正的美都在于感受，我感受到今日雁荡夜色美，是这般地让我们开心，是这样地让我们闲适，这不正是雁荡又一美景吗？

对襟小棉袄

穿对襟衣裳的男人，不敢说这会儿没有，反正是很少见了。就我目力所及，只知道作家邓友梅兄，有时还穿对襟袄，在大庭广众前走动。可能是人们知道，他写过《烟壶》、《那五》，这些很有京味的小说，见他穿着这种衣服，不仅没有异样感觉，而且还觉得很"酷"，很有些"古典"韵味呢。

我也有件对襟小棉袄，可惜没有友梅兄的勇气，再在公开场合穿出来，怕给人不合时宜的印象。但是也没有那么狠心寡情，把这件小棉袄轻易丢弃。这件对襟小棉袄成了我镇箱之"宝"。每年春来冬至寻找换季衣物，翻箱子见到这件对襟棉袄，立刻就会想起1978年，从内蒙古流放地回到北京，我经历的最初尴尬时光。

回北京之前许多年，我都是个电信工人，终年在野外劳动作业。长年累月在风暴沙尘里滚，再好的衣服也穿不上，就整天蓝粗布工装不离身。考虑一年有12天探亲假，回家要看望父母妻儿，总得给家人一点情面，节衣缩食攒了大半年钱，购布做一身蓝布中山装，就算是我高贵的礼服了。

谁知幸运之神突然降临，在1978年回到北京，而且是重操报刊编辑旧业，接触的大都是文化人，再穿那套工装在人前走动，先别说自己感觉如何，起码对别人不够尊重。有的同事劝我换换装，朋友们心意我是领了。可是他们哪里想象得到，此时我口袋里的钱，买饭票糊口还算凑合，购买衣服实在没辙。真的是心有余力不足啊。

有天下班去旧货商店闲逛，本想碰到别的便宜货买点，不曾想那里还有些旧衣服，这其中就有三件对襟丝棉袄，我眼睛立刻亮了起来，心想，这真是应了那句老话了：天无绝人之路。经过跟商家多次讨价还价，我用不多的钱买了一件，然后又用不多的钱，到商店扯了几尺蓝布，在裁缝摊上做了件罩衫，总算把自己装扮起来。不管肚子里有无墨水，穿上这件对襟小棉袄，看上去还算斯文，起码不至于污染众人眼。

随着政治身份正常，口袋钱渐渐多了点，又做了几件新衣服，这件估衣店买的丝棉袄，就很少再穿上身。不过我对它的感念，并没有从心中消失。我想人不能没有良心，对于帮助过自己的人，对于接济过自己的物，都应该永远铭记着，人之所以称为人，理应如此。正是出于这样想法，几次捐钱捐物给灾区，宁可把新衣服捐出，我都不想打这件棉袄主意。

如今，这件对襟丝棉袄，还压在我家箱子里，每年找棉衣时看见它，或者见友梅兄穿对襟袄，我便会自然而然想起它。

粗食待客

作家李硕儒是我多年好友，退休后跟随家人定居美国，他偶尔回来总要一起聚聚，因为是老朋友也就无须客气，请他吃饭总是问他想吃什么，他也就非常直爽地道出。令我奇怪的是他说出的吃食，既不是什么海鲜又不是什么大菜，而是家常便饭中简单便饭。给请客朋友省了钱且不说，吃完他还连连叫好称绝，弄得做东人反倒不好意思。

记得是 2002 年秋天，他从美国回来，急匆匆地跑到我家，先是要烟吸，在美国家里吸烟不便，估计实在瘾得慌了（好像回来就是为烟），可是，我不吸烟自然不备烟，只好跟邻居借一盒。到吃饭时间他想吃啥，反正我居住的亚运村，饭馆有六七十家之多，从中餐到西餐，从大菜到小吃，在吃上还是比较方便。他先让我说说饭馆情况，从最高档名菜馆到一般小饭馆，我一一跟他数了个遍，最后他说："咱们就去吃春饼。"我知道硕儒能喝点儿酒，我平生滴酒不沾，他自己喝没意思，就邀请邻居、诗人吉狄马加陪他喝酒。

春饼本是立春应节食品，说不上真正如何好吃，立春吃只是图个吉利。现如今市场经济什么都挣钱，这春饼也堂而皇之开起店，其实充其量就是种快餐。既然硕儒兄想吃这口儿，我也就只好破回请客规矩，把"客随主便"来个"主随客便"。

我们去的这家春饼店，店堂门脸不大，倒还亮堂清洁，看上去蛮利索宁静，很适合少量朋友聚会。落座店家送来食谱，我们轮流看了看，除了一般家常炒菜，有特色的自然是春饼。要了两瓶啤酒四样酒菜，主菜是店家自制烤肉，以及炒豆芽菜、豆腐丝等，主食是现吃现烙春饼，还有那随意喝小米粥。伴粥小菜就更简单，一碟自腌萝卜条，一碟香油拌黄豆，外加红油溢出鸭蛋，跟在家中吃便饭一样。这家店绝活是烙饼，个如脸盆，薄如绵纸，提在眼前可透饼看天。平摊在盘子里，放上面酱葱丝，夹上肉片豆芽，仔细地卷成圆筒，放入嘴里刚咬一口，就不由得你不说"好吃"。我和妻子连同两位客人，有喝有吃，有说有笑，别提多么惬意多么舒适，一算账您说多少，满打满算才九十几元钱。真如人家说的"好吃不贵"。

次年硕儒兄从美国回来探亲，正好是春节前十几天，我另一位好友王朝柱，请硕儒吃饭让我作陪，朝柱问硕儒想吃什么，硕儒未假思索脱口而出："咱们喝粥去吧。"王朝柱兄是位剧作家，由他编剧兼制片人的电视剧，如《长征》、《周恩来在上海》、《开国领袖毛泽东》、《延安颂》等，使他名声大振同时，他钱袋也开始鼓涨，本想好好招待一下远方来客，不承想硕儒非要喝粥不可。得，我想蹭顿好饭的想法，随着硕儒的"喝粥"落了空，领着这二位好友，到亚运村里小粥馆，来了一次随意粥宴。

这家粥馆叫如意园，听名字就叫人喜欢。老板是台湾人。如意园小粥馆的布置，民族味儿似乎更浓厚，首先是门前那两串红灯笼，即使不点燃也透着喜庆，让人一看就颇有些好感。不算很大一间铺面房，仿古桌椅一水黑色，墙上悬挂饰品古色古香，给人整体印象小巧玲珑。

粥店经营食品自然是粥，如小米粥、大米粥、高粱米粥、薏米粥、紫米粥、玉米粥、皮蛋粥、八宝粥等，除此而外是各种小点心，如米糕、小笼包、小烧饼、蒸饺、小窝头等，喝粥的各种小菜很多，喜欢甜味备有白砂糖，客人可以随意自取自加。

　　我们哥仨儿，粥和点心都是各索所需，谁想吃啥就要啥，而且是随吃随要，就如同它的店名，真的感觉很随心如意。喜欢喝粥的人都知道，虽说喝粥没有什么讲究，但是粥的冷热得适度可口，太热烫嘴，太凉伤胃，最好是不冷不热入嘴，喝出点小声响才有意思。倘若自己喝粥，等待热粥适口，时间比较难耐，朋友相聚喝粥，有个等待空当，正好从容聊天儿，既不误喝粥又不误谈话，真是一举两得的小宴。粥足话酣之后，让店家过来结账，每人就是十来元，这下可给柱子省了钱，硕儒却跟我请他吃饼一样，连声说："不错不错，太可口了，在国外可吃不到。"

　　原来粗茶淡饭待客，跟山珍海味一样，尽管食品档次不同，但只要客人满意顺心，这宴请就达到了目的。当然，有钱主儿想摆阔气，那是他的事情，就一般朋友来说，聚会还是随意为好。

菜名有学问

有个相声段子，好像叫《报菜名》，如果演员说得好，听起来非常过瘾。这个段子火爆与否，全看演员有无功夫，既要嘴皮子利落，更得要吐字清楚，不然，只听噼噼啪啪声音，却听不清报的菜名，光有艺术欣赏，没有文化享受，这个段子就糟蹋了。每次听这段相声，我都比较用心留意，想多记住几个菜名，有的菜名起得真好。

中国菜讲究色味香，这都是说菜本身，倘若再有个好名字，无形中抬高了身价。比方说"贵妃鸡"、"东坡肉"，这类菜名就很文气，先不管好吃不好吃，听着就容易产生好感，起码比"叫花子鸡"、"狗不理包子"更让人觉得心情舒畅。所以有修养的烹饪大师，给自己创造的新菜起名，格外注意菜名文化内涵。至于菜是不是好吃，那是另一回事。

有次跟几位作家朋友聚会，有人提议去吃东北菜，就到一家"小土豆"菜馆。这家菜馆还挺有名气，据说各地都有连锁店。我在黑龙江生活过三年，对于东北饭菜不算陌生，东北菜给我最深印象，就是菜的量大名字直白，如同我喜欢的东北人，性格中透着实诚、热情。这次的聚会，正好有位东北人，点菜差使，就交给了他。他先点的几样菜，如小鸡炖蘑菇、酸菜白肉、红白豆腐等，都是大众熟悉的家常菜。最后突然报了个"大丰收"，一下子把大家镇住了，许多人不知何许菜，问点菜的朋友，他只是笑而不答，有意卖了个关子。这样好听的名字，在东北菜中少见。

菜上齐全了，就要动筷子，大家急着问："喂，快说吧，哪个是'大丰收'啊？"朋友指了指一个柳条篮筐，说："这个就是啊，你们看，这还不算丰收吗！"大家仔细看了看，都是新鲜蔬菜，有萝卜条、黄瓜条、大葱条、西红柿块等，摆放柳条篮筐里，红黄绿白非常好看，真像秋天收获果实。篮筐旁放着两碗面酱，用来蘸这些蔬菜吃。一位反应比较快的朋友，看到这道"大丰收"菜，立刻笑着说："真没想到，你们东北人会做买卖了，这不就是大葱蘸酱演变吗，只是起了个好名字。这个老板还真有两下子。"

您还别说，就是这么个普通蔬菜拼盘，有了个"大丰收"名字，据说还挺受顾客欢迎。一是营养丰富，二是价钱不贵，多吃新鲜蔬菜还能减肥，如果是个浪漫顾客，望名生义来点联想，岂不是花钱买了个好心情？若像东北其他菜名那样，直来直去地叫，大葱蘸酱、小鸡炖蘑菇，酸菜白肉，就多多少少缺乏应有情趣，听起来总不如现在舒服。看来菜名学问，真不好小瞧呢。

我国各种菜系中，要说菜名最讲究的，莫过于皇家菜。北京"仿膳"专营清宫菜，每道菜都有个好名字，名字后边还都有故事，边吃饭边听故事，真的是种文化享受。比如最普通的小窝头，民间是用玉米面做，"仿膳"是用栗子面做，就有个慈禧逃难故事。再普通的菜，有个好名字，又有个故事，这菜就显得好吃了。商家好讲"货卖一层皮"，说的是包装好坏；饭菜同样卖一层皮，这就是好的名字。难怪商家有了好菜名，总要花钱注册公证，目的就是保住自己专利。

说菜名就不能不说美食家。有许多菜的名字，从吃家名字得来。古的如"东坡肉"，洋的如"肯德基"，我们就不去说了。就说近代吧。我就听人说过，北京"马凯"餐厅，有道"马先生菜"，据说，是以学者马叙伦先生名字命名。我多次去"马凯"餐厅用餐，都未见菜谱上有这道菜，不知是失传还是传说有误。按说不应该有错。反正文人爱吃会吃，为给饭菜加点文化，用某位先生名字命名，我看这完全有可能。在我认识的作家中，已故吴祖光、汪曾祺、陆文夫等先生，都是文坛公认美食家。假如某道菜用他们名字命名，谁能说，不会像别的名人菜那样，载于菜谱流传下去呢？

冒充足球迷

　　压根儿好像就同体育无缘。中学就读一所学校很重视体育，体育健将白金申、穆祥豪、穆祥雄、王志良等，都是从这所学校出来的。可是我却因体育不及格险些留级，后来补考篮球投篮动作，投进两个球总算勉强过关。至于别的体育项目，除乒乓球会打几下，其他都没有我份儿。

　　人说足球是男子汉运动，世界杯足球赛是男人节日。说起来就更惭愧，少年时踢过线缠小球，真正足球还真未碰过脚（男子汉同胞，实在对不起，让我给大家丢脸了）。因此，每每听到别人有滋有味侃足球，我总是悄没声地快快走开，生怕有谁将我一军，我再说几句不受听的话，弄得彼此都很尴尬，何必呢？

　　有届世界杯足球赛在美国举行。这四年一次的足球世界大战，随着赛期一天天临近，早使一些球迷魂不守舍，就连小女子都津津乐道，而且说得还颇为动听。什么马拉多纳、意大利"二乔"，什么巴西艺术足球，什么谁捧金杯、谁穿金靴，等等，尽管我一窍不通，听了白听，但总还算记住了这些词儿。人大概都是这样，既然记住了这些词儿，就总想弄清意思，于是就有意无意看球赛电视。因为不会看，瞎看，只是看个热闹，并不投入。更不曾像我认识的那些男人，见面开口就是世界杯，仿佛这是人生头宗大事。我依然该吃就吃，该睡就睡，倒蛮自在。

　　谁知，这天气真会赶热闹，像球迷起哄跟着凑趣，世界杯赛那几天热得吃睡不安，我想自在也自在不了。夜里热得大汗淋漓，躺在床上辗转难眠，干脆坐起来饮茶看电视，反正有通宵节目。打开一个频道是足球赛，打开另一个频道是评球，简直像走进足球场，几乎没有我愿意看的节目。得，不就是避暑消磨时光吗，管什么爱看不爱看，眼前有球飞滚，就不会想到热了。这么一想，心平气和了，就半认真地看起球赛。妻子见我从未有过这情形，好几次说："你怎么喜欢上足球了。"其实她哪里知道，我这纯粹是出于无奈冒充球迷，要是电视台有别的好节目，我早就不看球了。这几天不就是足球让人开心吗，电视台摸准了老百姓这根脉，所以让你看个够过足瘾。

看了几场足球赛，听了几场评论球，我还真有了点足球常识。尽管这点常识还远远不够取得球迷资格，当然更不敢挺起男子汉胸膛，正儿八经地往真球迷堆里掺和；可是您还别说，就这么一点足球常识，竟然让我冒充了一回球迷，不仅没有被人打冒防伪，而且还让一位"面的"司机，睁开欲睡双眼。您说神不神。

那天，有位朋友突然撒手人寰，参加完他的追悼会，从八宝山回来正逢倾盆大雨，我好不容易截住一辆"面的"，赶紧拉开车门坐在司机师傅身旁。这位司机师傅三十岁左右，身体倒还壮实，只是那双小眼睛缺点神，好像几天没睡觉，让我这乘客担起心来。完全出于对自己安全考虑，我便主动跟他搭讪，以免他在雨天走神，出点什么意外。说什么呢？无非是近来营业怎样？下雨天活儿多不？听说这会儿"面的"不好拦，今儿个又下雨，我幸亏碰见你。如此种种，无话找话，外加讨好。照我以往经验，就这么几句话，总会逗出司机一串话，有时聊得投机，到了地方还难舍难分，司机独自开车扫马路，实在寂寞。

可是我眼前这位司机师傅，好像是个生瓜，怎么拍也没响声，最多嗯、啊一声，简直没治。我心想，今天算是让我摊上了，自己注点意就是了，于是，我紧紧地抓住座旁扶手，两眼透过湿漉漉车窗盯着路况，做好应付突然事故准备。我不再同他说话。

驶到一个路口，正赶上堵车。司机师傅从座位旁顺手拿出一张报纸，摊在方向盘上浏览，我用眼一扫，是张新出版的《足球报》，猜想他准是个球迷，起码比我对足球有兴趣。我灵机一动，给他递话："巴西和瑞典那场球，你看了吧，巴西队的脚真够臭的，上半场射门十四五次，愣是踢不进去。"我这话完全是看热闹观众语言，没有一点儿行家里手味道，可是您还别说，就是这么一句，好像我胳肢了他胳肢窝，他立马来了神儿，把《足球报》丢在一旁，兴致勃勃跟我侃起杯赛。刚才那种蔫茄子萎靡劲儿不见了，两只迷糊小眼儿睁开了，牙疼似的嘴鼓起腮帮子，成了个精精神神小伙子，眉飞色舞地大谈足球杯赛。他说的无疑都是在行话。起码我是这么认为。我一点儿插不上嘴，其实，是不敢插嘴，怕露怯，只是张着两只耳朵听他侃。他边侃边开车，又稳又快，这时我意识到，他驾驶技术还蛮不错。我觉得没必要担心安全，就放松地靠在座背上，听他说那些我不懂的球经，不过我还是装着懂的样子，有时点点头或者应应声。

这时我在想：这么一个黑白相间小皮球，竟有如此神奇魅力，把司机师傅疲倦驱走了不说，我们之间距离还一下子缩短了，立刻就有了共同话题。难怪全世界有那么多人，为它痴迷，为它疯狂，自己喜欢的球星胜利，高兴得一蹦三高，自己厚爱的球队失败，会痛苦得食水不进，更甚者有的为足球犯罪。要是有哪位政治家有眼光，不妨用足球做和平使者，让它沟通国与国之间感情，人间会消弭多少怨艾和仇恨。

雨越下越大，车窗被雨水冲刷得模糊不清，司机师傅开得越发细心，但是依然同我侃球。我猜想他夜里看球没睡好觉，白天又怕耽误营生，便带着疲惫上了路，来个看球挣钱两不误。没有机会同别人侃球，今儿个好容易碰见我，不管我懂不懂球，反正他得侃个痛快。听人说球迷都有这口瘾，光看不侃，别人就不承认你是个球迷。

又走了一会儿，我到家了。车停下来，他不无惋惜地说："师傅，咱俩还真有缘，下雨天一起侃球，真叫痛快。再有机会碰到，我还拉您，咱们再侃。"

我不想扫他的兴，说我不是球迷，便很正经地回答："那当然。"

他高高兴兴地开车走了，很稳很快地行驶在雨中。可是很快又折了回来，我以为他忘记我已给他车钱，回来要钱呢，我从衣袋中掏出单据，想让他看。只见他把车停在我跟前，摇开车窗玻璃，探着头说："师傅，我忘记告诉您了，报上预报，17 日夜里有世界杯决赛，巴西对意大利，您可得想着看哪。"然后掉转车头开走了，渐渐消失在淅淅沥沥雨中……

好你个球迷，真有你的。未想到球迷会这么快乐，我这个冒充球迷，还真想再冒充下去。不为别的，就为了球可结缘，还有那份开心快乐。

北京的季节

东南西北地方跑了不少，久居过城镇也有几座，要说这春夏秋冬季节，我觉得要属北京分明。

尽管这几年冬季有时缺雪，让北京人感觉少些情趣，夏天有时酷热似武汉"火炉"，让北京人感觉心情压抑，更不要说那驱不散的雾霾，成了北京人最大的心理负担。但是不管天气怎么样，北京在四季交替时候，依然是那么清清楚楚，一点儿都不含混。就拿夏天来说吧，开始是出奇燥热，好像扣在热锅里，后来也许阴雨连绵，又像闷在蒸笼里，整个夏天都很不好过。可是一到立秋节气，炎热戛然而止，天气立刻凉爽，早晚都得穿上夹衣。有点像北方人性格，没有商量余地，没有缠绵柔情，干干脆脆一条硬汉子。

正是由于一年四季如此分明，北京人比之外地人，更有福分享受不同季节的美妙。春天可以细看柳条泛青变绿，夏天可以河里尽情领略水趣，秋天可以倾听飒飒秋风唱歌，冬天可以感受冰雪清冷高洁。然而，四季滞居温暖南国的人，却少有缘分认识冰雪；冬天恋栈火炉的东北人，又很难饱赏似锦繁花。因为这些地方季节反差实在太小。唯有北京这块宝地，老天爷特别钟爱，季节如此多彩多姿。有时我在胡思乱想，多个政权把首都建在北京，考虑因素会有许多，这分明四季该算一个吧，以便让南来北往的人，好好享受天赐季节美。谁知道呢？

我这样说，并非认为四季如春的云南不好，并非觉得沉稳冷俏的哈尔滨不美，绝没有这个意思，更何况从居住习惯上来讲，在哪里住久都会有难舍的缠绵之情。我只是想说，这色彩缤纷四季，如同一本美丽画册，再美总不能盯着一页观赏，多翻几页看岂不更好。有变化就有美。这话大体不会错吧。人们在生活里追求刺激，甚至于嚷着喊着要换种活法，说穿了，还不就是寻觅变化吗？

我爱北京。北京许多方面，都让我痴迷，如幽静胡同、宽敞大街、说不尽故事的宫苑宅院、精美多样风味吃食，等等；当然，除了这些人间造物，还有这鲜明多姿季节。很难想象，假如没有享受过四季风光，假如没有穿戴过四季时装，生活该是多么单一，怎么会有波澜在心海涌起呢？北京人就没有这种遗憾。

近些年不断听人讲，全球气候正在变暖，北热南凉情况时有发生，这使我不得不担心，四季分明的北京，别再渐渐地没有了四季。倘若北京没有了四季，或者季节不再分明，花草也许会长开久绿，风沙也许会停止肆扰，北京会变得像广州那样俊俏清新，说不定这会让北京人一时高兴。只是万一永远定格在一个位置上，季节再没有了变化，那时怀念起现在的四季，北京人心中总会有几许惆怅吧！

这会儿大风正在窗外呼啸，写到这里不禁停下笔，侧耳聆听，我怕不久将来真听不到。别看现在有时讨厌风沙，万一真消失了，反而会觉得这季节里少了些什么。讨厌的有时会变成眷恋的。人的感情常常是这样。

温馨的灯光

曾经有过多年漂泊经历，开始是光棍一人四处奔波，后来结婚跟妻儿异地分居，那时最想看见又怕看见的，就是夜晚家家户户灯光。那些或明或暗的灯光，犹如亲人的眼睛，立刻会唤起我对故乡的思念，以及对于家庭生活的渴望。特别是在春节、中秋这样大节里，独自走在熙熙攘攘街上，无意间看见窗帘遮住的灯光，就会渴望家庭温馨与欢乐。这时我就想：什么时候，我有个家啊。

在我这时意念里，灯光就是家庭标志，仿佛只要夜晚守在灯下，无论白天有多少烦恼，多么疲倦，通通都会被灯光化解消融。

经过多年等待奋斗，我和妻子总算凑在一起，俩人不再住单身宿舍，后来有了不错的房子，这才有了真正意义上的家。记得刚搬进新家时，什么装修，什么家具，我连想都未想过，首先考虑买只大灯泡，把家照得亮亮堂堂。第一位前来贺喜的朋友，正好是在晚上，他走进家门，头句话就是："嗬，这么亮啊。你不怕费电？"这一方面说明，我简陋的家，实在没有什么好称赞；另一方面说明，灯泡度数是大了点儿，起码比一般家庭灯泡大。可是他哪里知道，我曾经有过对家的渴望，而这灯光正是殷殷寄托。

从第一次有了自己的家，到又一次迁入新居，这一晃二十多年过去，房间宽敞许多，布局合理许多，可是在装修和家具上，依旧无什么大变化，与原来最大不同，家里的灯更多了。除了依然让房间亮堂，还希望使用得方便，可见我对于灯的情结，即使生活安定也未消释。有时临睡前躺在床上，打开床头灯看书，偶尔回想到过去，自然而然地就想到灯。

记得在"五七干校"，为了晚上看书，用墨水瓶做了一盏灯，不小心碰倒，险些烧着被褥。一边收拾一边跟同伴说："将来我有了家，一定要安个床头灯。"这个可怜的小小愿望，现在总算实现。我和妻子的床头，各有一盏小灯伴眠。

有了家，家有灯，那么，感觉究竟怎样呢？用一两句话，很难说得清楚，这就如同吃甘蔗，也许没有刚吃时甜，然而它的韵味儿，却会久留在口中。这会儿有时夜晚外出，穿过华灯朗照的大街，我会激动不已，但是更牵动我心的，说实在的，还是家里的灯光。尤其是在冬夜里，浸满身寒气，灌一腔冷风，只要远远地望见，那熟悉窗口灯光，身子顿时就会温暖。

在家里过春节，住楼房不便贴春联，近年又限制燃放鞭炮，节日气氛显得清淡。为了营造点喜庆味儿，更为了寻找童年乐趣，我就在家里张挂灯笼。适合家里挂的灯笼，市场上卖的有各式各样，大都挺讨人喜欢。而我更爱那小小宫灯，古朴典雅、庄重大方，给人一种吉祥感。尤其是它那长长红流苏，在灯光映照下，缕缕闪着堂皇光彩，给节日的家增加不少温馨。

这家就是这么安详，这灯就是这般宁静。要是没有这明亮的灯，您平日到我家，准觉得狭窄局促；要是没有这盏小宫灯，您节日到我家，很少有喜气洋洋气氛。美丽灯具，熠熠灯光，融进我对过去思念，汇入我对未来憧憬，告诉我许多家庭故事。

记忆的茶馆

那是个很偶然机会，走进前门"老舍茶馆"。此前多次经过，想去都未去成。原因很简单，听人说价钱贵，舍不得掏这份钱。心想，不就是饮茶看玩意儿吗，何必这么破费。就这样，对于往昔茶馆的眷恋，对于今日茶馆的渴望，被我死死地抑制住了。然而，并非真的情愿这样，那诱惑的鬼火，依然在心中熊熊燃烧。

有位认识却少交往的作家，在"老舍茶馆"开作品研讨会，我和几位朋友一起去了，这才头次走进这家赫赫有名茶馆。同行的朋友问我，对这家茶馆印象，我没有具体说什么，真的，实在说不出什么，只是随口扔了句："不怎么习惯。"总算应付过去。

可是，有一样，我却无法应付——自己的记忆，自己的感情，永远滞留在真实位置上，谁又能移动得了呢？

小时候在北方县城生活，没有什么好玩地方，喜欢热闹的少年人，唯一去处，就是镇上那家简陋茶馆。有时放学回家路过茶馆，跟几位要好同学走进去，把沉甸甸书包往长桌上一放，要壶茶水，边喝边听说书，久而久之竟同茶馆有了缘分。最早知道的故事，最早懂得的人情，许多是从茶馆听来，比书本文字都记得牢。至于，艺人说书的神态，茶客聊天的氛围，那就不光是没有忘记，而是闭上眼睛一想就身临其境，茶馆情味儿依然飘香。

连我自己都觉得奇怪，几乎成了条件反射，即使是现在，有谁说到"茶馆"两个字，我立刻会联想起，那写有"茶"字招幌，那呜呜作响茶炉，如同热情好客老朋友，微笑着老远地同你打招呼。那股亲切、温馨劲儿，不由你不迅速移动脚步。这就是我记忆和眷恋的茶馆。

这会儿的茶馆，如北京前门"老舍茶馆"，房舍挺讲究，设备蛮豪华，只是少了温馨和随意。更不要说那价钱了，掏一点钱冲壶茶水，边饮边聊边看玩意儿，简直是办不到的事。说句不受听的话，这样的茶馆，只能供一般人观赏。这正是我说的"不怎么习惯"的所在。

有时我在想，是茶馆变得新了呢，还是我感情太旧了，想来想去，怎么都想不清楚。总之，我喜欢那种属于普通人的茶馆，掏块八毛钱，沏一壶酽茶，相识与不相识的人，坐在粗木凳上，边饮边闲聊，纵然没有说书卖艺的，那也一定很有情趣。人间真诚情分，生活醇厚温馨，都会似闷透的茶，永远飘散着缕缕芬芳。

希望的茶馆

倘若有钱有房，我真想开家茶馆。一家普通茶馆。名号不见得响亮，陈设不见得讲究，有座位能聊天，少掏钱能喝茶，我看就可以了。至于演出节目、供应点心，那倒大可不必，反正不想赚大钱。只是客人待的时间，不要限制，一定要让人家喝好聊透，尽兴而归，有机会还思谋着再来。

萌生这样想法，还不是现在，总有两三年了，只是这些天，比过去更强烈。有时在甜美梦境中，听到"茶来啦"喊声，脸上常常会绽出微笑。醒来才知道这是做梦。人说梦是白天思念。这样解释我的梦，大体还算说得过去。

那么，放着许多赚大钱营生不做，干吗偏想开家茶馆呢？而且是家本小利薄的茶馆。是不是耐不住生活寂寞，抑或是经不住商海引诱？都不是。理由很简单：朋友相聚得有个地方。

我这一生，可夸耀的事情，几乎没有。唯一可以自慰的，就是朋友比较多，而且很有几位，称得上是真正朋友。这几位真正朋友，既不是什么大款，更不是什么大官，都是在纸格子上讨生活。我之所以说他们是真正朋友，因为，在几十年交往中很少走样儿，即使我生活中遇到郁闷事，他们从无歧视、怠慢和冷漠。当我被小人诬害时，有的还挺身而出，理直气壮保护我。更不要说进入暮年，时时为我担心，隔三岔五打电话询问，生怕我生活无人照顾。在人人自保处处设防的年月，在道德崩溃人情如纸的今天，依然能够真诚相待无半点偏移，难道这还不是真正朋友吗？当然是。

这几位朋友的心地，无比纯净宽厚，很少存有功利，因此，尽管不是经常滚在一起吃吃喝喝，最多不过偶尔借助电话问候一声，但是彼此情感还是相通的。可是，毕竟都有一把年纪，总想找个地方，凑一起见见面。按说这是很容易办的事情，只是一旦真办起来，往往并不那么随心所欲，首先见面地方就难找到。

要说地方，这会儿的北京，还是蛮多，豪华气派有宾馆，花木葱茏有公园，总可以自由选择吧。从事实上讲，这话大体没错。倘若真要选择时，像我这辈人，就要犯难了。在大宾馆喝茶论杯，坐上半天儿，一个月工资就交待了，我们中有谁敢做东，更何况不习惯那种环境。找家小公园坐坐，门票倒是可省去，只是这会儿公园，早没有往日幽静，人多得简直像赶集，根本不适宜聊天儿。适合朋友相聚的地方，说真的，这会儿还真难找。

要说茶馆，包括赫赫有名"老舍茶馆"，北京可谓无计其数。我沾别人的光，有的去过一两次，总觉得不够味儿，有点像洋人穿长袍，看着就不舒服，更何况这些茶馆茶资不菲。现代化茶馆，对于普通人，只适宜观赏，不适宜饮茶，更谈不上浓郁茶馆情趣。我去过成都却未泡过茶馆，听说那里茶馆还是"原汁原味"，我想，那才是普通人休闲好去处。

我若真能开家茶馆，绝不学北京这几家。地点可选在有水有树的地方，给茶客营造个幽静环境；陈设不要怎样豪华讲究，有桌有椅能舒适交谈就得。价钱一定要让一般人掏得起，时间一定要让茶客把酽茶喝淡。总之，这家茶馆要舒适、温馨，充满浓浓人情味儿。

　　当然，这只是个人愿望，既无钱，又无房，我怎么能开成茶馆呢？我倒希望某些商家，不妨这么试试，开家平民化茶馆，说不定真会火爆起来。要是有朝一日，大城市有这样茶馆，千万可别忘记告诉我。我并非想索取创意费，而是邀请几位朋友，到那里喝喝茶聊聊天。倘若老板想到我出过主意，优待我少掏几十元钱，我想我绝不会拒绝。那就先谢谢了。

北京的秋夜

　　几乎没有过渡季节，暑热炎炎夏天刚过，两场秋雨骤然而至，这京城天气就变了。似秋，没有秋的清爽舒畅；像冬，没有冬的凛冽寒冷。如同世间许多事情，应该是这样却不是这样，让你在疑虑之中奈何不得。这正是"最难将息"的时候。

　　不过，秋天毕竟是秋天，夜晚毕竟是夜晚。沉寂萧条的秋天夜晚，街头比之夏天更显宁静，走在华灯映照的宽敞大街，远比夏天更惬意更舒适，就随意地多走了一段路。刚才跟朋友们开心聚会，就像大块晶莹冰糖，依然甜蜜地含在嘴里，久久舍不得嚼碎咽下。边移步边回想地往前走，不知走了多少时辰，觉得实在有些力不从心，就想赶快乘车回家。偏巧这是个两不靠地方，"打的"不在路边儿，乘公交距车站远，就犹犹豫豫地走着。

　　突然，一辆红色夏利出租车，稳稳当当停在身旁，一张微笑面容探出车窗："这位先生，您好。请问您是要打车吧？"我犹豫一会儿，勉强地"嗯"一声。出租车司机师傅，主动帮我推开车门，热情而利索，我再不好说什么了。跨进车门刚坐定，司机师傅打开计时器，喇叭里传出预录问候声。这一切都是那么自然自在，几乎没有任何生硬感觉。

　　司机是位中年人。有张微笑的脸，更有张善谈的嘴。我们边走边聊。谈变化天气，谈夜晚街灯，谈堵塞道路，谈偷税影星，谈黑心贪官，谈下岗工人，谈"的哥"种种奇遇，总之，凡是能想到的事情，这一路都谈到了。他那滔滔不绝的话语，犹如车下滚动的四轮，让我没有机会插话。后来终于我可以问话了，就说："我刚才是想打车，总有十来辆出租车，从我身边很快开过去，我想拦都拦不住，就又往前走了走。你叫我那个地方紧靠便道，可是，你怎么就知道我想打'的'呢？"

"您看，这您就不明白了不是吧。其实是您自己告诉我的。我见您走一走回头看一看，那种想走又不想走犹豫劲儿，说明您是在找车，所以我就主动地开过去问您。您看，这不就是咱们有缘吗？"我听了不禁暗自称赞。的确，我是想打"的"走，可是我眼神不好，不知道哪辆是空车，随便招手拦一辆坐，怕拦一辆"富康"，舍不得多花几元钱，自然就有些犹犹豫豫。就这么边走边回头，结果走到这个地方，却不适合停车，竟然巧遇这位师傅。

接着他告诉我，他比别的出租司机，每天少说得多挣一两百元，窍门就是他有眼力见儿。他说："咱开车不就是为了挣钱吗，想挣钱就得找钱挣，您刚才不是说了吗，从您眼前开过好几辆车，您想拦都拦不住，这不就等于把钱丢了不是吗。我不是这样，只要不是在交通主干线，尽量开慢点儿观察行人，看有人想打车又犹豫，我就上前去问问，就是人家不打，对我也没什么，万一有顾客正找车，我一问，不就走了不是吗，您说是吧？"

"有道理，这算是顾客心理学吧。刚才你要是不主动来问我，我肯定还要再走几步，起码要找个靠路口地方等车。"我这样说。他听后笑了笑说："我总觉得挣钱就要挣个聪明。我们开出租车的，算是体力活儿，可是，你要是稍微动动脑筋，就会多挣个百八十块。比方说，有的出租车司机中午不愿意动，认为中午都休息没有活儿，其实，这要看你在什么地方，我就经常中午在大机关附近爬（停）车，有时活儿还挺多的呢。女干部没有时间上街购物，有的就利用中午休息时间上商场，来来回回都坐出租车，这会儿不塞车跑得还痛快。这样方便钱干吗不挣呀。"这同样是对顾客心理的揣摩。

从朋友住处到我家，时程不过 20 分钟，由于途中不断塞车，走走停停，停停走走，足足用了 40 分钟到家。路上幸亏有这位善谈司机聊天儿，不然谁知会有怎样难耐寂寞呢？他一席话犹如秋风，让我感到快意，更使秋夜温馨许多……

得大自在

从原来居住地方，迁入新居以后，总算有个客厅，朋友们赠送书画，就有个挂处了。起初像小孩子得新衣，一件一件试着穿，我喜欢的这些书画，也是一件一件换着挂。开始选挂书画，只从形式上考虑，哪幅画装裱得好，哪幅画颜色相宜，等等，倒是给了我些许乐趣，重复几次就觉没意思了。后来就从内容上挑选，哪幅书画的意思，更贴近自己想法，就选哪幅挂在显眼处。这其中挂的时间最久的，当属诗人艾青和牛汉的，这二位书赠我的条幅，都不止我挂的这一幅，只是这幅更符合我心态。艾老那幅挂到纸发黄，实在觉得于心不忍不敬，我才重新揭裱镶框，至今仍然悬挂我书房。

艾老赠我墨宝是 1982 年，当时我们"右冠"刚摘，艾老给我写了这样几个字："时间顺流而下，生活逆水行舟"。像我这样从二十几岁起，就开始成为"运动员"的人，整个美好前半生，都在坎坷中度过，好容易恢复正常人正常生活，于略觉宽松同时，想起过去常有怨艾，老诗人这句话，无形中给了我一定启示。

我拿到就想装裱，去画店一问价钱，吓了一跳，以我当时工资收入，简直无法让我如此"奢侈"，只好请一位画家朋友，在他方便的时候，为我装裱这幅字。这位朋友在内蒙古师院读书时，曾跟画家刘大为同窗，装裱毕竟不是他专长，裱出的样子可想而知，但就是这样让我也着实高兴。没事时候独坐家中，边观赏艾老的字幅，边任头脑遐想，品咂老诗人这两句话。同在 1982 年出版散文集《生活，这样告诉我》，特意把它制版印在扉页，把这位诗坛泰斗的人生体会，让更多年轻人一起分享受益。

诗人牛汉先生赠我条幅，只有"得大自在"四个大字，是在我迈入老年行列以后。这位我敬重的兄长和文友，他的诗歌读得不多，他的散文见到必读，特别是写童年生活篇章，我尤其爱不释手，常常拿来细细地品咂。在如此浮躁世风下，没有颗宁静的心，很难有洒脱情绪，回忆逝去的遥远往事。这正是他拥有"自在"的结果。事实的确如此。熟悉他的人知道，他淡泊名利，他豁达率真，是位有传统品德的文人，而且为人特别侠义。我主持《小说选刊》时，请他来出席座谈会，他直率地说："许久不参加这类活动了，如果不是柳萌老弟主持这个刊物，小说跟我又不搭界，我才不来呢！"令我十分感动。

牛汉兄书"得大自在"四个字，出自北京大佛寺正殿匾额。年轻时多次去大佛寺，只是没有留意这块匾。即使是那会儿看见了，谅也不会有何感悟，人世间许多事情，未经过亲自体会，是很难真正明了的。自己沉沉浮浮生活，别人抑抑扬扬名利，都使我长了见识、明了事理，最终总算感悟到，金钱和名利都是累人东西，更是转瞬即逝、过眼烟云。唯有"自在"才是人生最可宝贵最值得珍爱的。

对于"自在"二字，不知牛汉兄如何理解，我想，由于人们生活经历不同，大概总有不同的理解，绝对不会是一模一样。

我前半生极不平顺，能保住性命就算不错了，哪里还有什么"自在"可言，别的诸如名啊利啊什么的，更不敢有此非分之想。可是等到恢复了正常人生活以后，正常人性情就来了，如对名的注意，如对利的向往，都或多或少困扰过我，这时同样不可能有"自在"。

真正尝到"自在"滋味，真正知道"自在"可贵，实在有些东西拥有过又失去了，这时才顿悟人生真谛，觉出"自在"可爱，知道"自在"是好东西，进而力求自己活得"自在"。

那么，何谓"自在"呢？我理解的"自在"，说白了，就是：一切事物顺其自然，不要刻意追求怎样。特别是对于名利的事情，万万不可为一时快慰，丢失人格和自尊，干些正直人不齿的下三烂勾当。干这种事的人永远不会有"自在"。当然，我这样说，并不是要让人们凡事都忍，明知有理不说，明知不对不讲，这样做势必会心灵受折磨，同样不会有真正"自在"。

我理解的"自在"，如果大致不错，那么，这样的"自在"是不是不好得呢？我看并不尽然。据我不完全的了解，文学界很有几位师友，就属于得"大自在"的人，他们按自己性情生活，不巴结权势，不轻慢凡人，悠闲自得地读书写作，日子过得颇为安逸淡定。以这几位作家资历、成就而论，跟那些头衔多作品少的人相比，他们要个一官半职并不为过，可是他们从不把这些虚名放在心上，这样反而更受同行尊重和爱戴。他们不卑不亢的品德，使他们活得很轻松，绝不像善于钻营的人，今天想着给这个打电话问好，明天想着给那个送点礼致意，终日心神不定地看着别人脸色。纵然捞上个什么官儿，恐怕更比常人劳累，根本不可能有"自在"。

生活在今天的人，要想达到"自在"境界，并非人人都能轻易做到，但是只要我们有意修炼，我想总还是可以学得一二，这就足够一生受用了。牛汉兄条幅"得大自在"，我之所以常挂厅室，正是想时时提醒自己，学习几位可敬师友，尽量排除各种杂念，让自己活得"自在"。倘若能得到"大自在"，更是来生预修的福。岂不快哉。

难咂回味酒

人生的话题，永远说不尽，不然，人们就不会无休无止地说。可是，说了千年百代，还是没有说明白，最后只好自我解嘲，有的说人生百味，有的说人生五味……终究没有谁说得准。究其原因很简单，人的生活经历不同，体会就自然各异，说法怎么会一样呢？

这会儿轮到我说了，不敢夸海口，只能从实招来。人生百味未尝过，苦辣酸甜都有过，一样不少，属于那种活得够味儿的主儿。这人生够丰富吧！

那么，我的体会如何呢？依我八十年感受，人生是苦是辣是酸是甜，都是指当时特定环境，时过境迁，往事烟消，重新咀嚼如同咂摸老酒，实在拿不准当时滋味儿。所以我很欣赏大诗人苏轼诗句："世事一场大梦，人生几度秋凉。"既然往事挥之不去，那就留下点惆怅何妨。

人之所以会渐渐长大，一步步走向成熟，正是因为有多种经历。倘若，永远定格一种经历上，永远沉浸单一体会中，那还算是什么人生？充其量不过是种简单活法，绝不会有惊心动魄震撼。

已故前辈孙犁先生，文学成就不必说了，我更景仰他的品德。他一生淡泊名利，疏离文坛，寂寞为文，坚持操守。在当今社会里，在当今文人中，这样的人找不出几位，因此，他的存在越发显得可贵。

　　曾经走进孙犁先生家，为杂志约稿，聊天时说起我坎坷遭遇，我的心情满含苦涩和委屈，满以为他会给我些许同情和安慰，未承想他却不以为然，几乎没有听完我的话，便冷冷淡淡地说："过去的就过去了，不必再说了。人活一辈子都很不容易，什么事都可能碰到。没有大起大落，没有大喜大悲，那还算什么人生？你都经历过了，比起未经历过的人，你对生活就会有更深刻理解。"听了老人家的话，我头轰地涨大起来，真想马上扭头走开，心想，您老人家倒说得轻快，我那些苦，我那些罪，我那些冤屈，难道就白受了？思前想后怎么也想不通。

　　距孙犁先生说话时间，一晃几十年过去，我也到了他当时年龄。期间又经历过荣辱浮沉，生活这册厚重大书，新增加了沉实的几页，重温他讲过的那番话，我才仿佛有所感悟。人活得像他那样处事不惊不乍实在不易，倘若没有过酸甜苦辣多种经历，绝不会有这般镇定自若充满自信。这样的人生才是丰富而真实的人生。我们既然经历过，这不是很好吗？再去计较去回味，还有什么意义呢？

　　有首《潇洒走一回》的歌，许多年轻人都喜欢哼唱，似乎道出了生活真谛。其实，生活哪会有那么多潇洒，在这万变大千世界里，倘若真能应付苦辣酸甜处境，做到任何情况下都不失本态，就是个真正响当当的人。

　　欢乐与悲愁都是生活过程，人生价值就是在过程中体现，无论结局多么辉煌，无论事业多么成功，没有多变跌宕的过程，平顺经历多少是个遗憾。当然，并不是说，非得人为地制造苦难，万一在不得已情况下遭遇苦难，就应该直面对待，并当作财富积存下来，这就是真实而丰富的人生。我之所以说，回味酒咂不出，就是这个意思。

　　端起人生这杯酒，为往日干杯！不管过去有多少艰辛，多少苦涩，经历过了，体会过了，这一生一世就值得了。如果非要为今天举杯，那就更要为明天祝福，因为明天有更壮丽人生。这壮丽包含苦辣酸甜滋味儿，只有去真实地体会一番，这辈子才未白活才有意思。

城市的情绪

这会儿城市生活，实在过于浮躁。无论走到哪里，都很难摆脱——喧闹无常市声，光怪陆离霓虹灯，蠕动如蚁车辆，勾肩搭背青年男女，五颜六色服装旅行者，以及无所不在流行歌曲……组成一个不停变换的彩色球灯，在城市天穹下急速旋转，弄得你眼花缭乱目不暇接。喜欢宁静安详生活的人，如今只能在记忆中寻觅，或者与同代人谈天重温。

可能是受这浮躁气氛感染，连过去性格比较内向的人，现在都不想待在家中了。他们早晨在公园蹦蹦跳跳，白天去证券交易所炒股，即使在晚上看电视，都要看带刺激性节目。那些曲调舒缓乐音，那些情感清纯油画，似乎成了怀旧专利品，现代人根本不屑一顾。急性子年轻人，走路快说话快，连恋爱都想吃"无花果"。有次跟一位小伙子聊天儿，说起我们年轻时谈恋爱的事，他不禁笑了起来，他说："那还叫谈恋爱，简直是外交谈判。你看我们现在，直来直去，利利索索，没几天就进入'情况'。"我听后同样感到有些不解，甚至于觉得有点轻率，后来再一想，这就是现代人生活，我就没有再跟他说什么。

这样急急促促的生活，这种粗粗拉拉的情感，就真是现代生活吗？我没有把握完全弄懂。直到有一天跟几位年轻人喝茶，我们安安静静坐在一起，谈天说地，侃球聊人，我才真实感悟到并非全是这样，原来他们同样渴望平静而自在的日子。有位年轻朋友说，风风火火地快活几年，弄得人像机器似的，实在没什么意思，人还是要活得有点情趣有点味道，这样才会有深沉思想，不然，岂不是成了无情无义的人。噢，原来如此。我很高兴这位年轻人情绪回归。

当然，我们不能强求所有人情绪一样，就是同一个人由于生活环境变化，还有可能有不同的情绪呢，何必非要人人都在一个模子里呢？但是，只有更多时候使自己情绪保持平静，不让过多物欲诱惑，我们才有可能生活得自在。过去不见得过时，流行不见得现代，所以我依然觉得，品味生活对于每个人，都是莫大享受莫大快乐。匆匆忙忙，浮浮躁躁，也许会得到些丰厚物质回报，但是在精神上却失去难得拥有，这对人生是一种错过的遗憾。值得欣慰的是，这会儿有的人开始意识到这点，这总是好事。

有时去逛书店，见年轻人端着书，或坐或站阅读，就会想起我在青少年，也是在书店里，也是这样阅读，一点一滴吸取知识。在书香环境里泡久了，自然就陶冶了性情，这时你就会觉得，人的情绪不总是风风火火，有时更需要自在和安静。近来听不少朋友说，有人到郊外寻找安静，说明厌烦城市喧嚣。可是躲避总不是个事，城市宁静靠大家维护，有个幽静环境人人都快活。

证券所里的眼睛

总有许多天，一早一晚散步，经过一栋小楼。门口有保安站岗，很像银行营业所，只是不像银行那样，不断有人出出进进，从招牌看是家证券机构。这样的门脸，这样的警卫，这样的冷清，我不敢贸然闯进。

又是一个早晨，散步走到这里，时间是 8 点半。楼门铁网徐徐启开，男女老少鱼贯而入，却不见警卫有任何阻拦，更不需要任何证件。完全出于好奇，我尾随这些人之后，跟着跨入门槛，跟着走上二楼。这真是家证券交易所，难怪吸引这么多人。我从未到过这类地方，这次误入能马上认出，凭借看过的电影电视，还有类似《子夜》小说。写经济生活文艺作品，都有这样场景描写。

这家证交所地方不大，狭长大厅不过百来米，几块方形褐色屏幕挂墙上，依次标示各家证券名称，不时闪进闪出在眼前，如同一块神秘莫测的魔板。屏幕前摆放着百张小凳，很快便忽拉拉被人占满，后来者只能站立一旁。或坐或立者目不转睛，屏声静气盯视着屏幕，像观赏一部迷人大片，却比观看电影更投入。尽管屏幕上是单调数字，既无美丽画面，又无生动情节，仍然犹如一块强力磁铁，紧紧吸引着不肯偏移的眼睛。

我观察过不同场合的眼睛，譬如足球场球迷眼睛，是那么激动不安，跟足球滚动腾飞；譬如剧场戏迷眼睛，是那般变幻莫测，跟剧情变换悲欢，这些眼睛都能袒露心灵声音。唯独这证券所里眼睛，每双都是那么沉稳、单调，仿佛是那屏幕证券翻板，再大屏幕再多证券，每双眼睛只盯其中一两个，而且都是无声无息静观着，如同等候某个庄严神圣时刻。从眼睛里几乎窥视不出，这些股民内心世界深处，他们想什么担心什么只能猜测。

然而，对于屏幕上数字变动，这些眼睛显得异常敏感，倘若偶然碰上变化的眼睛，说不定会看出刹那间贪婪或懊丧心绪，毫不掩饰地一览无余流露出来。

这证券所里的眼睛，别看是这般沉稳，从中难以觉察出内心秘密，但是我相信，这里的每双眼睛，都牵动着紧张神经。假如不是怕扰乱藏匿着祈盼的眼睛，我真想随便找位股民聊聊，问问他们此时到底在想些什么：是对金钱的渴望，抑或是时光的消磨？我想无论如何不会仅仅是，观赏那屏幕上数字变化。

最终还是忍住了性子，没有发问，我便快步走出了证券所。

回家路上，边走边想，刚才见过的那些，留给我最深印象是什么？还是那一双双眼睛——充满祈盼的眼睛，表露懊悔的眼睛。什么叫欲望，什么叫贪婪，什么叫惊恐，什么叫高兴，什么叫疑虑，什么叫担忧……这证券所里的眼睛，说得明明白白清清楚楚，没有一星半点模糊、含混。人性的本质都在眼睛里，哦，这证券所里神秘莫测的眼睛。

享受读书的快乐

悠闲时候泡上杯茶，懒散地坐在窗前，捧着一本书阅读。茶气袅袅，书香漫漫。不时地呷上一口茶，随意地翻上几页书，心神都会清爽如风。所有声音都哑默沉寂，听到的只是自己的声息，还有那书页翻动声，整个人仿佛都融入书中。这时难道不是一种享受吗？反正我一直固执地认为，如果人生有种种快乐，读书恐怕是最大快乐。尽管进入高科技时代，纸质图书这条绵绵长河，依然翻波起澜生生不息。

每次一本新书出版，看到读者排队购买，就会自然想起年轻时，自己购书找书情景。那时北京的书店，没有现在这么多，书店最集中的地方，当属王府井大街，只要听说有新书出版，下班后连饭都不吃，赶紧乘车往书店跑。倘若能顺利地买到，立马就会在店内翻阅，然后再去找地方吃饭，"先睹为快"此时深有体会。要是书籍已经售完，得先登记预购手续，心里踏实了才会离开，可是情绪上会有些沮丧。

记得有次发行新版《鲁迅全集》，因为发行数量有一定限额，我在书店办了预购手续，心里总还是有些不放心。乘车走到半路又折回去，找一位购书认识的营业员，请她一定为我钉着这件事。直到有天这套书拿到手，就像小时候过年拿到新衣，别提心里有多么高兴啦。

当然，比这更高兴的还是阅读，拿着一本新书或喜欢的书，慢慢品咂书中内容，细细咀嚼精彩语句，感觉真像吃顿美餐，许久想起都会余味无穷。把书籍称为"精神食粮"，我想就是来自这种感觉。小时候初读《水浒传》，读到那些除害兴义故事，不仅会为梁山好汉们喝彩，而且自己仿佛就在其中，一股侠气飘飘然然地加身，哪里还记得此刻正是何年，直到母亲走过来叫吃饭，猛然从书中情境走出，这才意识到原来是种神往。

大概就是从这时候起，渐渐培养了读书兴趣，除去不能读书的岁月，这一生总是以书为伴。读书成了我的爱好，图书成了我的朋友，所以，友人让我为书房写句话，我总是毫不犹豫地写："书是宝"或"读书求趣"、"读书使人高尚"。这既是我读书体会，更是对图书的敬重。

在今天拥有一部电脑，如同拥有整个世界，有的人对于纸质图书，开始有些厌倦了、嫌弃了，更愿意从网上快速阅读，这样做并不是不可以，只是从感官享受上，绝对没有读书的快乐。这两种阅读方式我都有体会，如果让我打个比喻的话，网上阅读好像是乘飞机出差，直来直去毫无任何悬念；阅读图书好像坐牛车去姥姥家，慢悠悠地观景赏花心含喜悦。所以不管怎样担忧图书命运，我始终抱有热情和希望，因为只要你想借阅读享受快乐，这种方式就永远不会消亡。而且，随着更多人浮躁情感减退，传统阅读方式仍然会受钟爱，有关媒体报道古典中外名著，高印数问世后招来读者抢购，就是对此最好的印证和说明。

做为今天的读者，真的很幸福很幸运，每年都有新图书出版，任你自由自在地选购，然后回家悠闲地阅读品咂。尤其是图书品种比较齐全，连国外新上市图书，都能及时翻译出版，这在过去简直不可想象。我至今还清楚地记得，早年按级别凭证购书情景，那简直是对读书人亵渎。现在，有这么好的读书环境，有这么多的图书供应，我们没有理由不读点书。图书如同活水浩荡海洋，读书人畅快地游来游去，充分享受这赏心悦目的快乐，这人生岂不是更为美好吗？老作家吴祖光先生，健在时给年轻人题字，最爱写的一句话就是"生正逢时"。我想套在读书上，可谓"读正逢时"。

酒象种种

我不会喝酒，酒给予的生活乐趣，自然就会少去许多。我常常为此感到遗憾。可是我敢这样说，对于酒人状态，我见过的并不少。这跟我多样经历，可能有一定关系。比方说，正常人喝酒，许多人都见过，那么，获"罪"人喝酒，就不见得见过，我却有过这样机会。以我多年观察，喝酒状态，大概有这样几种。

一是喝喜庆酒。结婚、寿辰、得子、乔迁、开业，遇到这些传统"项目"，摆酒庆贺一番，这就不必说了。连炒股赢了、评上职称、坏人倒霉，都有人要喝顿酒，好好地庆贺庆贺。至于子女考上大学，父母捞个一官半职，全家人高兴至极，都会想到酒。这时的酒，喝得最痛快最热闹，醉得烂如泥，都不觉得醉。还要不住地说："太高兴啦。"

二是喝自在酒。这样的喝酒人，性情不见得孤傲，在喝酒行为上，却绝对不怎么大方。在他们看来，酒只有独酌独品，那才有味道。许多人凑在一起，你劝我推，行令叫阵，那不叫饮酒，那只能算作灌酒，哪有自己喝自在。这样的人饮酒，有个明显特点，即佐酒菜不见得讲究，甚至于无菜都成，只是酒一定要好。酒好，才有味儿，有味儿才自在。

三是喝闷酒。喝闷酒的人，一般说来，不是很常见。这样的人在平日，都不是嗜酒如命，只是遇到愁事烦事，如失恋、离婚、退休、要官未捞上，感情上非常落寞，又不便跟别人讲，心里觉得别扭，这时就想起了酒。喝闷酒的人，大都不张扬，找个背静地方，自己一个人去喝。这种人有个特点，边喝酒边唉声叹息，叹息比喝的酒还要多。

四是喝气酒。生气喝酒的人，一看就知道，眼发直，乱蹾杯，酒未醉脸就红。生气原因，甭问，问也白问，要么不搭理，要么就戗你。猜想他生气原因，不是跟老婆吵架，就是跟孩子怄气，要不就是气单位头头太贪，实在没辙，就来上二两消消气。酒喝了，气消了，情绪恢复正常，顿时觉得这年头，幸亏还有酒，这要是倒退三十年，连酒都买不上，不就是气上加气吗。这么一想，心就平顺了。

五是喝消闲酒。遇到下雨阴天，或者闲着没事儿，心情又不错，就想起了酒。能有一两位酒友更好，找不到伴儿，自己喝也行，反正就是消闲呗。喝消闲酒的人，总是慢悠悠地，边扯闲篇儿边喝，倘若是自己喝，说不定还得哼哼小调，要不就是敲敲筷子，谁让有闲情逸致哩。这种爱喝消闲酒的人，我以为是酒人当中，最为得意最会用酒的人。

六是喝誓言酒。现在喝誓言酒的人，好像没有过去多，原因是现在有不少主儿，说话不算话，别说是以酒明誓了，签订合同公证过，到时说不认就不认呢，喝酒起誓又能怎样。从无数事实得到教训，干脆免来这一套，真到了不认账地步，就真动真格的吧，该怎么着就怎么着，倒不至于把酒糟蹋了。

我只说了上边六种酒象。诚然，喝酒景象，绝不止这些，这不过是我见过的罢了。别的还有什么，那就得由酒中豪杰们补充了，因为我毕竟跟酒不沾边。不过就是这简单几种，从中亦可以看出，酒之所以受欢迎，大概正是因为它会来事儿，见啥人哄啥人，谁都不想得罪，所以在人世间颇有人缘。

作为酒，有这种品质，蛮好。作为人，若是这样，恐怕就不足取。

健康始于不停步

不知从何时开始，"生活质量"这四个字，经常挂在人们嘴边，跟当年"吃了吗"一样，成为城市人口头禅。可是，什么是生活质量呢？问十个人就有十种答案，各有各的需求，各有各的感受，没有统一质量标准。不过仔细追问，有一点可说是共有。首先得有个好身体，不然，这个质量那个质量，通通都是镜花水月般美丽，禁不住风吹雨打摧残。由此看来，健康身体，无论对谁，都至极重要，健康是生活质量坚实根基，否则，怎么能盖起向往大厦？

说到健康身体，就不能不说平日锻炼；现代生活讲究多元，这身体锻炼亦如此。各有各的锻炼方法，各有各的锻炼时间。我的锻炼谈不上方法，只是多年养成走路习惯，一天不走吃不香睡不好，就连如厕都感觉困难，久而久之就算身体锻炼了。至于时间只是相对固定，夏天早晨七点左右出门，冬天下午两三点下楼，有时走一个小时，有时走半个小时，从来都不跟自己较劲。回来顺路去超市购物，锻炼采购两不误。没有特殊情况，比如雾霾或雨雪天，几乎日日如此。如果这也能算养生，这就是我的养生，而且除了走路之外，别的锻炼拉我也不会去。

而我走路习惯的养成，又跟我生活经历有关。1957年被划成"右派分子"，强制离开舒适机关生活，从北京发配北大荒劳改，北大荒地域辽阔荒凉，修水渠、种大田、伐木等劳动，场所距离农场驻地都很远，上工下工硬是逼着走路，这样就练就了两条腿。"右派分子"

帽子摘掉，再次流放内蒙古，分配到电信工程总队，继续在野外劳动改造，埋电线杆子、拉电话线，同样得靠这两条腿走，而且地形地势经常变化，这走路就更要硬功夫。这一走就是几十年，从不适应到适应，从适应到自觉，从自觉到习惯，从习惯到自然，渐渐成为我生活内容。

政治身份恢复正常，回到年轻时居住的北京，外出交通工具比较方便，上班下班单位还有班车，可是我还是愿意走路。因为喜欢北京胡同生活，每天上班途中专找小胡同穿行，走累了或者快到上班钟点，这才就近乘坐公共汽车。这时走路跟劳动时走路，从感觉上到心理上完全不同，如果说当年走路出于无奈，那么，现在简直就是一种享受，既可以沿途观赏市井风光，又可以达到自然健身目的，这走路真的让我感受到快乐。

前些年还坚持爬楼梯，十层楼上下毫不气喘，年至耄耋又多病缠身，就不敢冒险爬楼梯了，走路就成为唯一锻炼。原来最好部件当属腿脚，如今没有过去灵便，但是还能蹒跚行走，我就短途倚杖而行。仍有走路可能就不算太老。走路成了我的爱好，走路成了我的生活，我健康身体就来自脚下。

简单穿戴享舒适

我有位作家朋友，吃穿都比较讲究，因此，对于别人吃穿上的事，他就格外留心在意。有次跟他喝茶聊天儿，见我穿件布夹克，而且还皱皱巴巴，他说："你又不缺钱花，怎么不穿讲究点儿，我知道你有西装，好像未见你穿几次，留着干啥。"对于他的话，我只是报以微笑，未做回答。

这位朋友说的倒是实情。跟经济拮据的人比，我现在手头还算宽裕，正常消费绝不成问题；公家发自己做的西装，不管质地好坏总还有几套，都长期闲置在衣柜里。不过，这位朋友忽略个事实，普通人吃穿上的事情，绝对不能由金钱论短长，还有个舒服适意问题。而舒服适意对于健康，远比吃穿好坏更为重要，可以说是生活质量反映。

老作家林语堂先生，既写过《京华烟云》小说，又翻译过大量欧美作品，可谓学贯中西出入豪门，可是，他最愿意穿的衣服，并非西装革履洋服，而是普通中式布长袍，理由是，穿西装打领带受拘束，穿中式长袍舒服、随便。您看，一个舒服，一个随便，都是人的感觉，再有钱又如何，难道可以买来吗？显然办不到。有钱人可以置办锦衣华服，却买不来舒适、自在感觉，倘若你有了这样感觉，又何必非得应和世人，牺牲个人生存空间呢？实在无此必要。

常言讲的"穿衣戴帽，各有所好"，暂且不说。单从起居随意考虑，简单穿戴很合我意。一来是穿着不必格外留心，想在哪儿坐就在哪儿坐，比穿衣讲究的人休息得好；二来是价钱不贵买得起，穿新衣服机会要多些，心情上就会永远畅快。如此，对于身体岂不是大有裨益。所以，我买衣购鞋从不看牌子，只看是否穿着轻松、舒适，再看价钱是否值两三年穿戴。只要合乎这两点，就会毫不犹豫地买下，即使吃亏也不会后悔，自然就对身心少些损害。

当然，穿戴也得适当讲点礼数，不能完全由着自己性子，在以衣帽取人的社会，穿戴过于随便、邋遢，在有的场合会遭白眼，同样因不愉快而伤身。我就遭遇过两次尴尬，一次是去大饭店开会，一次是去大宾馆访友，因穿得寒酸被门卫盘问，弄得我当时很不高兴。后来再去大饭店大宾馆，就特意找出西装穿上，像演员似的逢场做戏，只是穿上同样觉得不舒服，不过总比被门卫盘问要好。

人说，穿着小事莫等闲。应该从两方面理解，一方面是说，穿衣戴帽是给人看的，在一定场合要注意观瞻，让别人不至于大跌眼镜，使自己也得到某种享受；另方面是说，穿衣戴帽是起护身作用，首先要考虑身体冷暖，不能为得到一时的美，而忽视衣帽基本功能。如果我的理解说得通，向往快乐和健康的人，在穿着方面就要考虑舒服，舒服才有快乐，舒服才有健康，假若穿衣服犹如木板加身，即使再美丽恐怕也不快活。

总之，衣服，首先是给自己穿，其次是给别人看，摆正次序才会健康、悦目。光追求名牌、质地、式样，无论穿谁身上多美丽，只是个行走的衣服架子。

顺其自然气通达

从识字那天起，看卖的字幅，观赠的墨迹，写得最多字句，就是"忍"或"忍为高"，好像为人处世只要"忍"，就会平平安安度日。碰到本该气愤动怒事，由着自己脾气发火，在许多人看来不可取，甚至于会认为伤害身体。于是，就有"小不忍则乱大谋"之说，就有无数强制性情的人，遇到什么事情无论对与错都"忍"，"忍"成了修身养性高境界。

到底应该怎样看待这个"忍"呢？我是这么想的：一旦遇到令人气愤的事，倘若考虑维持表面太平，"忍"倒不失为一个办法，但是从养生方面来看，"忍"并非十分可取。水不流不畅，气不放则堵。这是再普通不过道理，人心里有别扭不说出来，死死地埋在心里，强忍下来果真就好吗？我不相信。依我看，每个人性格不同，还是顺其自然更好，慢性子人能忍就忍，急性子人难忍就说，这样反而更有益健康。在现实生活中，生闷气致病者，还是大有人在，而在这些人里，十有八九性格外向，由于过分压抑性情，结果伤害了身体。

不过有一点得讲明白，我这样说，并非是让人像炮仗似的，无论什么情况都点火就着。通常不是过于无理的事，又觉得火不发出来好，那就不妨忍耐一下，然后心平气和地想想，别人有哪些不是，自己有什么不妥，寻找到心理平衡点，让自己情绪得到梳理。这样的"忍"会有利健康。最可怕的是，想忍住又忍不住，想发火又不敢发，让自己性情受折磨，这样就不止是伤身了，同样会使心灵受损。

　　我总觉得，还是按个人本性处事为好。有位在国外生活多年的朋友，有次跟我说，美国人如何如何直率，想问题多么多么简单，跟中国人比起来反而好处，朋友说的我能相信和理解。只是有一点不能不看到，就人的本性来说，并非所有中国人，性格都不"直率"，处事都不"简单"，而是我们所处环境，让一些人性格扭曲了。过去不是有"夹着尾巴做人"说法吗，这是明显地压制性格压抑人性，结果造成许多人学会伪装和掩饰，使社会原始生态遭破坏。在处处设防气氛中生活，个性不能彰显，心迹不敢表露，长此以往地成了"双面人"，身心很难有真正健康。

　　我看到过一则报道：我国长寿老人多了，七八十岁不稀奇，九十奔百有的是，这既说明社会环境正常，更说明人们活得自然，身体和心灵都较少束缚。年轻人生活状态不必说，完全可以用"活得舒畅"形容。那么，老年人情况如何呢？用"随心所欲"来表述，我看并不为过：鹤发红衫可见，七旬歌舞常有，择偶寻伴明说，只要快乐何求。这是多么顺其自然，这是多么人性舒展，当然，就不会有不健康的道理。

　　由着性情生活，按照脾气度日，只要不违规犯法，就像山泉水那样自由自在流淌，我以为，这是老年人健康最重要因素。白居易有诗云："蜗牛角上争何事，石火光中寄此身；随富随贫且为乐，不开口笑是痴人。"把人生说得如此明白透彻，我们还有什么理由，不随心所欲地生活呢？我们还有什么借口，不把日子过得快乐呢？

聊天儿有益身心

人有七情六欲，就有喜怒哀乐。活一天就要奔一天，哪有总是顺心时候，跟人打交道犹如过河，谁知道水是深是浅，难免会遇到窝心事。这时候最容易折磨人。如何处理就看个人啦。我遇到不痛快的事情，经常采取的办法，就是找朋友聊天儿，淤积心中的烦忧剔除了，心情好了自然有益健康。

听一位老中医讲，气不通则淤，淤则痛。他说的是疾病。梳理心结，同样适用。有些人由于性格内向，遇到不快活的事，碰到不讲理的人，既不想躲避，又不想发泄，只是自己生闷气，久而久之就要成病。实在划不来。倘若找熟人或朋友，跟他们唠叨几句，把"苦水"都倒出来，心里不就痛快了吗。这就叫自己安慰自己。为什么要找熟人或朋友呢？因为比较方便。家里有老有小，关系如此亲近，说得重说得轻，容易引起担心，给家人增添烦恼，反过来又会影响自己。再说跟家人不便什么都讲。找熟人或朋友就无此之虞。

我退休以后，会议很少参加，热闹根本不凑，完全活在自己世界。唯有一件事情，几乎不曾拒绝，而且还很主动，这就是跟朋友聊天。聊天在家里不方便，就要到茶馆餐馆去，茶餐馆不管多么远都去。乘公交车如果换车，干脆就坐出租车去，这点钱花得很情愿，我把这叫"花钱买快乐"。几位朋友到了茶餐馆，桌前围坐，清茶一杯，天南海北，海阔天空，信马由缰，如鱼得水，快活得就像成了仙。新鲜事情该说的说了，贪官小人该骂的骂了，社会进步该讲的讲了，法制如何健全该议的议了，咱未当人大代表、政协委员，居然过了一把参政议政瘾，哪有不痛快不高兴的道理。

现在有许多人患抑郁症，原因是心理承受压力大，平日没有地方去舒解，长期积存下来就成了病。算"应时而生"吧。城市里有心理医生，能不能真正治病不说，至少算是一着"马后炮"，还是不如提早预防好。而预防的最好招数，我看就是找人聊天。经常聊天随时缓解，永远保持一个洁净心态，没有思想包袱背在身上，就会每天都像过年节，您想这日子会多么有高品质。

所以我说，你想有个好身体吗，除了散步、玩球、做健身操，练就一副结实身板，不妨经常找朋友饮茶聊天，既健身又养心，岂不是"低成本高收入"？当然，完全不必刻意，渐渐养成习惯，成了自然状态，就会益处彰显。借改两句古诗相赠：温馨心间罩，快乐身上留。祝愿天下好人一生安康。

休闲要注重"休"

　　现代人活得比较滋润。退休老人甭说，连上班族中青年，忙几天都要休闲。有了这样需求，市场就会有提供，健身房、茶馆、咖啡屋，甚至于足疗室、按摩室，在城市都随处可见，更不要说体育场馆，这些都是休闲好地方。那么，哪种休闲方式更好呢？要是依我说，休闲方式不能论好坏，而是看是否适合自己，适合自己休闲的就好。千万不要把休闲方式当作时髦生活。

　　休闲，一是要考虑健康，二是要考虑金钱，跟做其他事情一样，量力而行才好。假如休闲是为了放松，不花钱能做到就不花钱，何必非得打网球高尔夫呢？自己财力达不到，非要享受时髦生活，享受完了又要愁钱，还不是为玩伤心，那样无益身体健康。我认识一对中年夫妇，他们休闲方式很简单，每周假期抽出一天时间，带上面包、矿泉水、报刊，两人骑自行车去郊区，累了就坐下来休息看报，不累就边骑车边聊天，既放松了心情，又增强了体质，还不用花多少金钱，这种休闲方式不也蛮好吗。

　　休闲，要注重这个"休"字，不能光看重"闲"字。有的人一说休闲，就想到无拘无束，就想到疯玩狂耍，打麻将一打一个通宵，喝酒一喝就是几斤，自然就不会休息好，更要影响身体健康。这就把休闲的本意，领会错了也糟蹋了，高雅竟变成了庸俗。老话说的"有福不会享"，放在这里就非常恰当。所以说休闲要会休，而会不会休的界线，就在于是否有利健康。不花钱或少花钱，玩得愉快而且健康，这才是好的休闲方式。拿休闲当赌注，生命场上玩一把，绝对不可取。

　　当然，休闲也不光是玩耍，读书、听音乐、种花，这些休闲方式也不错，就连逛大街串商店，都可视为休闲方式。如果什么都不想做，仰卧沙发闭目养神，何尝不是休闲呢？总之，休闲状态如同到植物园，哪种花你喜欢你就多看看，自己觉得赏心悦目就行，根本不必随大溜赶时髦，更不要怕别人说三道四。快乐从来都是自我感觉。在休闲中享受文化，在文化中享受休闲，这才是最理想方式。

给生活留点空白

生活着，怎么就不能留点空白呢？

偶尔感到不开心不惬意时，我常常这样询问自己。这时总会情不自禁想起中国画。那些技艺超人的绘画大师，他们都是善用纸上空白高手，营造似无却有的艺术效果。

曾经多次观赏著名画家作画。当一片洁白宣纸铺在案头，依照常人心理，这张纸该可以画出多少景物啊。然而，画家只是轻轻点染几笔，留下大片大片空白，让读画的人用想象去"画"：假如画上是几尾活泼金鱼，那片空白该是一汪活水；假如画上是几棵傲立青松，那片空白该是纷飞白雪；假如画上是挺拔峰峦，那片空白该是缭绕云雾；假如画上是奋飞雄鹰，那片空白该是遥远长空，如此等等，留下那么多空白，任读画人遐思驰骋。

这就是艺术。中国绘画艺术。那么，生活呢？难道就不能讲点艺术，留点空白给自己，或者给相识不相识的人，让彼此都有个周旋空间。那该多好。

我们有时过于热衷"满"字，随便想想，便会拈来一堆"满"字成语，"满面春风"、"满面红光"、"满目琳琅"、"满腹经纶"、"满腔热情"、"满堂金玉"、"满载而归"，好像只有把生活团成个无缝之球，永远在那里不停地滚动，这才会感到"十全十美"的"满足"。

因为有这样传统文化心态，有的人总是把神经绷得紧紧，在生活里不肯留下哪怕一点空白。有人为达到存款折上几位数字，竟然不计时间日夜拼命，哪能留下休息的空白；有人想同某人赌一口恶气，竟然在私下里咬牙切齿较劲儿，就必然难以留下心情空白；有人急于给自己争得某种利益，恶狠地在背后给别人伸腿使绊儿，这样就未能留下道德空白；有人为了寻找一时的精神刺激，竟然无日无夜地搓麻、酗酒，就自然留不下身体空白。

生活如同一张洁白宣纸，谁不想作幅美丽的画？要想绘好生活这幅画，首先学会留点空白，不要把什么都填得满满，像只鼓胀气球，说不定什么时候便会爆开。给自己留点空白，就会松弛地度日，永远有享不尽的自在。给别人留点空白，就会友好地相处，永远会感到缘分的可贵。留下的空白越多，越会有快乐生活。

你想快快乐乐生活吗？请学会"留空白"艺术。

生活从容才有味儿

人生匆匆，如白驹过隙。我们不妨仔细想想，在世这几十年里，可有更多从容时刻？

还是个不谙世事孩子时，生活里再大苦再多累，全都压在父母双肩，我们看到的永远是两张慈祥面孔。可以这样说，在吞咽人生苦难方面，父母都是"自私"的，他们从来不肯分半点给子女。可是那时候的我们，难道就生活得从容吗？好像没有。

为当个父母心目中好孩子，成为他们想望中的一条"龙"，我们必须得拼命读书。60分的学习成绩，在我们看来已经不错了，但是在父母看来，这简直是大逆不道。于是，我们就得想办法弄到高分，哪怕是考试时搞夹带抄别人，总得让父母脸上挂一丝笑容，我们也才会有无奈的宽慰。少年时代的我们，生活在无忧无虑环境，日子过得却并不从容。

后来渐渐地长大了，身量也许比父母还高大，身板也许比父母还壮实，这就是说，我们真正成为大人了。总该可以从容地生活了吧？谁知这社会的构成就是一张网，只要你挣脱不开它的网围，就会如同被网住的鱼，拥拥挤挤地在一起，争抢自己生存的小小空间。谁又能从容地生活呢？

我曾怀着真诚、友善心，试图不招谁不惹谁，自己安安静静过活，哪怕清贫寂寞都无所谓。其实这只是一厢情愿。那些像骤雨的政治活动，只要一来就难得安宁，即使不被淋成"落汤鸡"，起码要湿透你的衣裳。更甭说还有卑鄙小人，像苍蝇似的不时骚扰，让你的生活不得安宁。总之，前半生日子没有平静，更何尝真有从容给予，如同一个受气小媳妇，终日都在惊恐中度过。这就是我对往昔的记忆。

好容易盼来安详、平静时光，真的可以从容自在生活了，再紧张再浮躁再艰难，只能说是你自己的选择。那么，究竟是什么让你放弃从容呢？最大的诱惑莫过于金钱和享乐。谁要是迷上这两样东西，就等于穿上两只"红舞鞋"，再难以停止人生舞台的旋转，从容永远不再属于他。

比之很少有个人生存空间的过去，现在我们有了一定生活主动权，想怎样生活就看自己意愿了。如果问我的话，我希望从容地生活，绝不想再绷紧神经，让自己继续活在争斗中。当然，这样说说容易，做起来却会有困难，因为，你要想从容地生活，就得抵挡住物欲诱惑，就得忍耐寂寞熬煎，就得提防小人暗算，顺其自然地度过每一天，只能是个美好愿望。从容地生活，是方法；从容地生活，是境界。谁愿意从从容容地生活，谁就得不懈地锤炼自己意志。

想想自己的来来去去，生生死死，你就会少去许多浮躁心绪，真正地宁静下来，从从容容干些自己喜欢的事情。人哪，不管世态冷暖亲疏，不管人间得失输赢，学会活在自己的世界，这就是生活真本领。从容地生活，生活才有味儿。

活着就要善待生活

几乎不曾理会岁月流逝，转眼之间又是新的一年。时光老人腿脚实在利索，无论我们怎样匆忙追赶，都难以同他结伴前行。每到辞旧迎新时刻，我心中总是百感交集，有许多话想跟朋友们说。其中最想说的一句是：活着，就要善待生活。

现实生活中，经常听人说："活得太苦太累"，"真没劲"，"真想潇洒一回"，"痛快地玩一把"，等等。不知是尚无这样体会，还是思想观念陈旧，总之，对于眼下这些时髦说法，我总是有些迷惑不解。倘若我的推论大体不错，前几辈乃至前几代人，在基本生活方式上——衣、食、住、行，似乎同我们没有太大区别。如果有区别的话，当年的他们，住的无"双气"房舍，吃的无方便食品，穿的无多样成衣，行的无代步"的士"，玩的无音像设备，照理讲，不是更辛苦更劳累吗？假若，他们都以上面论调对待生活，不去进行顽强劳动和创造，哪来今天这样灿烂文明？

当然，不可否认，今天人生活得很苦很累，甚至连喊累的精力都没有。但是，有些喊苦叫累的人，之所以会怨声不绝，恕我说句直率话，八成没有把生活当平常日子过，而是把每一天都当节日对待。不信就仔细地观察揣摩一下，这些人中为数不少，都有一颗非常浮躁的心。

其实，生活就是平平常常过日子，只要一切顺其自然，就会有享受不尽的自在。当然，这同"知足常乐"并非一回事。顺其自然，不等于不思进取，只是不要有太多非分之想。生活中升迁致富机会，即使不是很少很艰难，但是，这个机会是否属于你，那还要看自身条件，还有老天给予的运气。如果你本身不具备某些条件，再奔再跑，再苦再累，恐怕都难达到预想收获。踏踏实实生活，勤勤恳恳劳动，怀着一颗平常心，日复一日善待生活，说不定反而会有好回报。

我非常敬佩这样的人：无论外部世界是热闹是冷寂，他总是不失本色地生活，一步一个脚印朝自己既定目标走。时光，对于他是积累的知识或财富，从来不肯当赌注轻易抛出。这样的人活得并非不苦不累，但是，他们很少叹息和喊叫，因为他们深知，苦累跟创造和幸福，总是紧密相连，人活着就该如此，不然人生还有什么意义？

科学、经济和生存环境，谁能预料出未来变化？恐怕很少。只有知识、心态有准备的人，他才会成为自己命运主人，感叹苦累和沉迷潇洒，都难以应付新情况。平平常常才是真实生活，生活真实永远属于平凡人。盲目追寻非分欲望，未必得到甜蜜果实，岂不是反而愧对生活。

按照我国古老习俗，人活着总要有些打算，祝福朋友们心想事成同时，再重复一遍那句话：活着，就要善待生活。只有善待生活，生活才有滋有味儿，即使真苦真累，又算什么。苦累土壤上总会有鲜艳花朵开放。

老来更觉夕阳美

日复日年复年，不知不觉间孩子长大；日忙月碌走过，无察无意里自己变老，这时会是什么感觉呢？反正我有时会暗自感叹岁月匆匆。倘若不经意地从衣镜里看到，满头白发和眼角鱼尾纹，一时间心头更会紧紧邦邦，有种难以名状情绪轻轻掠过："唉，这日子过得咋这么快呀！时光竟是这样无情。"

其实谁都知道，老是人生必然。如同时序四季，如同大海潮汐，如同天气阴晴，这是抵挡不住的规律，从道理上讲实在无须感伤。只是真的老了，总是难以接受。可是我们又能奈何于它？我想还是坦然面对更好。如果能够捕捉住，这人生夕阳美景，就不愧是个睿智老人。总比感叹更为快乐。

写过散文名篇《背影》《荷塘月色》的朱自清先生，有这样诗句："但得夕阳无限好，何须惆怅近黄昏。"我在进入老年之后，常常地在心中吟哦，并在体察中领略美好。这老年景致呀，虽说没有朝霞绚丽，却有着深沉亮色。无论是少年，还是青年，都难以相比。老年自有老年风景：思想如秋天果实成熟，心境似冬天白雪宁静，欲望像夏天雷雨闪过，生活犹春天草木平常。唯一祈盼就是健康。既然如此，还有什么诱惑，能撼动老年根脉呢？没有。因此，我们更快乐、更舒心、更坦荡，清清爽爽度过每一天，睁开眼睛就是一个新世界。我想这就是朱自清先生说的夕阳无限好。

前些时去外地开会，接触过多位老先生，大都很健康、快乐、淡定。跟他们闲聊时，都这样说："年轻时吃了不少苦，好容易活过来了，这会儿就要善待自己。"那么他们是如何善待呢？其实很简单，吃得清淡少油盐，想得单纯不多事，动得勤快血脉通，自然就会安而康。我还发现这些老先生，七八十岁很少长老年斑，我好奇地问一位老作家，他说："关键是血液干净。血液干净血脉畅通，就会百病不生。"这既是养生之经，又算是生活之理。平平常常，平平淡淡，平平安安，人生管道就通畅；起起落落，碰碰撞撞，高高低低，情绪通道就堵塞。这也是中医说的"不通则痛"，身体和心情都是这样，所以身心都应该保持畅快。

当然，老年人并非生来就这样豁达，由于有过磨砺才更淡定，由于经过艰苦才更知足，由于受过饥寒才更节俭。老年人开阔心胸就是这样练成的。如同经霜枫叶，如同耐寒松枝，在人生园林里，别有一番独特风骨。请问哪个年轻人有呢？

那么，老年人在想望什么呢？就大多数老年人来说，不想求人赞美，只望有人理解；不想再被折腾，只望得到爱护；不想拖累别人，只想平静度日；不想光图享受，只想厚待余生……所以，更多的老年人，想旅游就走，想唱歌就唱，想交友就交，辛苦了一辈子，不就是为了这舒心的现在吗。这人生的夕阳啊，真的很美很好。

噢，转眼间，时光之树的年轮，又增加一圈儿。我们的年龄，随之长一岁。没有忧愁，没有悲伤。年轻时不曾虚度时光，到老更加珍惜每一天，用坦荡心境迎接新年，生命之火会越烧越旺。若问在新年想干什么，只想擎上心香一炷，祝亲人们幸福平安，祝自己快乐健康。让夕阳景色更绚丽更光亮。

写到这里，口中不禁打油一首："苍劲老干绽晚花，依旧人生好年华；谁道秋凉冬将至，心荡春风如十八。"

满街飘香小吃摊儿

鞭炮解禁那年除夕，爆竹声声，流火映天，北京城充满春节气息；延续举办多年庙会，节目繁多，食摊遍布，北京人过足有味儿的年。可惜我已经习惯安静，也是到了有点惽年岁数，对于这些吃的玩的都少有兴致。待在家中看电视新闻，发现几大庙会传统吃食，好像比前几年庙会增多了，很有点饮食博览会味道。虽说只能从屏幕上看气氛，并闻不到那食品香味儿，但是却让我不禁想起一些往事。

在我年轻时候，就是 20 世纪 50 年代，北京城饭馆没有现在多，但是普通人吃饭却比现在方便，而且价钱不算贵。原因就是随处都有街头食摊儿。我那时住在羊管胡同，紧挨着王大人胡同，两个胡同的交界处，就有两三家小食摊儿，有的卖馄饨，有的卖炸糕，有的卖杏仁茶，有的卖焦圈儿豆腐脑，早晨起来在家吃饭来不及，就在这些食摊上随便吃点。

据徐霞村《北平的巷头小吃》记载："北平为三百年来满洲旗人聚居之地，当时一般养尊处优的小贵族整日游手好闲，除了犬马声色之外，唯有靠吃零食来消磨他们的时光，因此北平各胡同里售卖零食小贩之多，也为国内任何城市所难望其项背。"那么，现在北京街头小吃如何呢？即使品种还算齐全，恐怕也不那么方便了，更不用说在街头设摊儿。如果街头食摊儿是城市风景线，老北京这道风景线却正在消失，因此看了庙会的食摊儿，就有种非常亲切和新鲜感觉。

在我看来，特色吃食和特色建筑，都是城市明显标志，比如，一说羊肉泡馍自然会想到西安；一讲小笼蒸包立刻想到杭州；一提麻辣火锅马上想到重庆……无不透着这个城市的文化氛围。北京全聚德的烤鸭，比之其他地方吃食，名声似乎更要大些，连未来过北京的外国人，都知道北京烤鸭，还有那古老长城。但是作为饮食一种形式，北京街头小食摊儿消失，三百年"吃巷"旧景不再，难免让人觉得多少有点遗憾。如果您真想吃老北京小吃，并不是真的完全没有了，只是得跑到隆福寺和西单专卖店，要不就等新的一年庙会再说，那就请您为嘴伤身劳心吧。

当然，今天的北京街头已非昨日，人多车多空气很少清新，人们自我保护意识又强，再像过去那样搞街头食摊儿，的确有一定不便和困难。但是可否考虑变通的办法来办呢？像现在王府井、东华门那样，在车辆行驶比较少的地方，搭建半封闭街头小食摊儿，岂不是既保护了老北京旧景，又满足和方便了人们爱好。有个不争的事实必须承认，正在北京小吃从街头消失时，洋快餐和外地人小食店红红火火，只是让北京人肚子受了委屈，不是吃麦当劳、肯德基洋食，要不就是终年吃烧饼油条。

北京啊，这些年什么都在变，唯有这小吃儿不变，早点依然是老几样，难怪像我这样的"馋鬼"，怀念早年北京街头小吃啦。

聚会的乐趣

平生几乎没有什么嗜好，年轻时偶尔玩玩球唱唱歌，后来由于身处逆境四处漂泊，渐渐地连这点乐趣都被剥夺。年岁稍长开始有机会跟朋友聚会，无形中给了我新的乐趣。当然，这里说的欢也好乐也罢，完全不是在吃吃喝喝，更多还是无拘无束谈天说地。安详自在地品咂生活，生活才会真有滋有味儿。

好朋友到一起，有时真的嘴馋，或者谁有高兴事，找家饭馆撮一顿，如今是平常事儿。这时不管是谁掏钱，倾其囊中所有，叫上几个像样菜，结结实实填一肚子花色，连话都无须多说，只顾吃就是了，倒是觉得蛮潇洒。只是目的性过于明确，除留下一嘴香，别的实在没有可回味，还有什么意思呢？

那么，究竟怎样的聚会，更富有情趣呢？依我个人想法，清茶淡饭无妨，只求聊得开心，这样更显友谊清醇和诚挚。这种氛围犹如林中微雨，点点沾着绿意，滴滴响着春声，让你全身心都觉得恬适，经历了怕是就很难忘记。

我的这些想法和体会，都来自近几年经历。要是在过去那些年，买什么都要票，我还真不敢委屈肚子，瞪着两眼说瞎话。人的观念的形成和改变，绝不会是凭空而来的，很大程度受生存环境影响。

记得在物质极端匮乏那些年，加之经济来源又不多，靠工资收入维生的人，很少有谁下饭馆，请客人吃饭只能在家里。为了准备这顿饭吃，得提前两三天采购菜和肉，客人进了家还要忙下厨，根本不可能从从容容聊天儿。即使来人是多年老友，或者是童年玩伴儿，甚至于是患难之交，好不容易凑在一起，本该会有不少今情往事要说，那也只能留在餐桌上，同食物一起狼吞虎咽，还有什么感情交流呢？这样的聚会，说白了，就是一次聚餐。

这会儿情况则不同，大多数人在吃穿上，都有不同程度的改善。有时来了一般朋友，赶上饭口，没有准备，在附近小馆请顿饭吃，恐怕还能负担得起。这样既不失体面又不忙碌，难怪城市人谈生意叙友情，都愿意相约在这些地方。倒是有些非常要好朋友聚会，有时倒要邀请在家里用餐，因为家里比餐厅饭馆更随意，不过目的并不在吃上而是在聊上。这样一来，在家中同朋友聚会，就更显亲密了。可以说是待客最高规格。

那年参加作家团出访奥地利，奥国汉学家施华滋教授，请我们到他女朋友家做客。施教授女友艾娃是园艺师，艾娃母亲是话剧演员，这母女二人都对中国怀有美好感情。我们在艾娃家，边饮醇香咖啡，边观赏藏画边聊天，大家都觉得很开心，不知不觉已是中午时分，应该是用餐时间了，却不见艾娃家有任何动静，我猜想八成是到外边餐馆吃去。细心的施华滋教授，可能察觉出我们的不安神情，立即跟艾娃说了几句什么，这时艾娃才走进厨房，不一会儿把几份快餐摆在长桌上，请我们几位客人过去用餐。没有讲究的餐具，没有复杂的饭菜，简单而又朴实，同样表达出主人浓浓情谊。开始我还真有点想不通，认为这位老外抠门儿，竟这样对待远方来客。后来参加过几次使馆文化官员家宴，这些来自不同国家的外交官，他们接待客人的吃食，同样是简简单单，而把更多时间留给饮茶聊天儿。仔细一想，的确不错。大家好不容易有缘聚一起，把时间浪费在吃喝上，值得吗？

　　总之，还是那句老话，只要有份拳拳盛意，粗茶淡饭胜似美味佳肴。从沉重待客方式中解脱出来，饭菜简单了，话语说多了，友情会更纯正更浓郁。这很符合现代人交际观念和生活节奏。

附录

梦醒黄昏绚烂多
——作家柳萌速写

甘铁生

> 从你，我看到了那在入海口
> 逐渐宏伟地扩大并展开的河口。
>
> ——沃尔特·惠特曼《致老人》

一

"我不愿看你继续痛苦，孤独地留在枝头"。

这是爱尔兰民歌《夏日最后的玫瑰》中的歌词，是柳萌从姑姑那里学来的歌曲。但是正是这首歌，拉开了柳萌厄运的序幕。

在单位尽管很少哼唱，但还是被革命嗅觉非凡的同事揭发批判了："小资情调。"最初他还据理力争。哼唱个歌儿能说明啥？但他没料到这只是对他整肃的"毛毛雨"。

先是1955年"反胡风运动"，他的几位文友相继被打成"胡风分子"或受"胡风案"牵连，年轻的柳萌也未能幸免。

到了柳萌又被扣上"右派"帽子，打入另册，发落到东北军垦农场劳改。他那颗过早憔悴的心，煎熬在漫长的岁月中。

东北，黑浪连着黑浪，黑浪上滚动着凝血的太阳。他苦涩的诗心在无边的寂寥中无望地隐忍、挣扎……

像梦一样，他真的竟这样就沦为"夏日最后的玫瑰"了！

20世纪50年代，他因为早早地参了军，工资已达60多元人民币。

当年，这个工资可以养活一家十口人！再加上时不时来一两笔稿费，理想境界似乎已唾手可得。他买书、结交文友、探讨文学。恰在这时国家号召向科学进军，希望有条件的青年干部进入大学读书，为考上北京大学实现文学梦想，柳萌愉快而甜美地做着准备。但这个20岁出头的小伙子又怎能料到时代的政治阴霾正在头顶阴险地密布呢？

青春就这样被消耗着。在痛苦的深渊中挣扎的人，就像蜷缩在石缝中的蝌蚪，经受着交织着死亡和黑色的污泥浊水的冲刷，在奄奄一息中无奈地听任命运的安排。

二

认识柳萌兄是三十余年前了。那时我是刚刚出道的文学青年，应邀去天津参加一个活动。同去的都是文坛大佬，韦君宜、曹世钦、吴家瑾、柳萌，加我共五人。我这个尚是集体所有制工厂的普通工人有幸和柳兄同居一室。那时他也就是四十多岁，高高的个子，戴一副金丝边眼镜，充满文人气质和潇洒的举止。跟他接触，能感到他浑身散发着一股气，是那种文人的骨气，用我插队地方老乡们形容性格率真、刚强的人的话来说，叫"宁折不格绺"。这"格绺"只是发音，究竟是哪两个字我也闹不清。但是我理解它就是宁折不弯的意思。

果然，在聊天中，发现他正是这样的人。

没有安排活动的晚上，散步后回到房间，我们就躺在床上聊天。他平易近人。对我这个集体所有制的二级工一点也无生疏感。相反，就像见到多年的朋友那样跟我天南海北地闲聊。凭他的资历和阅历以及从文时间，即使很艰涩的话题，经他一说，都极其平白易懂地脱口而出。我很愿意听他聊世间万象。

一天晚上，我们聊天。我睡在靠着窗户那边的床上，他睡在靠着左手的白墙边的床上。话题不知不觉地转入各自经历。

那一夜，就这样，柳萌用平淡得如同汩汩流淌江水的语言讲述着自己的许多经历。愁情悲绪却无形中控制了我。我无语地听任泪水流经面颊落到枕头上。他没注意我已涕泪横流，继续双手枕在脑后，眼睛盯着天花板沉浸在往事的回述中。在我的泪眼中，那面白色的墙壁如同正被雨水冲刷一般，在扭曲变形……那是什么样的现实呀！

天津的这个晚上，成为我终生的记忆。我跟很多朋友都彻夜促膝长谈过，但没有谁让我如此感动。事情已经过去 30 余年，至今历历在目。经历了这么多苦难的人，能熬到今天，那一定有特殊的胸怀和品格。

果然，在交往中，我发现了他抗衡强大的现实的一种方法。那是在一次与朋友徐怀谦的聚会上。面对患有"抑郁症"的徐老弟，柳兄语重心长地劝道："要看透彻一些，别都闷在心里。你知道我劳改时多难呀！可是我不憋在心里，我一肚子愤懑，怎么办？像我那些难友天天苦着脸、整天没几句话吗？我不，我会单独去无人的大草甸子，一个人站在那里指天画地地骂，直骂得我痛快淋漓了，有时还哼唱着歌曲，就浑身轻松地回到劳改队。跟谁我都乐哈哈的。我干吗把憋屈窝在心里呀！"

其实，这在那个苦难的年代，绝对是个生存的妙招儿！

柳兄这一席话，使他在我心中越发高大地站立起来。只要一想到柳兄，我就会在脑海中浮现这个形象：苍茫的荒野中，苍鹰在蓝天上盘旋，一个昂头挺胸的汉子，朝着空旷的苍穹吼叫着。你听不见他的声音，但是，通过那张高频率翕动的口型，能够知道他的愤怒有多深、有多广。我想起聂鲁达的诗句："让无数双被挖出的眼睛盯着你！"这是一个不屈的灵魂、大写的灵魂在呐喊！

颠沛流离中，柳萌一直遇到好人帮助。尽管当时的政情险恶，但仍然有人向他伸出救援之手。他在内蒙古劳改几年"文革"后分配到乌兰察布盟，军代表发现他划右派前当过编辑，于是调他去《乌兰察布日报》办报。他坦诚地说："我可是右派分子，你别受到牵连。"军代表说："你看你这个人，怎么动不动就把自己给定性了？！你到那里发挥才干，干得漂漂亮亮的，谁也不会说什么！"到了《乌兰察布日报》社，同事们对他没有丝毫歧视，处处关照他，事事帮助他，他说，这是他被划"右派"以后，生活和工作最快乐的地方。2014年他回到乌兰察布市，那些老同事都七老八十了，平时很少走出家门，听说他回来了非要一起聚聚，这让柳萌十分感动。柳萌说："这里的人比兄弟还亲，到这里我才有家的感觉，我活得远比在别处踏实。"

婚姻终于使他有了属于自己的家。儿子出生了。但是，他妻子又在文革中受到迫害，患了精神分裂症，每天靠服用镇定药，勉强维持正常生活。后来，柳萌被平反回京。有了稳定的工作并且还分了房子。为了安抚妻子被伤害的身心，他把出版的第一本书稿酬，加上借亲戚的300元钱，凑够1500百多元钱买了架钢琴，希望以此激发起妻子的正常状态。

此后，无论去哪里，都能看见柳萌搀扶着妻子共度光阴。他对她无微不至地关照，仿佛要将亏欠她的人生小心翼翼地全部弥补。

柳萌妻子于2008年不幸去世，在柳萌妻子的追悼会上，各界亲朋好友来了两百多人。他妻子任教的中央民族大学老干部处处长感慨地说："就是老干部去世，参加追悼会的人，都不见得来这么多。"中国作家协会主要领导金炳华亲自慰问柳萌，还特意安排他由家人陪同去创作之家休养。中国作协办公厅副主任徐光，得知柳萌妻子逝世，竟然自己掏钱买花圈到家中灵堂悼念，他说："别人家的我可以不去，柳萌老伴儿去世，我总得到家中看望。"柳萌妻子只是个普通教师，去世了，怎么会有这么多人来送行呢？我想，除同情他们夫妻二人坎坷的一生，还因为敬重他们善良诚实的为人。在追悼会上献花、挽联、哀乐……柳萌兄哭得像个泪人。悼念的人们已大多散去，他还在失声痛哭。多少朋友相劝，也拦不住他如雨飞飘的热泪。我在他身边无声地站立着。我知道，他内心一定涌起了海啸般的狂潮。他堂堂一个大男人，竟然没能让妻子享受应有的温馨和幸福，让她那颗善良的心得到温暖和抚慰，虽然晚年能在一起厮守，但是正如柳兄所说："几乎不曾体会年轻快乐，转眼就成了真正的老者。"命运啊，只有深长的叹息……

柳萌妻子逝世后，以柳萌的意思，尸体火化骨灰先放家中，待他百年后，将他和妻子骨灰一起，送撒到他家乡的七里海或蓟运河。他的几位年轻朋友知道后说："柳老师，您不能这样做，赵老师跟您遭罪受苦一辈子，哪能死无安身之处。你经济上若有困难，我们凑钱买墓地。"柳萌勉强同意后，这几位年轻友人陪着他儿子，开着车冒雨寻找墓地，最后托人在北京万安公墓，买下一块新开的墓穴。事后柳萌跟朋友说："我一生都在艰难中过活，唯一感到欣慰的是，有那么多好心人，帮助我，鼓励我，看望我，平日给了我不少快乐，做为普通人这就足够了，死后不想再劳累大家。"可见几十年的磨难，让柳萌看淡了生死，只要生时快乐，不求死后如何。这就是一个历经苦难而渗透人生的人对身后事的抉择。

说了这么多，我却必须说，只要一提起柳兄妻子，我就内心一片愧疚：那天我们一起去王朝柱那里，我开车载着柳兄和夫人。到达目的地，我要先将他们放下，然后去找停车位。我看见柳兄下车了。以为嫂夫人也下车了，便启动车子。幸好我习惯性地朝右后视镜瞥了一眼，发现嫂夫人刚刚迈下一条腿，柳兄正在搀扶她。我慌忙刹住车，惊出一身冷汗！赶快推门下车，柳兄虽是一言不发，我却为此事愧疚至今。他妻子经受的无端苦难太多，我真的不愿让她再有半点惊吓。

三

蒋子龙在一篇文章中，谈到柳萌时说："功利时代多曲人，直人就显得难能可贵，他气场阔大，交友三千，或可当得起'无冕之王'……"他虽然腿脚不便，但却喜欢四海周游，到了出访地沏上壶自带的好茶，跟各种年龄的朋友兴高采烈地聊天。有人知道他喜欢写毛笔字，常常会不客气地将桌子代替书画案，让他挥毫。此时，他高高兴兴，振笔疾书，然后，慷慨地送给熟悉或不熟悉的朋友，他自娱自乐同时也给别人带来欢乐。一次，我看见一位收了他墨宝的文友拿出一个装有厚厚钱币的信封，放在电视柜旁，被他发现后厉声呵斥："你这是干吗？拿回去！咱们这朋友还交不交了？！"真是声色俱厉！

在我看来，柳兄历经险夷无数，已修炼得视时尚与积习为无物，进入了宠辱不惊、平实祥和的境界。淡定而从容，正是他为人、为文的根基和起始点。所以他的散文、杂文才进入完全属于自己的境界。

熟悉柳萌的人都知道，他在位时帮助过不少人，有的越级提拔，有的破格任职，有的早评职称。需要值得一提的是，他做这些事情时，既未告诉本人，更未让本人来找，更不要说送礼请吃。在他看来，大家跟你一起工作，既然让人家做事，做为主要负责人，就应该给人家争取好的回报。他手下有三个临时工，他们连想都未敢想，他悄悄给他们转为正式工，还给他们争取到分房资格，有人问起此事，柳萌说："这三个人都是平民子弟，没有什么家庭背景，也不是我招来的，我觉得，他们在外混饭吃不容易，年纪轻轻的，不能耽误人家前程。我有能力帮助，就帮助呗。"按照不成文的规定，中国作协的"全国委员"，从来都是给单位一把手，给了柳萌表格他都未填，结果让别人享受了荣誉。他说："我如今有个平静生活，就很满足了，别的什么都无所谓。再说，写好写坏不说，作家终究要靠作品说话，写不出东西来，有一堆荣誉又算个啥。"他的从容和豁达令我十分感动。

回过头来再读柳萌的散文和随笔，更有了新的启迪和收获。

柳萌文章没有刻意雕琢的华丽绯靡词语，也没有摆着架势唬人的字句，那些文章都像他的为人一般，朴实而真诚，疾恶如仇。在娓娓道来的平白叙述中，让你体会到生存的艰辛苦乐，让你感受到时代微妙而巨大的变迁、命运之舟在时代的汪洋中九死一生的难以把握，以及对生命的启迪和睿智，对罪恶的鞭挞与控诉……而即使写到最令人胆战心惊的生死风云际会，他笔下也是平淡无奇地从容道来。只有你合上书页，抬头远眺时，你的心才会惊悸地跳动起来——哦，原来人生是如此险恶多姿呀！总之，读柳萌的作品，你一定会沉浸在一种复杂的情感之中。是在波澜不惊中百感交加。在清新的文字、平白的叙述中，让生活的哲理和真谛、人生的境遇及情感的跌宕，都能渐渐显示出来，读者反复琢磨、咀嚼过后，从而享受到文学之美、审美之美、境界之美。

柳萌在文体和文风上的追求，已经自成一体，我以为，可用"文无定法乃至法"来给予定评。即是说，他远远抛开了散文、随笔形成的一般定式，而走出了一条属于自己的创作之路：没有雕琢、没有所谓的结构，有的就是自然和流畅，就如同隶属于大自然的溪流，自自然然地欢畅流淌。谁能让溪流去扭捏作态呢？"无法"正是文学创作的高境界！

柳萌的作品是他生命的结晶。在他蜿蜒曲折、跌宕起伏、充满悲喜的人生路途中，正像惠特曼高声吟咏的那样：从你，我看到了那在入海口逐渐宏伟地扩大并展开的河口。

柳萌其人、其文，都展现了这样伟岸而阔大的瑰丽场景。他就像一座有着鲜明操守的人格碉堡，厚重、率真、倔强不屈。面对无数次的摧残摧毁，弹痕累累，满目疮痍，他从没自暴自弃，相反，他屹立在自己的制高点上俯瞰人生，书写人生，让个性的旗帜始终猎猎飘扬！

2016 年 5 月 28 日于北京

图书在版编目（CIP）数据

经年后，往事都是笑谈 / 柳萌著 .—北京：
中国华侨出版社，2017.3
　ISBN 978-7-5113-6687-0

　Ⅰ . ①经…　Ⅱ . ①柳…　Ⅲ . ①散文集 – 中国 – 当代
Ⅳ . ① I267

　中国版本图书馆 CIP 数据核字（2017）第 033273 号

经年后，往事都是笑谈

著　　者 / 柳　萌

责任编辑 / 文　蕾

责任校对 / 王京燕

经　　销 / 新华书店

开　　本 / 670 毫米 × 960 毫米　1/16　印张 /17　字数 /233 千字

印　　刷 / 三河市华润印刷有限公司

版　　次 / 2017 年 5 月第 1 版　2017 年 5 月第 1 次印刷

书　　号 / ISBN 978-7-5113-6687-0

定　　价 / 32.00 元

中国华侨出版社　北京市朝阳区静安里 26 号通成达大厦 3 层　邮编：100028

法律顾问：陈鹰律师事务所

编辑部：（010）64443056　　64443979

发行部：（010）64443051　　传真：（010）64439708

网　址：www.oveaschin.com

E-mail：oveaschin@sina.com